南方戦線、索敵任務後に帰投した零式観測機。著者は大正11年５月、茨城県生まれ。昭和13年６月、第９期乙種飛行予科練習生として横須賀海軍航空隊に入隊。16年10月、特設水上機母艦「相良丸」乗り組み、二座水偵偵察員となる。のち、各地を転戦、20年８月、福岡県今宿基地で終戦を迎える。

(上)零式観測機に搭載されたエンジン、三菱製の瑞星。当初の中島製光エンジンから換装され、性能向上を果たした。(下)零式観測機の脚とフロートの結合部アップ。張り線を使用しない構造であったが、強度は保持された。

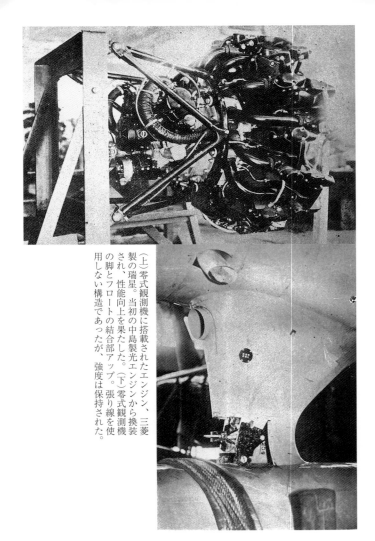

NF文庫
ノンフィクション

新装版
海軍下駄ばき空戦記

同期の桜たちの生と死

藤代 護

潮書房光人社

海軍下駄ばき空戦記——目次

写真提供／著者・雑誌「丸」編集部
作図／渡辺利久・鈴木幸雄

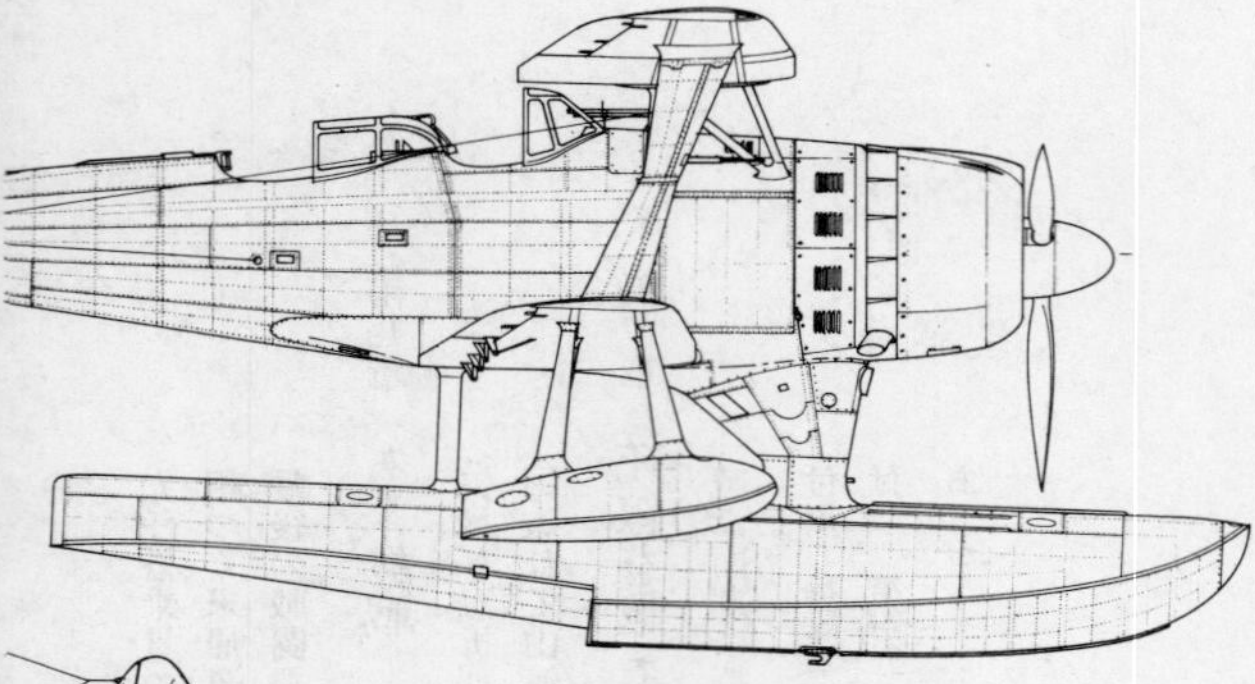

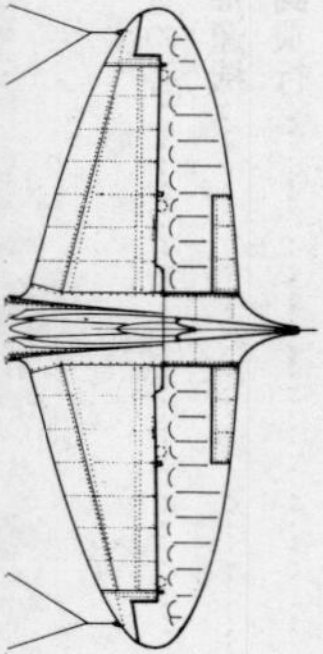

零式観測機一一型解剖図

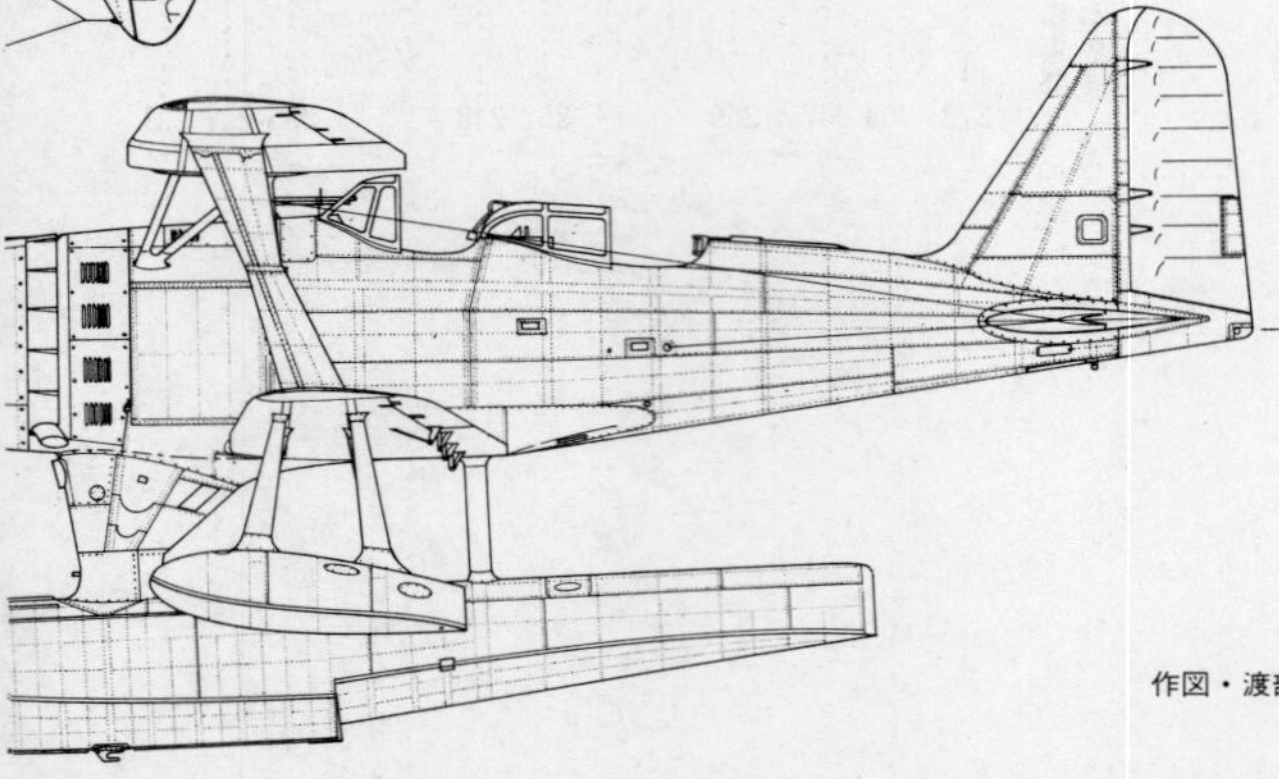

作図・渡部利久

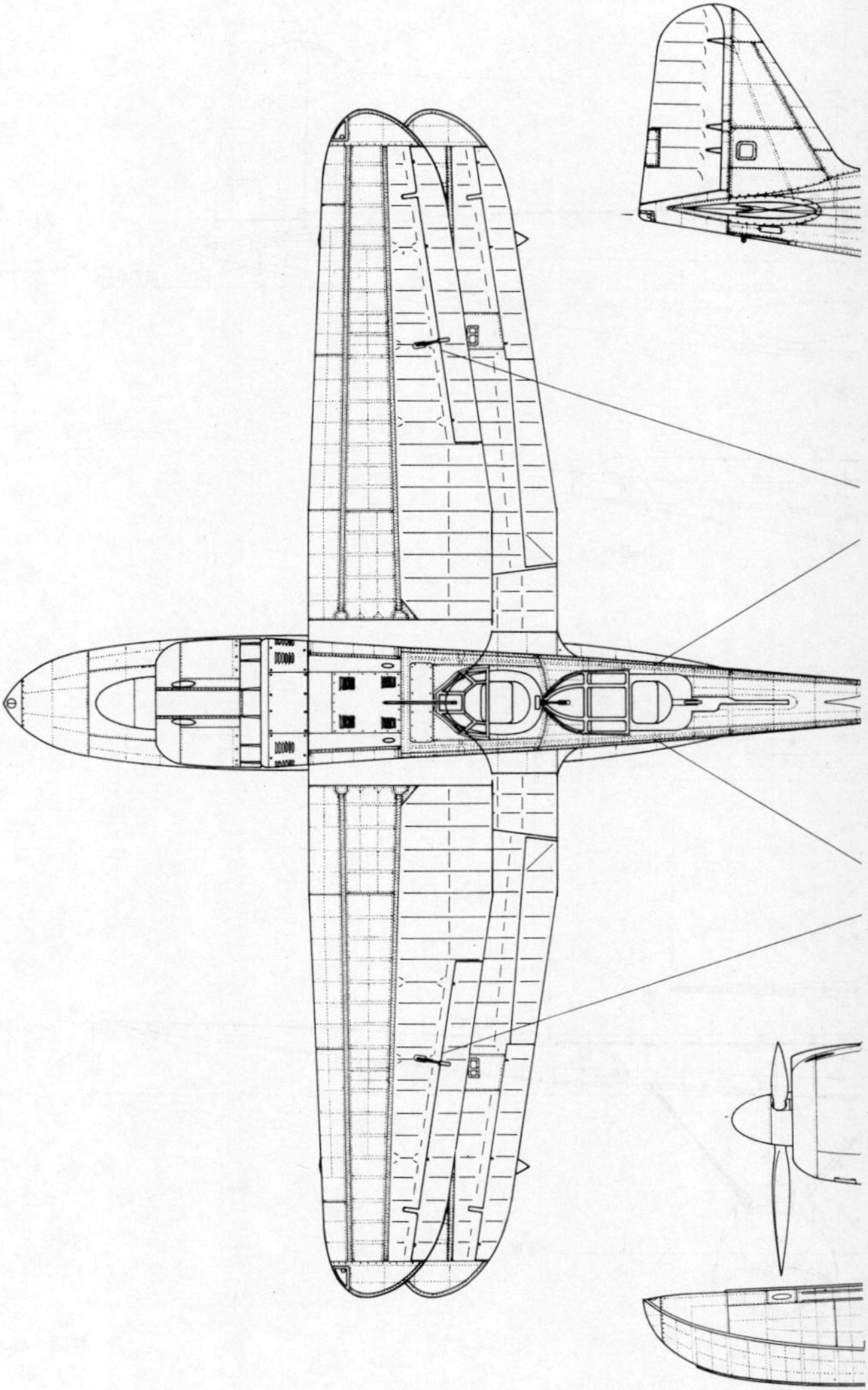

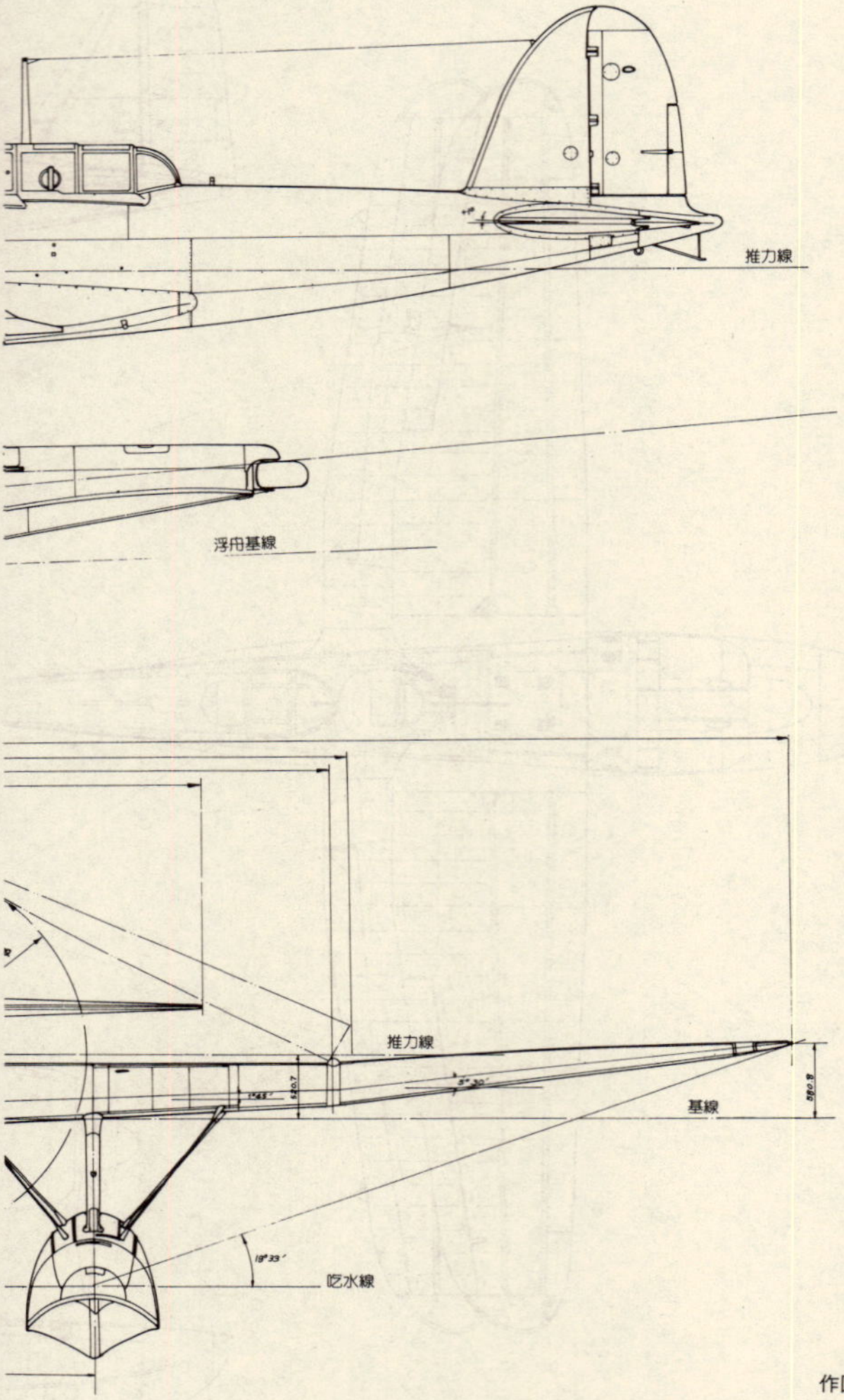

作図・鈴木幸雄

零式水上偵察機一一型解剖図

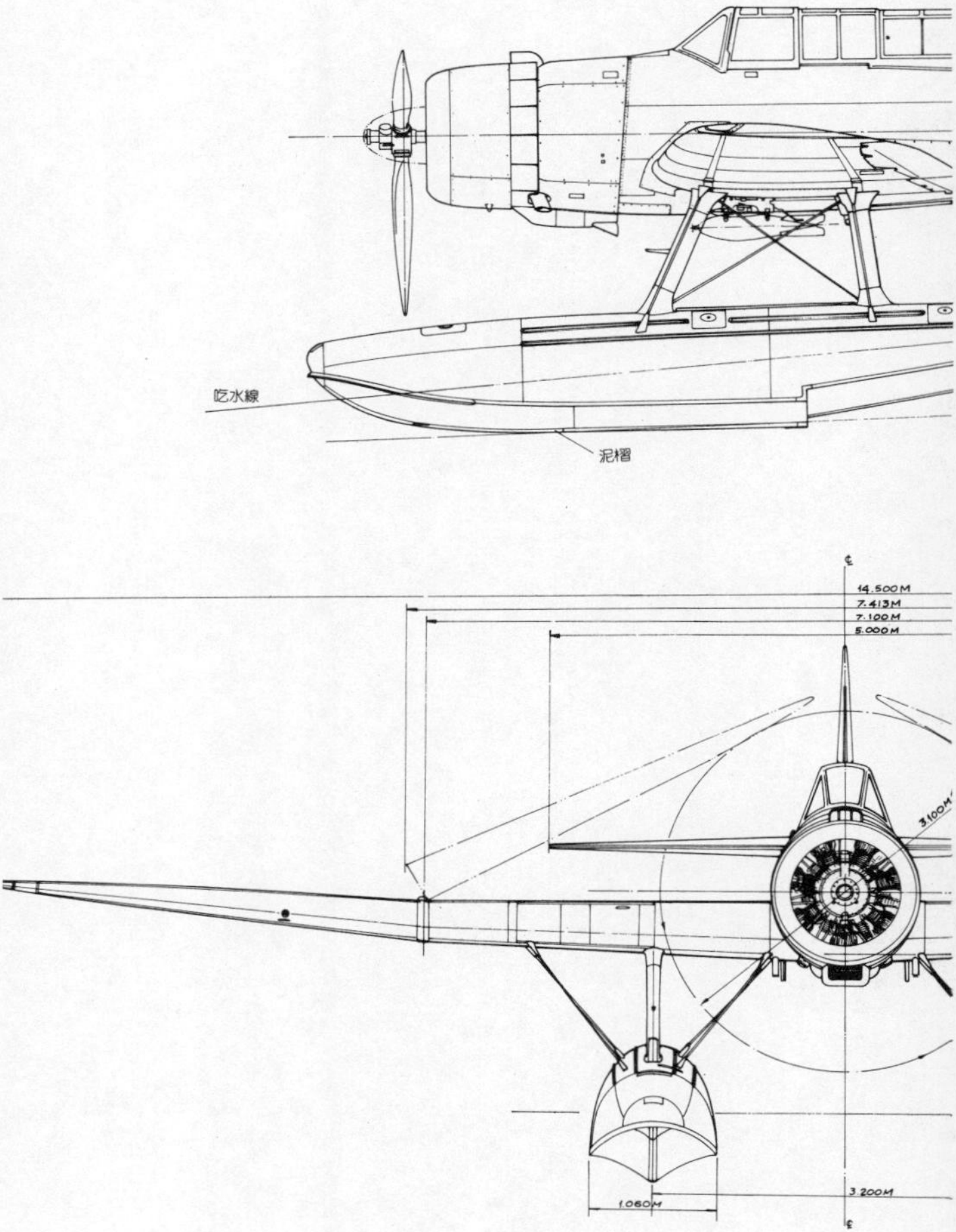

海軍下駄ばき空戦記

同期の桜たちの生と死

第一章　大空への願い

水上機ひとすじ

急降下銃爆撃の瞬間

昭和十七年三月二十日、わが母艦相良丸は、ペナンの基地を撤収し、全機を収容して、アンダマン攻略戦に出撃した。

三月二十三日の午前三時、私は今坂国富予備少尉の操縦する零式観測機に搭乗、相良丸としては初めてだったカタパルトから発艦し、暁闇を衝いて攻略に上陸した陸軍部隊の作戦に協力した。

英軍兵舎（鉄筋コンクリート四階建て）を発見し、高度三千メートルからの急降下爆撃を敢行した。地上からは何の抵抗もなく、まるで爆撃訓練のようであったが、いつ、どこから攻撃を受けるかも知れないので、緊張して見張りを入念にした。

第一弾は、高度六百メートルで投下したが、三千メートルから六百メートルまでの急降下は、瞬時である。高度計がはげしく動いて、七百メートルのとき、

「用意！」

と今坂少尉に伝え、六百メートルで、

「テー！」

と伝える。機はほとんど垂直に近く急降下し、六十キロ爆弾は機をはなれて、敵の兵舎に吸いこまれていく。今坂少尉は機を右に傾けながら、急上昇する。いったん絞ったエンジンの音が、また全速をあげて唸る。

弾着を確認すると、爆弾は兵舎の北端に命中し、四階建てのコンクリート天井と床を貫いて、一階で爆発した。一階から火をふいていた。爆撃成功である。

それにしても、地上からは何の抵抗もない。何か無気味だった。ふたたび、高度を三千メートルにとり、急降下して第二弾を投下する。今度は、兵舎のほぼ中央に命中した。例によって、急上昇するとき私は計器盤がよく見えなくなる。Gがかかっているのである。

第二弾が命中しても、やはり、地上からは何の抵抗もない。

「兵舎は、もぬけのからのようだネ」

と、今坂少尉がつぶやく。

「ハイ、そのようであります」

そう答えながらも、私は見張りを厳にする。また高度を三千メートルにあげ、旋回して、下を見ると、陸軍さんが上陸して兵舎の方に進んでいるのが見える。蟻のようだ。

と、左下方の道路上を一台の乗用自動車が、北方へ疾走しているのを発見した。それを私が今坂少尉に伝えると、少尉は、

「脅かしてやるか。旋回機銃で自動車の前方を撃て」

実施部隊での最初の搭乗機だった零式観測機。空戦も可能なほど運動性が素晴らしく、宙返り、スローロールなど特殊飛行もこなすことができた。

と言って、飛行高度を五百メートルまで下げた。

「ハイ、撃ってみます」

発艦する際に搭載を確認してあった旋回機銃弾倉を機銃に取り付けて、走り去ろうとする自動車の前方に向けて発射した。

ダダダダダダ……と機銃（直径七ミリ）の曳痕弾が飛んでいく。曳痕弾が赤い炎を引いていくので、弾着が確かめられる。自動車を撃つのではなく、その前方に威嚇発射したので、自動車は道路からはずれて停止し、白いシャツのようなものを振っている。私は機銃の発射をやめ、

「自動車は止まりました。敵兵ではなさそうです」

「そのようだね。基地に帰投しよう」

「ハイ」と答えて、「針路二百五十度ヨーソロー」

基地のポートブレアに帰投して着水、接岸

した。その間の飛行時間は約一時間半であった。

飛行艇を直衛せよ

まったくもってアッケない攻略戦だった。英軍はいち早く撤退した後であった。したがって、陸軍にも被害はなく、無血で占領したのである。それにしても、私にとって初めてのカタパルトによる発艦であり、初めての旋回機銃掃射であったが、事は意外に淡々と進行した。戦いとは、こんなものかと、なぜか白々しかった。

ポートブレアには、つぎつぎと僚機が母艦の相良丸からおろされて飛来着水し、ブイに繋留された。私たち搭乗員下士官、兵は、桟橋から歩いて十五分くらいの民家だったらしいところが、宿舎と定められた。ベッドは折りたたみ式の麻張りのものだった。

庭にマンゴスチンの木が植えてあって、実がたわわになっていた。インド洋の水は、よく澄んでいて、桟橋に釣糸をたらして、釣りに興じたりした。水の底までよく見えて、熱帯魚の小さいのが、たくさん泳いでいた。

ともあれ、四月に入り、東港空の九七大艇がポートブレアに進出してきた。九七大艇は、暁闇をついて洋上運転をして離水し、遠くコロンボまでの索敵哨戒にあたっていた。朝、離水して夕方に帰投してくる。

わが零式観測機は、基地上空三千から四千メートルで、上空直衛の任務についた。毎日、英軍のコンソリデーテッドが、偵察に飛来した。これを発見するや、全速力で追撃し、撃墜しようと迫ったが、敵はわが方を発見するや、これまた全速力で逃走した。

速力差は我に非であり、敵機は見る見る小さくなってしまう。口惜しさに、宙返りをしたりして地団太をふんだものであった。

四月九日、インド洋で英軍艦隊を、わが機動部隊が壊滅させたので、われわれも上空直衛をやめて、ふたたびペナンにもどった。ところが、敵機は好機とばかり、ポートブレアの九七大艇を早朝に攻撃し、わが大艇は洋上試運転中に、爆破、撃沈されたのであった。

＊

こうして私は、太平洋戦争下、零式水上観測機や零式水上偵察機など下駄ばき水上機ひとすじに歩んできた。いくたびか九死に一生の修羅場をくぐりぬけて、奇しくも死なず、死ねず、生き抜いてきたわけだが、そうした最前線の体験を知っていただく前に、まず私がどうして、どのようにして飛行機乗りとなり、しかも水上機ひとすじに進んだか、そのあたりのことから記していかなければならない。

ひそかなる決意

勇ましき男の姿

昭和六年旧暦の八月八日、私は父と死別した。小学校三年生のときで、腕白ものになっていた私は、父が生前、「男四人の子のうち、一人は家業の農業をつがせ、一人は坊主に、一人は飛行機乗りに、残る一人は、自由勝手にさせてやる」といっていたのを忘れてはいなかった。

小学校五年生のとき、餓鬼大将気取りで下級生をつれて、川漁師の子の家の舟を漕いで利根川を渡り、銚子市の北にできた陸軍飛行場を見にいった。暖かい晩春の、のどかな日であった。田んぼには、れんげ草が咲き、菜の花も終わりに近いころであった。

東の方の利根川の方向、すなわち私たちが見ている方へ向かって、離陸する飛行機が爆音をとどろかせて迫ってきた。

「格好いいなあー、あれで飛び上がるんだ」

と、まばたきもせずに見つめていた。どんどんこちらの方へ迫って来るが、なかなか飛び上がらない。飛行機が、だんだん大きく見えて来る。もう飛行場の端がすぐそこだ、やっと車輪が地を離れた。

ところが、高度が取れないまま飛行場の隅の松の木に翼をぶっつけてしまい、飛行機は、もんどり打って、私たちのすぐ右下に墜落してしまった。エンジンが飛行場の方に向いて、ひと回りしていた。

と、前後席の飛行機乗りが座席から立ち上がって、互いに敬礼しあっている。一人の顔から血が流れている。

「失敗したんだな。それにしても、怪我をしながら敬礼しあっている。勇ましいなあー」

と、私は思った。間もなく救急車が走ってきて、搭乗員は、それに載せられて、救急車はサイレンを鳴らしながら走り去っていった。

一瞬どうなるのかわからず、私たちは逃げることも忘れていた。飛行事故を目撃したのである。私は、「男らしいなあー、勇ましいなあー」と、その光景が頭に焼きついて離れなくなった。帰り道には点々と血が落ちていた。真っ赤だった。墜落しても、座席から立ち上がって敬礼しあっていたんだから、きっと死にはしないだろう。ああして、だんだんと上手になって行くのだろう。

「勇ましい、男らしい」

私は、何度も心の中でそう思った。そして俺も飛行機乗りになろう、あの人のように、勇ましく男らしくなろう、と思った。

それまで、農家の次男で、土粒ひとつあるわけでもない自分は、

「オヤジの言っていた飛行機乗りになろうかな」

などと思案していたことの決心が、あの事故を目撃して、はっきりとできた。

普通なら、「恐い」と思うだろうが、私はそこに「男の姿」を見たのであった。

分家農家の次男坊

六年生になって進学期がきて、中学や高女（旧制）へ進もうという同級生の女四人、男三人が、居残り勉強をはじめた。

中学や高女は千葉県にあって、私たちの茨城県では、七里（二十八キロ）も北の鹿島農学校しかなかった。私は先生に、陸軍幼年学校を受けたいから、居残り勉強の仲間に入れてほしい、と頼み、勉強をはじめた。

しかし、先生が調べたところ、「英語」の試験があることが判明した。アルファベットしか知らないのでは、とうてい無理な相談であった。先生も、

「中学二年から受けるらしい、小六では無理だな」

ということであった。私は、陸軍幼年学校受験をあきらめ、居残り勉強もやめた。幼年学校がだめなら、さてどうしようと考えた。昭和十年、それは、第一次大戦後の不況のどん底で、農家でさえ食べて行くのが大変であった。父はなし、母と、三つ上の兄が働いて、やっとたべている。

父親は田畑山林三十町歩（三十ヘクタール）もある農家の次男で、十三歳のとき、「かざあい」（結核）にかかって一年休学（寺小屋）して治し、復学してクラスの人に追いつき、追い越したそうで、村の良家から婿にと望まれた。

だが、病気をしたことがあるからと、祖母が祖父にたのんで婿入りをことわり、田畑山林あわせて三町歩（三ヘクタール）と、祖父が隠居所にと建ててあった宅地続きの家をもらって分家し、農業をしていた。祖母によれば、「えらいしゃれ者で、一日に着物を三度も着替えて遊びに行った」そうで、分家して嫁（母）に千葉県の大工の棟梁の次女をもらった。

青年団の役員をし、死ぬころには消防団の副団長をしていて、目も悪くないのに金縁の眼鏡をかけ、よく水戸の県庁に用事があるといっては、出掛けたりしていた。農作業が辛かったのだろう、祖母に、

「上京して、床屋になりたい」

と言ったこともあったそうである。

死ぬ年の春に隣りのお寺の庭掃き坊主が、利根川に飛び込んで行方不明となり、消防の副団長として、その遺体の捜索に毎日出かけ、夜も帰らない日がつづいた。小舟を何艘も出し

て、錨の小さなものを綱に何個も縛りつけて、昼夜を分かたず探したそうであったが、遂に死体はあがらずじまいであった。父は、その無理がたたって、風邪をひいて寝込んでしまった。

父親の風邪はなかなか治らなかった。川向こうから、医者が人力車に乗って何度もきた。私は、学校から帰ってきて鞄を放り投げ、遊びに飛び出すことは許されなくなった。母から、「お父さんのそばにいろ、わたしは前の畑へ行っている、何かあったら呼びに来なさい」と言われて、下校途中に友人と遊ぶ約束もできず、家で一番大きな部屋である六畳の間の真ん中に敷かれた蒲団の父の枕許に、チョコンと座っているほかはなかった。

父親の記憶

兄の下校・帰宅は、私より遅かった。母は私が帰るのを待っていたように、一番下の弟を背負い籠の中へ入れて、畑へ行ってしまうのであった。父の枕許には、水さしとコップが盆に乗せられてあるだけで、ただ座って、父を見ているのは辛かった。

寝息の速い父――肥っていて、顔色も赤味がさしており、どこが悪いのだろうという感じで、寝息の速さだけが病人らしさだった。私は学校から帰ると、父のそばに座って見ているのが、日課の一つになっていた。何もすることなく座っているのは、遊び盛りの自分にはしんどかった。親戚の人が見舞いに来て、父を見て、そそくさと帰ってしまう。

つまらない日がつづいた。夕暮れになると母が畑から帰って、夕飯の仕度に竈屋《かまや》へ行ってしまうので、私は座りつづける。

「早く父が治ればいい、そうすれば遊びに行ける」とだけ思っていた。が、父は時折り何やらわめいて、蒲団から立ち上がってしまうのであった。私は、お母さーん、と大声で叫びながら、前の畑へ駆けて行き、母に父が苦しんでいることを伝える。母は仕事をやめ、駆けもどって来て父の背をさすり、落ちつくのを待っている。

何度も、そんなことがあって、医者の来る日が多くなっていった。ある夕方、医者は、「肩に血がたまっている」といって、父の肩にメスを入れた。血が天井板まで飛んでいった。私は、「凄いなあー」と思った。

川の向こうから母のきょうだい、親戚も見舞いに来た。本家から祖父も祖母も来た。村内に嫁いでいる父の姉たちも来る回数が多くなっていった。暑い日がつづくようになったのに、父の風邪は一向によくならなかった。後で知ったことだが、父は風邪から腎臓を悪くして、尿毒症に進行していたのだそうであった。

夏休みになっても、私は一日中、父の枕許に座っていなければならなかった。弟二人は本家へ行って遊んでいるらしく、母と兄は畑へ出て行き、私は父と二人きりで、ただ寝ている父を見ているだけであった。その一日の何と長いこと。昼には母と兄も畑から帰って来るが、昼飯をすますと、また出かける。ふたたび父と私の二人きりだ。

もともと本を読む気はなかったし、つまらぬ日が過ぎていった。父がわめいて起き上がる回数が多くなって、私はそのたびに、母を呼びに畑へ駆けて行く。母がもどってしばらくすると、父はまた寝入った。

旧暦の八月八日、医者がきて、父に注射をし、母にみんなを呼ぶように言った。暑い日の昼さがりであった。伯母たちや隣り村からも小父がオートバイで駆けつけ、六畳の部屋は人で一杯になった。村の人も大勢きた。父は、苦しそうであった。赤い顔をして、伯母とその夫に、

「子供らを頼む、子供らをな……」

と何度もいって、息をしなくなった。母が、父にしがみついて、

「お父さん、しっかりして！」

と何度もゆり動かしたが、父は動きもせず、口も開かなかった。医者が、

「ご臨終です、末期の水を」

といった。母が、ガーゼに水を滲ませて泣きながら、父の口元でしぼったが、父は飲んだ気配はなかった。父の最後であった。

初めて見た人間の死

母と兄が、声を出して泣いた。私は、よくわからず涙も出なかった。あんなに苦しんでいた父は、穏やかな顔で、眠っているようであった。湯がわかされて、母が泣きながら父の体を拭いた。その水は、畳をあげて、床下に捨てた。父は新しい浴衣を着せられ、顔には白い布がかぶせられて、頭を北側にして寝かせられ、手を胸の上に組まされて、掛け蒲団の上に刀が置かれた。

弟らも何もわからないらしく、座っているだけであった。一番下の弟は、やっと歩きはじ

めたばかりであった。油蟬がジージと鳴いていた。

その夜、親戚や村中から多くの人が来て、通夜があり、翌日、葬式が行なわれた。私は洗いなおされた絣の着物に着替えさせられ、母の側に座って、長いお経を聞き、

「お別れだぞ、よく父さんを見ておけ」

と伯母にいわれて、顔の上の白い布を取って父の顔を見た。父は、痩せもしないで、あの恐かった顔そのままであった。

父の棺の中へは、六文銭や形見のもの、菊の花がたくさん入れられて、父の顔だけが残されて花の中に埋まった。棺の蓋の板がおかれ、兄から小石をうけとって釘を打ち込んだ。たくさんの花輪が庭いっぱいに飾られ、人が庭いっぱいに集まって焼香してくれた。

紫の衣、緋の衣、赤の衣などを着たお坊さんが五人も来て、お経をあげ、ドラのようなものを鳴らすお坊さんが先頭で、坊さん、青年にかつがれた父の棺、その後に、位牌を持った兄、母、それから父の大きな茶碗に山盛りにしたご飯の上に箸を立てたのを持って私。お寺まで約六、七十メートル、葬列は長かった。

お寺の本堂前の庭に竹が四本建てられて、そこを右回りに何回かまわって、父の棺は、寺の本尊様の前、天蓋の下に安置されて、またお経があげられ、焼香をして、本家の墓の並ぶ後ろ、北側に掘られた穴に父の棺が静かに入れられ、

「ほら、お前も砂をかけるんだ」

といわれて、私も母や兄といっしょに砂を握って、父の棺の上に砂を三回ほどかけた。穴は青年によって埋められ、砂が山盛りにされて位牌が置かれ、私の持っていった山盛りご飯

や、果物その他がたくさん飾られ、また線香をあげてお経があり、葬式は終わった。祖父母は逆縁だからと葬式には来なかった。夏の日が暮れかけて、鴉が、やたらと鳴いていた。私は、「くそ」と思った。

生まれてはじめて、人の死を見た。それが父であった。葬式も、もちろん初めてであった。初七日、三十五日、四十九日と法要があって、銚子の伯母がずっといっしょに家にいてくれた。私は伯母にくっついて歩いていた。弟らは本家の祖父母のところで遊んでいた。兄は母といっしょに田畑を見回りに出た。

私には、父の死が、その後の私の運命にどう影響し、関わってくるのか、わからなかった。怒られ殴られる対象が減って、兄との喧嘩と、母の説教だけになって「清々《せいせい》した」というのが実感で、父の死に涙も出なかった。伯母が、

「この子は変な子だよ、涙も流しもしないで」

といっていたが、私には、父の死が、悲しいという実感はなかった。それでも、四十九日の法要がすんで、銚子の伯母も帰ってしまい、母と四人の兄弟だけになってからは、「寂しいなあ……」と朝夕感じるようになっていった。

父は三十五歳、母は三十二歳であった。父が死んでから、母はよく一番下の弟を背負って、どこかへ出かける日が多くなった。後できいたら、「呼びこ」という女の占師のところへ行って、父を呼び出してもらい、話を聞きに行っていたということであった。

「呼びこ」によれば、父が屋敷の入口、門に左右同種の「もちの木」を植えたのがいけなかった、ということであった。そういえば、その一本は、父が死ぬ前に枯れていた。私は、

「そんなこともあるのかなあ―」と思った。

母は、父の石碑を建てるために、出かけていたらしく、四十九日の法要の前に、父の石碑が建てられ、その裏側には、母の戒名も刻まれていて、それは、赤く塗りつぶされていた。

夢は希望へ

母親の思い出

父親に死なれた私は、小学校五年生のときに、飛行機乗りになるんだと独りで決めていた。六年生のときに、母から、

「お前は銚子のお寺へ行け、そうすれば中学校も出してくれ、大学も出してくれるということだ」

といわれた。ひそかに、飛行機乗りになるんだと決心していた私は、

「坊主は嫌だ。幼年学校も無理だと先生にいわれて諦めた。高等小学校へ行かせてくれ、俺のことは俺が考えるから、坊主だけは堪忍してくれ」

と嘆願した。母は二度と、「坊主になれ」とは言わなかった。父親は早死にする運命にあったのか、三十五歳であったのに、よく寺へ行って、お経を習ったりしていた。それで、子供四人のうち一人は坊主にと、考えていたらしい。そのことも知っての母の言葉であったらしい。

兄は農家の忙しいときには、よく学校を休ませられて、母と田畑へ働きに行ったが、高等

小学校へは通わせてもらっていた。次男で家の跡を継ぐでもない自分は、高等小学校へは、行かせてくれると思って当然、と考えていた。母は何も言わなかった。

母は嫁入り前に、占いに見てもらったところ、「東の方へ嫁に行けば、幸せになれる」といわれ、それを信じて嫁に来たのだということであったが、三十二歳で夫と死別した。とんだ占いの言葉だったわけである。

母は、父と結婚する前に一度嫁いだが、すぐに逃げ帰ってしまった、ということであった。母の実家は代々大工の棟梁で、母は先妻の末っ子で、後妻に育てられたのだという。毎年、秋の虫干しに、着物を家中に紐を渡して干していたが、大変な数の着物であった。

分家した次男坊の父と結婚して、当時は幸せであったらしい。毎年夏の母の実家の祇園《ぎおん》には、母子でおとずれ、十日間も逗留するのが常であった。母の実家の利根川側の林の木陰の木の幹一メートルほどの高さのところに板を渡した涼み台代わりの座敷で、当時はまだ珍しかったラッパつきの蓄音機で、レコードを聞いたりして遊んだものであった。

母の実家へ行くときは、両側に大きな水車がついた、座敷のある蒸汽船で利根川をのぼっていった。義祖母の針箱には、小銭がたくさん入っていて、私たちは自由に持ち出して買い食いをした。

女にとって実家とは、たとえ後妻であっても、居心地のよいものであったらしい。これを憶えているのは、兄と私だけだったろう。下の弟とは五つも年が違うから。

婚家へもどれば母は、癇癪持ちのような父に、よく体罰を食っていた。一度は、ヤカンの煮え湯をあびせられて、右腕にケロイドの跡が残っていた。嫁入り当時の写真は丸々と肥っていたのに、つぎつぎと子を生んで、馴れない農作業で、体をすり減らして痩せ、見るかげもない姿になっていた。核家族の農家の嫁は、大変だったらしい。

父が死んだ年、兄は小学校六年生の十一歳、私は小学校三年生の八歳、弟は三歳に一歳だった。田畑山林三ヘクタールの管理と耕作は、母にとって大変だったらしく、一部を小作につけて、忙しい秋と五月には、本家や村の親戚、小作人その他に手伝いの人を雇って、麦刈り、甘藷掘り、田植え、田の草取り、稲刈りなどをしていた。

母は辛い農作業をしながら、こぼしもせずに頑張っていた。高等小学校に進んだ私には、忙しくても学校を休んで手伝えとは一度もいわなかった。

私はそれをよいことに、学校で暗くなるまで遊んだり、早く帰っても鞄を放り投げて遊びにでかけ、暗くならなければ家に帰らなかった。

風呂水を汲んで沸かしておくことと、朝、玄関のタタキを掃いて、廊下の雑巾がけをするのが私の仕事だった。朝の仕事だけはさぼらなかったが、風呂の方はほとんどさぼったので、帰ると母の説教が待っていた。夕飯がすめば、昼の疲れで、カラスの行水のように風呂に入って、寝てしまうのが常であった。

孤独な自己との闘い

忙しい秋と五月には、私が目がさめて起きたときは、もう母も兄も仕事に出てしまって家にはいなかった。冷えかかった飯に、味噌汁をぶっかけて、弁当も持たずに登校するのがほとんどだった。弁当も食わずに暗くまで、学校で鉄棒をしたり、肋木にぶら下がったり、その上を歩いたり、走り幅跳びや三段跳びをしたりして遊び、腹の減ったのを通り越してしまっていた。だから私は、ヒョロヒョロと背こそ百六十センチを超えたが、体重は五十キロくらいで痩せていた。

このようなことは高等二年を卒業するまでつづいたが、首席で卒業することができた。さあ飛行機乗りになるんだ、と考えたが、頭の中は、からっぽのように感じられた。

昭和十二年、不景気のさなか、日支事変がどんどん大きくなっていた。頭の中がからっぽと感じたのは、いい気になって遊びほうけた報いであった。それでも、陸軍少年飛行兵の願書を出して、小学校三年生からの復習にとりくんだ。このままでは、とうてい合格は覚束ない、と日夜、勉強に励んだ。不得意の暗記もの、とくに歴史は、まるで混乱していて脈絡がないので、自分で年表をつくって暗記したりした。兄も母も何もいわない。

その年の夏、ひとりで水戸の二連隊の試験場に向かった。宿屋でも夜遅くまで勉強した。農家の次男が生きてゆくのには、陸軍か海軍の学校に入るほかはない。そうすれば、勉強もさせてくれ、食べさせてくれ、寝かせてくれて、しかも御国のために働ける。そして飛行機乗りは、父の遺言にもかなうことだし、母にも兄にも、迷惑はかけない。父もない俺の生きる道は、ただひとつ、軍の学校に入って飛行機乗りになり、御国のために命を捧げるほかはないと、憧れは希望となっていった。

そして、試練のときは来た。あの銚子の飛行場で見た飛行機乗りのように、勇ましく、男らしく生きるんだと、何度も自分にいいきかせた。

翌日、水戸の二連隊での試験には、やっと買ってもらったヨレヨレの青年学校服姿でいった。心は不安と期待で一杯だった。定刻前に試験場について、深呼吸一番、やってやるぞ……と、軒昂たるものがあった。

ところが、試験は身体検査からはじまった。視力検査はシャモジで片目をふさぐやり方でなく、筒になった機械の穴をのぞくのであった。懸命に見て答えた。しかし、検査の兵隊さんが、

「お前は駄目だ、目が見えていない。帰ってよろしい」

という。つれない言葉であった。あれだけ一生懸命に勉強してきたのに、学科試験は受けさせてもらえなかったのである。

意気銷沈して、水戸の十四師団歩兵連隊を後にした。これまで一度も受けたことのない屈辱、挫折であった。

トボトボとうつむいて帰る自分が哀れであった。どうやって家に帰り着いたのかは、記憶にない。夕方、畑から帰った母と兄に、

「駄目だった。眼が見えないということで、学科試験は受けさせてもらえなかった」

と知らせて、六畳の部屋に閉じこもって、独りで泣いた。

「俺はもう駄目か……」

と、それから十日ばかりは口もきかなかった。

まさか目で落とされるとは、夢にも思っていなかった。家を一歩もでず勉強に打ち込んだのに、体が駄目ではどうにもならない。だれも何もいってはくれない。慰めも励ましもない、孤独な自己との闘いであった。

われは予科練

よし海軍だ

陸軍少年航空兵不合格の痛手は、旬日にして薄れていった。

陸軍がだめなら、海軍少年航空兵がある……。いわゆる「予科練」である。その試験までは、まだ一年ある。申し訳ないが、もう一年、遊ばせてもらうことにした。母も兄も何もいわなかった。

兄はその年、十九歳で結婚した。父親同士で内々に「許婚者」としていたらしく、義姉は小学校一学年上の農家の長女だった。働き手が三人になったわけだが、しかし、不景気はつづいていた。母が「小麦一俵で一銭上がった」とか「下がった」といっていた。

新聞には、海軍機が渡洋爆撃して、大戦果をあげたと報じていた。

「よし海軍だ、こんどこそ……」

と、また勉強をはじめた。

今度は体に重点をおくことにした。とくに眼である。昼は、障子をあけて緑を見つめ、夜は庭へ出て星を眺めた。ジット見つめていると、円錐形の先端に星が見える。明るいのからはじめて、だんだんと暗い小さい星を追っていった。それは、受験日までつづけた。

町役場の兵事係の人のところへ行き、「海軍乙種飛行予科練習生」を受験したいと申し出て、願書を提出した。第二志望の欄には「偵察練習生」と書いた。とにかく、「海軍の飛行機乗り」になりたかったからである。

海軍志願兵徴募試験は、昭和十三年三月に鹿島郡鉾田町の小学校で行なわれる、という知らせが兵事係からとどいた。緑を眺め、星を見つめて、眼はよくなっているはずだと思った。後は、海軍の規格に合う身長や胸囲などがあった。ヒョロヒョロと背丈は百六十五センチを超えていたので、大丈夫だった。だが、胸囲が心配だった。父の残した「強肺術」という本を読んで、一メートルくらいの棒を頭上にして左右に上体を曲げ、胸囲が規格の身長の半分になるように努力し、やっと規格に達した。陸軍で失敗していたので、体が気になっていた。

試験の当日、兵事係の人が水兵志願の人を乗せ、車で県道まで迎えに来てくれた。試験場までは五十キロくらいあった。役場の乗用車で飛ばして行ったが、乗用車に乗るのも初めてだった。二時間近くかかったが、着いてみると、もう校庭には受付係の水兵さんの他に、人影はなかった。急いで受付係に申し出ると、

「もう試験ははじまっている、急いで行きなさい」

ということで、息せき切って試験場に入った。シーンとして、紙の音と鉛筆を走らせる音以外は聞こえない。空いた席について、答案用紙に向かった。海軍は先に学科試験だった。はじめは算術の試験で、胸がドキドキして落ちつかない。深呼吸を三回ほどして、自分に、おちつけ、得意科目だ……と言いきかせ、できるところからはじめた。難しくはなかった。

「止《や》め」と言われるまでに、全部の答えを書くことができた。ようやく落ちついて、ヤレヤレと思った。

つぎは、国語だった。たった一つ、熟語の読み方がわからない。これまで一度も見たことのない「供奉」という熟語だった。残りを全部もう一度見なおし、どう読むのか、「供奉」にはだいぶ時間をついやしたが、どうしてもわからない。音読みで行けと覚悟をきめて、「キョウホウ」と読み仮名をつけて提出した。

つぎは身体検査で、身長や体重、胸囲の測定だった。胸囲も規格ギリギリで通過した。そして、軍医の前で丸裸になり、総合の判定である。パンツも脱いでの丸出しである。人前で丸出しにしたことさえなかったのに、軍医さんは把《つか》んで握ってみたりする。私は、ここまで来たんだ、恥ずかしいなどと言っていられる場合ではない、みんなもそうされているはずなんだ、と覚悟を決めて判定を待った。やがて軍医さんは、「ヨシ」と言ってくれた。身体検査は、視力も左右一・五で、総合判定で「乙上合格」ということだった。

ついで、航空兵・通信兵志願者は適性検査であった。答案用紙に「―・―・」と書き込むのであった。初めての経験で面くらったが、「ツート・ツート」という音をきいて、懸命だった。

第一関門は突破

適性検査も終わり、郡からの志願者四十名ほどが、はじめての教室へ集められた。「合否」の申し渡しである。徴募官は、白水洋という海軍少佐であった。合格者の名前が、海軍下士官によって読みあげられた。私の名前もあった。合格したのだ。嬉しかった。胸が一杯になった。

丸一年、この日のために家に閉じこもって、努力した甲斐があった。辛いとは思わなかったが、不安な孤独の日々であった。見えない敵との闘いであった。目頭があつくなった。

「合格証を渡す」

徴募官のかたわらの下士官が言った。あらためて合格者の名前が呼ばれ、最後に、

「以上総代藤代護」

と呼ばれた。私はアッケに取られた。他の者は肥っていて頭もよさそうだし、堂々としているように見えていた。とにかく合格できればよい、と思っていたのに、なんと「総代」ということで、合格者全員の合格証を受け取ることになったのである。夢のようだった。

これより先、試験が終わって教室へ集められ、一人一人、試験の成績が下士官から知らされた。

「君は、算術が八十点、国語が九十九点、身体検査は乙上合格である」

得意な算術が八十点とは残念だったが、遅れて試験場に入り、見直す暇がなかったので諦めた。国語の九十九点は、あの「供奉」だとすぐわかった。「グブ」と読むのだということであった。

ともかく算術が八十点ではどうかな、と不安であったが、それが「総代」とはおどろきだった。徴募官は、

「合格者は、おめでとう。不合格であった者は、来年また受けるように努力してほしい、残念であろうが、頑張ってほしい」

と述べて、式は終わった。

合格者の各自に合格証を手渡して試験場を出、待っていてくれた兵事係の人の車に乗った。いっしょに同じ町から受験した人は、不合格だった。気の毒なので、帰りの車の中では一言も話さなかった。夕方、家に着くと、母と兄に、
「合格したよ」
といって、父の仏壇へ「合格証」をそなえ、線香をあげて鐘を鳴らし、
「お父さん、飛行機乗りになれそうだ」
と報告した。丸一年、不安な日々だった。放心したように机に座って、東の方の障子をあけ、庭をぼんやりと眺めた。孤独だった。母も兄も、ほめてはくれなかった。

待ちかねた採用通知

春もたけなわとなって、農家は忙しくなったが、母も兄も何もいわなかった。二次試験への準備があった。孤独な自分との闘いであった。十五歳の春が芽ぶいていた。

二次試験の呼び出しがあって、昭和十三年四月三十日、横須賀海軍航空隊飛行予科練習部に出頭した。このときは独りで行った。

道場に寝かされ、黒い麦飯に鱗のついたままの鰯の煮物のお菜には閉口した。毎日が適性検査であり、夜には学科の試験があった。毎朝、掲示板に名前が張り出されるが、これは不合格である。旅費を支給されて、帰郷するのである。

毎朝、掲示板を見にいったが、私の名前はなかった。不安な五日間が過ぎた。最後まで残れたのであった。

身体検査では赤血球の沈降速度が早く、病室に一晩寝かされた。もう駄目かと思った。陸軍の受験のときが思い出された。またしても体でか……と悲しくなったが、翌日の採血の結果は良好だった。

身体検査結果の判定に、軍医官の前にパンツ一つで立った。「痩せているが、こんなのは、入ってよくなるものだ、乙上合格」ということだった。ほっと胸をなでおろした。

二次試験はすべて終わった。同県人で残った者とは、もうおたがいに話し合えるようになっていた。旅費をもらってから、隊門を後にした。同県人といっしょに遊んで帰ることになり、「三笠」を見学してから、ボートを借りて手にマメができるほど漕いだ。ボートも生まれて初めての経験だった。

東京駅で電車を降り、つれだって丸ビルの「モーリ」という喫茶店で、生まれて初めてコーヒーなるものを飲んだ。おたがいに、採用通知が来たら知らせ合う約束をして、住所を知らせ合い、モーリで別れた。

家では、田植えがはじまり、農繁期を迎えていた。雨が降らないと田植えができないところで幸いの梅雨があり、田植えは順調にすすんだが、一度も、手伝えとは母も兄も私に言わなかった。時折り本を読んだりして過ごした。

まず、多賀郡の笠井繁雄から、採用通知が来たというハガキが届いた。しかし、私には、その後三日たっても四日たっても、採用通知が届かなかった。

二次試験に最後まで残れたのに……と、イライラした日がつづいた。

第９期乙種飛行予科練習生第40分隊４組15班員。昭和13年６月１日、横須賀海軍航空隊に集った同班12名も激戦に次々と散華し、残るは著者のみ。

五月二十五日、待望の採用通知がとどいた。嬉しかった。仏壇の父に「採用通知」をそなえて線香をあげ、鐘を力を入れてたたき、

「お父さん、飛行機乗りになれますよ」

と報告した。涙が出て止まらなかった。すぐに、母と兄夫婦が働いている田んぼへ走った。採用通知には、

「六月一日、横須賀海軍航空隊飛行予科練習部に出頭されたい」

と書かれていた。入隊まで一週間しかない。日のたつのが早く感じられた。体を大事にしなくてはと、食事に気をつけた。本も読んだりした。親戚の人が新聞に私の名前が出ていたといっていたが、自分の家の新聞には出ていたかどうか気がつかなかった。

憧れの航空兵

「青年団で送別会を開く」ということになったが、小学校を卒業してから一年余り、ほと

んど友人とも遊ばす、町の人と顔を合わせたこともなかった。送別会の当日は、なぜか恥ずかしくて、蒲団にもぐって横になっていた。夕方、小学校時代の友人が迎えに来て、

「本人が来なくては、送別会にならない、いっしょに行こう」

と言った。彼も次男坊で、いっしょに悪をした仲間であった。しかたなく、またヨレヨレ
の青年学校服を着た。私にはそれ以外に晴れ着はなかったのである。

会場に当てられた駄菓子屋の広間へゆくと、中央に座らされた。青年団長の挨拶があり、私にも挨拶するようにということになった。私は何も準備していなかったが、アドリブで、

「今日は私のために、盛大な送別会を開いてくださって、ありがとうございます。この上は、皆さんの御期待にそうよう、一生懸命やります、本当にありがとうございました」

とスラスラと言えた。大勢の人の前で話したのは、小学校の学芸会のほかにはなかったのに、我ながらよくしゃべれたと思った。

初めて、お酒をチョッピリ飲まされた。青年団員でもない私であったのに、と有難かった。

五月に私は十六歳になっていた。

五月三十一日、よく晴れた日であった。わざわざ私の住んでいる利根川岸の桟橋に巡航船がまわされて、町の人が大勢、「万歳」で送ってくれ、面映ゆかった。

利根川を渡り、総武線松岸駅まで、幟に「祝藤代護君海軍少年航空兵入隊」と大書されたのを持って、青年団の人が大勢送りに来てくれた。駅でまた発車の前に、「万歳」を叫んでくれた。私は頑張らなくてはならないと思った。

横須賀へは、兄が付き添って来てくれた。喧嘩ばかりしていた兄だったが、やはり兄であ

った。追浜の宿屋で一泊し、翌六月一日、横須賀海軍航空隊のいちばん奥の方、海軍航空廠の手前の飛行予科練習部に入った。

また身体検査があった。またしても、「赤沈」の結果がよくなかった。みんなは水兵服、下着、靴など、着替えているのに、私は病室にいた。再度の採血で無罪放免となり、急いでセーラー服を着て、入隊式に参加した。講堂に整列して、松岡飛行予科練習部長から、「海軍四等航空兵ヲ命ズ、第九期乙種飛行予科練習生ヲ命ズ」

と任命され、ついで、

「時局は重大である。諸君に期待するところが大きい、しっかり励むように」

と訓示があって、入隊式は終わった。そして、身辺整理をしてヨレヨレの青年学校服や下着、パンツも兄に渡し、持って帰ってもらった。

本部前で一人ひとり記念撮影をして、事業服（普段着、白色の上下服）に着替え、第四十分隊四組十五班員として所属もきまり、例の麦飯を食うことになったが、入隊日とあってお菜には、お頭付きの魚もあり、豪華だった。

慌しい一日であったが、こうして憧れの飛行機乗りへの第一歩は踏み出されたのであった。

鍛練に休日なし

緊張また緊張の連続

「予科練」とは、まさに「予科」であって、「飛行予科練習部」と庁舎に看板はかかっていても、飛行機の影ひとつもないところであった。

入隊後の三ヵ月間は、午前「短艇」、午後「陸戦」という日課で、朝五時（冬は六時）に起床する。その五分前に、当直の水兵が笛を吹き、

「総員起コシ五分前」

とふれ歩くのであった。

ハンモックの中で眠い目をこすりながら、起床の準備（毛布をととのえていつでも起きられるようにしておく）をして、「総員起コシ」のスピーカーの鳴るのを待つ。スピーカーが鳴るやいなや、ハンモックから飛び降りて毛布をそろえ、麻布でできているハンモックの中に毛布をくるんで、直径三センチくらいの麻綱でくくる。

そして、五分前に起きている吊床当番が待っている、中二階のようになっているネッチング（吊床格納所）へかついで運び、急いで事業服を着て、洗面所へ駆け込み、歯をみがいて顔を洗い、練兵場に飛び出して整列する。

宮城の方を向いて、明治天皇御製を斉唱する。

「朝みどりすみ渡りたる大空の広きを己が心ともがな」

と、声を張りあげ（御製は毎日変わる）たのち、体操である。終わると、朝の掃除にかかる。総員起こしから整列まで五分とかからない時間で、それはまさに闘いであった。

朝の掃除は、甲板、短艇、道場、教室、練兵場など当番がきまっていて、順番にめぐってくる。体操が終わって、「分かれ」の号令一下、クモの子を散らすように、定められたところに駆け足で行き、掃除にかかるのであった。

そこには指導練習生（二年生）がいて、指導監督される。いちばん大変なのは甲板掃除で、兵舎の床板をみがくのである。太い麻綱をほぐした、長さ五十センチもある握りきれない乾いた「雑布《ソーフ》」を両手で持って、事業服の上衣を脱ぎ、ズボンも膝までまくり上げて、裸足で股を開いてしゃがみ、床を磨き進むのである。

指導練習生の「回れ」の号令で、手を前後に動かして磨き進む。片道三十メートルもある床に、お尻をつけんばかりの姿勢で、五回も往復するのである。指導練習生は、精神注入棒と称する樫の木の棒をもって、

「腰が高い、力が入っていない」

などといって、棒で床をつく。

朝食前である。汗がしたたりおちるのも委細かまわず、「回れ」と号令がつづく。「ヤメ」の号令で立ち上がると、フラフラっと眩暈《めまい》がして倒れそうになるのを堪《こら》え、重いテーブル（食卓）を整える。板の厚みは、五センチもあろうか。頑丈にできた代物で、長さが四メートル近くもある。両端を各一人で運び、雑布でふいて掃除は終わる。その間、十五分くらいであったろうか。

通路のタタキは水で洗い、雑布でふく。何と辛いことか。

掃除が終わると、点検がある。指導練習生と当番の一人が残り、点検をうける。当直甲板士官がこれまた精神棒を持って回ってくる。

「第四十分隊！」

と、挙手の敬礼をして点検をうける。その他の者は練兵場に出て、点検の終わるのを待つ。

点検が終わると、「食卓番用意」のスピーカーが鳴る。食卓番が各班三人で、烹炊《ほうすい》所に駆けていき、食缶で麦飯と味噌汁と総菜と食器を持ってきて、食事の仕度にかかる。掃除は、朝食前後、昼食前後、夕食前後と、日に六回も行なわれるのであった。食事の仕度ができるまで、他の者は各班ごとに通路に整列して待つ。一班十二名ずつであった。

食事の用意ができると、各班ごとに教班長（下士官）に届け出る。教班長がおもむろに出てきて、分隊全部（八コ班）の準備ができたところで、当番の者が当直の教班長に、「食事用意ヨロシ」と届ける。

当直教班長の「カカレ」の号令で、通路に待っていた者も食卓につき、「礼！」と当番の者が号令をかけ、「付ケ」という教班長の命令で、椅子（長椅子）に座り、待望の食事にありつけるのであった。食事の用意も競争である。

育ちざかりの空きっ腹である。麦飯でも、みんな何ひとつ残さず、きれいに平らげる。待っている間も、俺の飯は山盛りにしてほしい……と祈るような気持だった。もちろん一膳飯で、お代わりはない。

教班長はゆっくりと食べ、しかも残す。何と勿体《もったい》ないことだ……といつも思ったものだ。土浦へ移ってからのことだが、後輩が残飯を食べて露見し、罰をうけたと聞いたが、その気持はよくわかった。自分も、ひもじい思いを何度も経験したから……。

ともかく、ひもじい思いをしながらも、体重はどんどん増えていった。痩せ細っていた自分の体が、入浴のとき裸になり、鏡の前に立ってみて驚いた。肉づきもよくなって、同僚と遜色のない体格に変容していたのに気づいたのは、入隊以来、わずか三ヵ月しかたっていない頃であった。

空腹と睡魔と鉄拳と

緊張の連続の三ヵ月、短艇・陸戦の日々は、直立不動の姿勢から、「オイッチニ、オイッチニ」と徒手で歩む練習、「だるま船」のような短艇を三メートルを超えるオールで漕ぐことだった。

短艇訓練の終わりには、軍艦ブイの浮かぶ横須賀軍港で、軍艦ブイから予科練の練兵場のはしの岸壁まで約千メートルの競走で、尻の皮がむけて、猿の尻のように赤くなるほど力漕しても、競走に負けると、昼食前に教班長から、「たるんでいるから負けた」と説教をくらった。

あげくの果てに、罰として、食事用意のできているテーブルを十二名の班員で頭上にさしあげ、また説教であった。

それが終わって「ヤレヤレ」とテーブルをおろし、食事にありつけると思いきや、教班長は、麻布でできた食卓カバーの端を持ってはねあげ、せっかくの食事は、床に散乱して食べることができなくなってしまうのであった。

昼食抜きの午後は、空腹で、頭もモーローとし、まるで夢を見ているようであった。「何という酷いことだ、食べさせない罰とは……」と悲しく、それにもまして、ひもじさは辛かった。

二歩進むにも駆け足の姿勢で、階段は昇り降りとも二段ずつだった。

夕食後は、約三時間の「温習」(予習、復習が目的)であった。臭い靴下の匂いと、居眠りに耐えるのが精一杯で、本の活字をうつろな目で追う。何も頭には入って来ない。温習休みの時間がくるのが待遠しいこと。

喉も乾く。休みのスピーカーが鳴るやいなや、うす暗い洗面所に駆けこんで、水道の蛇口をひねって水を飲む。と、便所との境の暗がりから、「待て」と上級生の声がかかる。動いてはならないのである。そのままの姿勢でいると、上級生が近づいて来て、

「貴様、水を飲んだな」

「ハイ」

「水を飲んでよいと、誰がいった」

「ハイ」

「足を開け、歯を食いしばれ」

言われたとおりの姿勢をとると、ビンタが飛んでくる。口の中が切れて出血したことがわかる。四、五回ビンタをくらって「ヨシ」となると、

「ありがとうございました、以後、気をつけます」

と挙手の礼をする。たたかれて、礼をするとは、何ということであろうか。

水を飲んではいけないことになっていた。それで下痢でも起こして、伝染病になったりしたりしないためである。そのため、食卓番が大きなヤカンに夕食後、湯を汲んで、班ごとに兵舎に置いてあり、それを飲むことになっていた。

それにしても、自分より背の低い上級生に、殴り返してやるか……などど、反抗心がムラムラと湧いてくる。もし、そんなことをしたら後が大変なので、耐える。喉が乾いたのに、なぜ水を飲んではいけないのか、とも思う。娑婆ならごく当然なことが、通らない。異質な社会、集団生活の規則なのであった。

癪にさわって、眠気もさめ、練兵場へ駆けていって腹いせに、腰に両手を当てて足をひらき、横須賀軍港に向かって大声で、「大隊止マレ」などと怒鳴る。そうすると、いくらか気がせいせいして、また温習室へもどる。

だが、すぐまた眠くなる。股をつねって、眠気に耐える。上級生が見回りにくる。早く休み時間が来ないかなー……と祈るような気持だった。これでは温習など何の役にも立たない。居眠りに堪える訓練なのか、と思うほどだった。

また「休メ」のスピーカーが鳴る。ヤレヤレと思って、同班のやつと一緒に、しゃべりながら階段を降りたところ、また「待テ」が階段の下からかかる。シマッタと思ったが、もう遅い。

「貴様ら、階段を一段ずつ降りて来たな」

「ハイ」

「やり直し」

こんどは二段ずつ駆けのぼって、駆け降りてくると、

「足を開け！」

である。ビンタが飛んできて、

「ありがとうございました。以後、気をつけます」

挙手の礼をして、また練兵場へ駆けていって、喉も裂けよと怒鳴るわけである。

　ようやく三時間の温習が終わって、ハンモックに入る。いつしか死んだようになって眠る。寝返りを打って、ハンモックから下のテーブルの上に落ちたことも再三あった。幸い怪我はなかった。ハンモックの中でみる夢は、田舎の思い出であった。わけもなく涙が出て、懸命に鼻をすすったことが何度あったことか。えらいところへ来てしまった、飛行機乗りと何の関係があるんだ……と悲しかった。

　温習前には、ハンモックを吊る競争を何度もさせられ、爪の元から血が出て、麻布の端が血だらけになる。寝床をつくるのに、なぜ競争するんだ……と、これも意味がわからない。競い合う日々の連続に、予科練とはこんなところだったのか……と、口惜しく思われたが、自分が選んだ道だ、耐えるほかはないんだ、と自分で自分を慰めた。

　昼のうちに何か失態が上級生の目にとまっていると、ハンモックに入って眠りかけているのに上級生が来て、ハンモックの下から名前を呼ぶ。ハンモックを降りると、兵舎の裏の高台の道場の脇につれていかれ、「説教」のうえ鉄拳が飛んでくる。

「上級生とは、下級生を導くのではなく、制裁するものなのか、とんだ先輩だ」

と思ったものである。上級生や教班長に殴られて、耳の鼓膜をやぶられて治らず、帰郷する者も出た。聞かれても、だれに殴られたとは言えないしきたりであった。憧れて入ってきたのに殴られて、帰郷させられた同期生の無念が思われた。だから私は、上級生になっても、下級生を殴ったことは一度もなかった。

私たちを殴るのは、一級上の八期生に限られていた。もう一級上の三年生の七期生は、私たちを可愛がってくれ、嬉しかった。それがせめてもの救いであった。

落第してなるものか

三年生が、連合艦隊の艦務実習から帰ってきて、私たちは救われた思いと、その堂々たる態度に目をみはった。俺たちも三年生になったら、ああなれるのかと、希望がわいた。

入隊以来三ヵ月がすぎて、三年生も帰ってきて、私たちは「海軍三等航空兵」となった。やっと右腕に飛行機を型どったマークが一つついて、一般教養の数学（代数、幾何、三角など）、国語、漢文、文法、物理、化学、英語などと、兵学の砲術、信号、無線、運用、水雷、航海、航空兵器などの座学がはじまった。

一般教養は背広をきた海軍教授が教壇にたち、兵学は海軍士官、準士官、下士官が担当した。体が急に楽になった。志願する前の「勉強もできて」というのが現実となったのである。耐えてきた甲斐があったと嬉しかった。

十一月一日、同じように試験をうけた新一年生が入隊してきた。後輩乙種予科練十期生である。

今度は私たちのクラスが、いじめる側にまわった。しかし、新一年生は平均年齢が私たちよりも高く、年のいったやつが多かった。運動競技をしても、こちらが負けてしまう始末で、情けなかった。奴らは、八期生からは可愛がられたので癪にさわった。同期の中で新一年生を制裁するのを何度も見た。しかし、その気持はわかるような気がしたので、とめには入らなかった。みんなこうして鍛えられて行くのだと、思ったからである。夕食後の「酒保開ケ」の時間に、新聞を垣間見ることができるようになった。先輩が支那で活躍している記事を見て、心をときめかせ、早く飛べるようになりたいなあー……と思った。

酒保へいって寒かったので、手をポケットに入れていたところ、新一年生が私に挙手の敬礼をした。私は、頭を下げて答礼した。ところが、二年生がそれを見つけて、つかつかと私の前へ来て、「貴様の態度は何だ、あんな答礼の仕方をだれに教わった」と、鉄拳が飛んで来た。

新一年生の前である。いつまでいじめる気なんだ……と癪にさわったが、「ハイ、以後、気をつけます」と答えた。先輩面《づら》をしていると思われたのであろう。まったくの不覚であった。その後は、酒保へ行っても気を許さないことにした。

目の前にいる憧れの三年生は、総員起こし後、朝の整列までに、水風呂に入るのを見た。寒くなりつつあったのに、「凄いなあー、水風呂に入るとは……」と、いっそう三年生がえらく見え、尊敬するようになった。朝の掃除にも三年生がくわわって、その暖かい目がたまらなく嬉しく、俺も早く三年生のようになろう……と考えた。

朝の掃除が終わり、点検が終わるまでわずかな時間だったが、三年生は艦務実習の話を聞かせてくれた。私の心の中の希望がだんだんふくらんでくるのが実感され、三年生への尊敬の念が深まっていった。

予科練では、試験が前期と後期の二回しかなく、成績が悪いと落第があり、二年生が一年生にさがってくるのであった。俺たちをいじめる原因の一つでもあるな……と思った。普通の兵科なら三ヵ月遅れで進級できるのに、予科練では、一年遅れてしまう。気の毒でもあり、いじめられるのも致し方ないなあ……と思う余裕も出てきた。

入隊時、数えてみたら私は、二百名中二十三番で入っていた。ところが、三ヵ月がすぎて、気のゆるみからか風邪を引き、「急性気管支炎」という診断で、横須賀航空隊の病室へ二週間入れられた。

その間に同期は、「旗旒《きりゅう》信号」の勉強を終わっていた。退室したばかりのときに、その試験があった。私は、まるでわからない。マストの上にのぼる旗の意味を答えるのである。私は、ほとんど白紙で答案を出した。えらいことになった、これで俺は落第か……と意気銷沈した。

一般教養では、旧制中学の四年生から入った者もいて、英語などは、スラスラと答えたりしていた。高等小学校二年卒業の私は、旧制中学程度の勉強についてゆくため、懸命に勉強した。兵学の運用、水雷、航海などは、飛行機乗りになるために必要なものなのか疑問に思えたが、負けたくなかったので頑張った。

前期の試験が終わった。旧制中学程度の一般教養と兵学とあるので、その科目数は多く、とても満足な答案は出せなかった。案の定、教班長から呼び出しがあった。

「お前どうした、成績がさがったぞ。三十二番だ、しっかりしないと駄目だぞ」

ということだったが、それでも三十二番でよかった。旗旒信号は惨憺たるものだったのに、胸をなでおろした。

英語の成績が悪いということで、落第してきた二年生があった。よほど頑張らないと駄目だな……と思った。

甲と乙の争い

昭和十四年三月、予科練は霞ヶ浦海軍航空隊飛行予科練習部に移った。三年生は、横須賀で卒業して行った。霞ヶ浦では、甲種予科練もいっしょになった。彼らは旧制中学の三、四年生から入隊して進級も早く、私たちを追い越していった。

新米のくせに、海軍は飯《めし》の数で行くんだ――と思っていたので、癪にさわってならなかった。ちょうど甲種の四期が私たちと同階級で、三期は私たちより四ヵ月後に入隊しながら、階級は上になっていた。甲種予科練は、横須賀航空隊本隊の方へ入っていて、対立しあっており、日曜日の上陸外出でよくトラブルを起こしていた。

霞ヶ浦へ移っても、対立はとけなかった。移って間もなく、わが同期と甲飛四期が風呂場で、丸裸の乱闘を演じた。勝敗はつかなかったが、武官教官は、その対立に悩み、甲と乙の風呂を別にするとともに、首謀者に罰をあたえた。みんなが、白い服を着ているのに、彼らは、一種軍装（黒い服）を着るように命ぜられた。そこで、われわれ乙飛九期は、全員で決闘することを決めた。

「あんな奴らになめられて堪《たま》るか、死なばもろともだ。一部の者に罰を与えるやり方には、承服できない」

衆議一決して、今度は風呂場でなく、教場棟の間へ呼び出しをかけることにした。不穏な空気を察知した上層部は、罰をあたえた者を許し、全員を集めて、軽挙に走らないようにと、説得にかかった。

数名の犠牲者を許してくれたので、われわれ同期は納得して、決闘は取りやめた。しかし、卒業して鈴鹿海軍航空隊でまたいっしょになった甲飛四期とは、小競《ぜ》り合いは絶えなかった。

ともに空の戦士に憧れ、第一線へ出れば、生死を共にしなければならない者同士であったが、若さというものは、如何《いかん》ともなし得なかった。

第二章　若き海鷲

運命の岐れ道

模型機で演じた渡洋爆撃

昭和十四年五月、二年生になる直前、われわれ同期は操縦と偵察に分けられるため、百里ヶ原海軍航空隊で、適性を検査すべく初等練習機に乗ることになった。憧れの空を飛ぶのである。

「必ず操縦専修者になりたい、あの大空を、自由自在に飛行機をあやつって、先輩につづくんだ」

トラックに乗せられ、霞ヶ浦から百里ヶ原へ向かう途中、私は祈りつづけていたが、しかし、それより先、霞空本隊で行なわれた適性検査で、私はいわゆる「渡洋爆撃」を演じてしまっていた。

この適性検査は、いまのシミュレーション、すなわち模型機の操縦席に乗り、直線飛行をするのだが、機械が座席の下についていて、空気圧により左右前後に傾き、回るのである。それを操縦桿を握って、傾かせず、回らせずに、水平に、直線飛行しているように保つのである。右前方の機の下で、教班長が見つめている。

機が右に傾き、右旋回をはじめた。これはいかんと思って、スティック（操縦桿）を左へ倒し、左のフットバーを前方にふむ。すると機は、修正を超えて左へ傾き、左旋回、アッという間に、なんと一回りしてしまったのである。

記録紙には、大きなカーブが記されてしまった。操縦桿やフットバーを、大きく操作しすぎたのである。慌ててしまったのだ。教班長が、苦い顔をして見ていた。やり直しは許されない。ただ一回のシミュレーションで、大失敗を演じてしまったのだ。

搭乗員に失敗は許されない。失敗すなわち死なのである。

「ああ、これで操縦専修は無理か。あの二次試験の筋神試験はうまく行って、記録紙にはほとんど直線が画かれていたのに……」

思い出して、不安であった。筋神試験とは、操縦桿のような棒を握り、それに力が加わって来るのに合わせて力を入れ、耐えるのであった。棒を垂直に保つのである。

「ヨシ、本物で目にものをみせてやる。あの失敗をとりもどすんだ」

心に誓いながら初めて飛行服や飛行帽、飛行眼鏡に飛行靴をつける。この日のために、ビンタに耐え、お尻の皮をむき、欠食させられ、精神注入棒で尻をたたかれ、前に支えに耐え、ビーム（海軍の兵舎には、鉄のU字鋼が頭上に渡されてあって、そこに鉤《かぎ》が出ていて、ハンモックのつり環をかけて、ハンモックをつるのであった）にぶらさがっての罰直に耐えて来たのである。

その夜の百里ヶ原でも、吊床の競争は行なわれた。ただ、教員がすべて歴戦の先輩搭乗員であった。百里ヶ原のハンモックのケンパス(麻布)は新品で、ゴワゴワしており、うまく丸まらない。爪のもとから血がふき出る。何クソと、先輩にこれまで鍛えられたところを披露した。

歓喜の初体験

翌日から飛行作業がはじまった。私の教員は、支那事変で敵の飛行場に強行着陸して、格納庫内の敵機を拳銃で焼き打ちした先輩四期の徳永一等航空兵曹であった。太い眉毛に、炯々《けいけい》たる眼光、その底に慈愛にみちた笑みがたたえられている偉丈夫であった。指揮官に、
「第八号機、藤代練習生、離着陸訓練出発します」
と届けるその右側には、徳永教員が並んで立っている。搭乗割にかけられた名札を、黒から赤に裏返しにして、駆け足で八号機へ向かう。側に立っていた徳永教員も、名札を返して走ってきて、私は機上の前席に入る。徳永教員は後席である。

エンジンが始動され、身づくろいを確かめて、前後左右、上空も見て、「見張りよし」と伝声管で教員に伝える。

「手を操縦桿から離して」との教員の声に、「ハイ」と答える。エンジンは徐々に爆音を高め、プロペラの回転が速まり、機は地上滑走をはじめた。

離陸地点まで滑走して、機首は南側に向いた。「離陸する」との教員の声に、私は前後左右や上空の前後も見て、「見張りよし」と伝える。

狂喜の瞬間である。機は地上滑走をはじめ、エンジンの唸りが高まり、速度があがる。

「離陸準備よし」との私の声で、機は地上滑走の速度をいっそう上げ、地上を離れた。

「空だ！」

計器盤の速力計がしだいに右回りになって、高度計も右回りにまわっていく。高度計は五百メートルを示した。水平飛行に移る。

「操縦桿を握って、フットバーに足をかけて」

教員に言われた通りにする。左手は、スロットルレバーにかける。

「左旋回！」

教員の声に、操縦桿を左に倒し、フットバーの左をふむ。機は横すべりもせずに左へ旋回する。九十度旋回する少し前に、操縦桿をもとに静かにもどすと同時に、フットバーを元にもどして、水平直線飛行に移る。機の傾け方とフットバーのふみ方が釣り合わないと、機は横すべりして、風圧が横からかかって来るはずだが、チットも横風は受けないで機は東の方を向いて飛ぶ。

「左旋回！」

ふたたび教員の声で、左に九十度旋回する。

「筑波山ヨーソロ」

教員がいうので前方を見ると、筑波山が見える。また水平直線飛行で、しばらく筑波山に向けて飛ぶと、

「左旋回！」

また九十度左へ旋回する。筑波山が右の方へ移っていく。針路は西の方二百七十度を羅針

盤の針がしめす。しばらく水平飛行がつづく。

「左旋回！」

また九十度変針し、針路は百八十度、機は南に向いて、筑波山が視界から消えた。歓喜の絶頂である。みんなうまくいった。毎回、見張りをよくして、「見張りよし」「旋回します」と教員に伝える。筑波山を後ろにしての水平飛行では、同期の乗った飛行機が、前方や後方に見えた。

眼下に目をやると、ちょうど麦秋、畑の麦が黄色に色づいて、畑一枚一枚、まるで食パンを並べたように見える。箱庭のような眼下の景色に、フッと、これなら飛び降りても気持がいいだろうなあ……などと思う。

ふくらむ操縦専修への夢

「操縦桿は緩く握って！」

嬉しさの中でも私は緊張しているのだろう、後ろを見ると教員は、飛行眼鏡を飛行帽の上に置いたままである。前方からの風圧にも平気のようで、さすが歴戦の勇士は違うと思った。

そうするうちにも、機は飛行場に向かっていた。

「エンジンを絞って降下」

「ハイ」

エンジンレバーを手前に徐々にひき、操縦桿を前方に徐々に押すと、機は降下をはじめた。高度計が左にまわって、高度がさがっていることを示す。速力計も徐々に左にまわって、速度が遅くなっている。教員は黙っている。自分で着陸するのかなと思う。

高度計が百メートルをさす。教員は自分に着陸させる気なのかな……と緊張がいっそう高まる。高度計が五十メートルを切ったところで、教員の声である。

「手を離せ」

ヤレヤレ……と思いながら、操縦桿から手をはなし、スロットルレバーからも左手をはなす。教員が機を三点の姿勢にして、すべるように着地した。まったくバウンドもしない。うまいもんだなあーと思いながら、前後左右を見張った。

初飛行は上々であった。操縦専修になれるかな、と欲が脳裡をかすめる。機は、定められた位置にピタリと地上滑走をやめた。

「離陸する」

教員の声で、ふたたびエンジンが唸りをあげ、離陸、旋回、降下が合計三回、みんなうまく行った。所定の位置でエンジンは止められ、機から降りる。挙手の敬礼をして、

「ありがとうございました」

指揮所へ駆け足でもどり、

「八号機、藤代練習生、離着陸訓練終わりました」

と申告して、搭乗割の名札を「赤字」から「黒字」に返した。適性飛行は終わったのである。私は、憧れの空、なんと快適なことよ……と何度も思い返した。

全部の適性飛行が終わって、機の前に集合し、飛行服のままで教官や教員たちと記念写真撮影をした。

「実地適性飛行は満点だったろう」

私は内心そう思い、操縦専修への夢はふくらんだ。だれも、何も話さない。初飛行の感激にひたっていたのであろう。

まもなく、トラックに乗って百里ヶ原海軍航空隊を後にしたが、五月の太陽が前途を祝福するように、燦々と中天にかがやき、陽光は汗ばむほど暖かであった。

トイレで流した無念の涙

ふたたび霞ヶ浦海軍航空隊にもどった私たちには、もとの生活が待っていた。

昭和十四年六月一日、私たちは二年生になった。この日、操偵別の指名があった。同班員十二名のうち、操縦専修者は四人で、残り八名は偵察専修者ときまった。私は、残念ながら操縦専修者にはなれなかった。ガッカリして、口もききたくなかった。

さっそく操縦、偵察別の分隊に分かれ、兵舎中央の教員室の東側が操縦専修者分隊、西側が偵察専修者分隊となった。

「懸命に勉強したのに、偵察か。あの空で、飛行機を自由に操り、あわよくば、戦闘機乗りになりたかったのに……」

悲しい判定に、無念の涙をトイレの中で流した。みんなが操縦専修になりたがっていた。自分も例外ではない。

「やはりあの地上演習機（シミュレーション）の〝渡洋爆撃〟の失敗が原因だったのであろう。それでも、飛行機乗りにはなれるんだ……」

無念だが、自らを慰め、諦めるほかはなかった。

一年間の苦楽を共にした班員とも、分かれ分かれになって、班の編制も替えられた。操縦専修者は、とくに飛行機エンジンの兵学が多くなり、偵察専修者は通信の訓練が多くなった。落第もせずに二年生になれてよかったと、自らを慰めつつも、無念さにハンモックの中で何度も泣いた。十七歳の春は、悲しい春であった。そして孤独なものだった。

あの小学校五年生のとき目撃した、飛行機事故。そこにあったものは、勇ましさ、男らしさだったはずである。男らしく大空を駆け回ること、それは「操縦」を意味していたのに、私は偵察専修である。その無念さは、なかなか心の中から離れようとしなかった。

操縦へまわった同期が、エンカン服（上下一体になっている白の作業服）を着て、格納庫の中でエンジンに群がっているのを、羨望の眼で何度見たことであろうか。

これまで一年間、艱苦に耐えぬいて励んできた目的は、「操縦員」になるためのものだったはずなのに。どんなに独りぼやいても、詮のないこととは知りながら、心の中での愚痴はつづいた。二年生の春は、寂しい春であった。

日曜外出で土浦の町へ出て、民家を借りた各組ごとの「クラブ」の畳に横になっても、また阿見町の山野をひとり歩いても、心は晴れなかった。

救われたのは、落第どころか成績が思いのほかよく、B五班の伍長となったことだった。前期の試験で三十二番までさがり、試験の答案を出すたびに、

「ああ駄目だった、これで落第か」

と、つねに脅えながらの試験だったのにである。

中学からきた連中は心得たもので、夜の消灯ラッパが郷愁をそそるように鳴り終わると、ハンモックから毛布を持ち出し、階段の常夜燈の下で毛布にくるまって勉強する者や、便所の常夜燈の下で勉強する者もいたりした。彼らは、集中的に試験があることを、経験して来たのであった。

だが、何も知らない私は、眠ってしまった。また、そうまでして、あまり自信のない体をこわしては、元も子もないと思ったので、温習時間に全力をあげた。だから、一度も消燈後に本を開いたことはなかった。それなのに、Ｂ五班の伍長とは、十五番以内なのは確かだった。

班員も変わり、教班長も替わった。座学が多くなり、兵学ではとくに通信の時間が多くなった。

「気象当番」というのができて、夕食後、無線機をあやつり、気象通報を受信して天気図をつくるのである。

「石垣島では、ノトロの三本……」

などと、風向、風速、気圧、温度などが送られてくる。それを、五人ばかりで受信して、低気圧と高気圧の所在を定め、等圧線をえがいて、天候、風向、風力などを記号化して天気図を作成し、提出するのである。わずか一年間のモールス符号の受信訓練で、充分に通用したのである。

送信訓練は、自分の打ったモールス符号が記録紙に巻き取られ、「ー・ー・ー」と出てくるのである。「ー」《ツー》と、「・」《ト》との釣り合い、符号と符号との間隔もきちんとしていないと、

「✓」（カラス）が飛び、一つカラスがあると減点が三点で、あまりカラスが多いと、成績はマイナスになってしまう。

和文で一分間に百字、欧文で百二十字の、三百字連続の受信訓練は、雑念が入ればかならず聞き違え、脱字が出てしまう。これも一字で、マイナス三点だった。神経をすりへらす訓練で、「通信」はだれも嫌がっていた。それに、通信の教員は厳しく、「キー」（電鍵）の握り方、受信姿勢を、鞭を持って制裁してまわっていた。

しかし、偵察専修者は、嫌でもこの通信をやらなければならなかった。それも操縦へ行きたいと思う原因の一つであった。

不屈の闘志を

逞しきわが姿

手旗信号の訓練もあって、水平に両手をあげたつもりでも、あまり長い時間、そのままの姿勢でいるので、疲れて手がさがる。すると、教員が鞭《むち》で、いやというほど腕をたたくのであった。

武道（柔・剣道）も厳しい。いずれも経験のなかった私は、剣道部員になりたかったのに、柔道部にまわされ、細い体で、熊のようにずんぐりしたやつと取り組まねばならず、汗臭い柔道着を着ての乱取り、寝技、受け身、そして一対一の取り組みであった。寒稽古のときは、道場の畳の上に水を撒くので、それが凍っていた。

相撲はもっとも嫌な科目だった。何度やっても負けてしまう。しかも負け残りで、勝つまで何人もと取り組まねばならなかった。比較的痩せていた私は、負けるのが嫌だったが、どうしても勝てなかった。

そこで、私は独自の方法を編み出した。相手の右脇の下へ頭をつっこみ、右足を相手の左足にかけて、首で相手を左側に起こして倒すものであった。これはうまくいった。これを編みだしてからは、勝つことが多かった。立ち会いの瞬間に廻《まわ》しをつかむやいなや、首を入れるのである。その後は、相撲もあまり苦にならなくなった。

水泳は、利根川で小さい時からさんざん泳いだので、初めから白帽で、一年のときから選手にえらばれ、長水路で百メートルを一分十六秒で泳いだ。

横須賀海兵団のプールを借りて（横須賀時代の予科練にはプールはなかった）、分隊対抗四百メートルリレーの選手として出場したことがある。五十メートルを折り返し、七十五メートル付近で、あせって息をとりそこない、プールの水を一口飲んでしまって、その後、タッチするまでの辛《つら》かったこと。プールから上がったら、眩暈《めまい》がして、フラフラだった。

霞ヶ浦へ移ってからは、予科練にプールができて、五メートルの飛び込み台もついていた。検定があって、型とスピード、飛び込み、風呂桶をささえての立ち泳ぎなどが、検定科目であった。五メートルからの飛び込みは、プールが小さく見え、向こうの岸へぶち当たるのではないかと恐かったが、前方の兵舎の屋根をにらんで、プールを見ないようにして飛び込んだ。検定成績は一級だった。白の水泳帽に黒い線が二本つき、得意だった。一級より上はなかった。

銃剣術もあって、六尺（約二メートル）くらいの樫の棒の先に丸いタンポがついており、手もとの方は小銃の尾部に似せてつくられているもので、いち早く、相手の左胸上部を突くのである。防具をつけているので、怪我はしない。下腹に力を入れ、ヤァーと気合いをこめて突き出す。相手も突いてくる。一瞬でも早く、確実に突けば勝ちである。

銃剣術の訓練。飛行機に乗るのに場違いのようだが、他の格闘技と共に攻撃精神の練磨、根性を養うために欠かせなかった。

検定は一本勝負である。連続して三人に勝てば、一級である。剣道部員にしてもらえなかった腹いせもあって、懸命に練習した甲斐があり、一級になれた。海軍砲術学校高等科練習生出身の教員に習い、同じ出身の海軍特務少尉が検定官であった。

規格すれすれで入った体も、体重六十五キロを超え、分隊の短艇の選手にもえらばれて、われながら逞しくなったなあー……という実感だった。横須賀軍港で漕ぐのにくらべ、霞ヶ浦は波も静かで、漕ぎやすかった。

訓練の成果ありて

昭和十五年一月二十二日には、われわれ同期は土浦駅を発ち、思い出多い横須賀軍港に碇泊していた重巡「足柄」へ、艦務実習に派遣された。

真冬の寒風の中での早朝の寒稽古は、他の者は駆け足だったが、短艇の選手は「足柄」の短艇部員（艦隊での競技に出場するクルー）の指導のもと、冬の冷たい北風に波立つ軍港で、霞ヶ浦へもどってからの短艇競技に備える練習だった。

一年生のとき、横須賀軍港で漕いだ経験はあったが、艦隊クルーのそれは予科練の比ではなく、力強く、厳しく、さすが艦隊競技に出場するクルーの漕ぎ方はすごかった。

艇尾に座る「足柄」クルー部員の指導は厳しいもので、「二十枚始め」と沖へ漕ぎ出す波しぶきが、顔といわず体にもかかる。オールが重い。腕の筋肉が硬くなってしまって痛む。「ナニクソ」と頑張るが、艇はあまり進まない。

「オールをもっと深く」

指導員の声に死物ぐるいで漕ぐが、なるほどこのくらいでなければ、荒れる太平洋で人命救助などのために漕ぐには、用をなさないのであろう。予科練の訓練などでは、役に立たないのだな……と、歯をくいしばって耐えた。

冷え切っていた体はあつくなり、汗がにじみ出てくる。艦隊クルーは違う……と感心すると同時に、同じ寒稽古でも他の者は、駆け足ではるかに楽《らく》だろうにと、短艇選手であることが損をしたように思われた。

十日間の艦務実習の八日目に、私はとうとうダウンしてしまった。風邪をひいて、部屋の隅に吊るしたハンモックで静養しなければならなくなった。残念だった。このころ「足柄」は、英国王の戴冠式に行って、もどったばかりであった。

体技には、ラクビーや蹴球（サッカー）、体操などがあった。ラクビー部員は、一年生のときから朝の掃除を免除されて、兵舎のまわりを全力疾走していた。午後の体技の時間は、各部に分かれての訓練であった。

ラクビー部は、腕をあげ二年生になると、よく日曜日に対外試合をした。東京の成蹊高校や水戸高校（いずれも旧制）と、霞空のグランドで試合をし、勝つほどの実力になっていた。隣り班の幸富練習生は、そのラクビーの猛訓練のためか結核になり兵役免除となって帰郷した。彼が寒稽古で眉毛を白く光らせ、全力疾走していた姿が、いまだに忘れられない。なぜか彼の名前は、後に調査した九期生名簿には残っていなかった。その後、彼がどうなったか、知る由もないのである。

私は蹴球部員であった。蹴球部員には朝掃除免除の特典もなく、体技のときに思いきり駆けまわって、球を追うのだが、じつは、それは二の次だった。相手チーム部員の向こう脛を、革の張ってある運動靴で、思いきり蹴るのが主たる目的で、ゴールへ球を蹴込むのは、いわばどうでもよかった。相手が痛みでしゃがみ込むのを見て、快感を味わっていたのである。サディスティックというのか、こんなことで、わけのわからぬ鬱憤を解消したのである。

体操は、いわゆる「海軍体操」と称して、原流はデンマーク体操だった。徒手のほか、六、七名が腹這いになって横に並ぶ上を、スーパーマンよろしく駆けて行って水平に飛び越し、クルリと一回転して着地したり、駆け足からの空中転回などがあった。

私は不器用で、小学校のとき、鉄棒で空中転回をこころみて失敗し、足は鉄棒にぶち当たり、砂場に墜落して、いやというほど肩を打ったことがある。

ところで、第十回国民体育大会が、東京の明治神宮競技場で開かれ、わが予科練は海軍体操を披露することになり、あの不器用だった私は、空中転回を披露したのである。予科練生活での思い出として、いまも脳裡に残されている。

二年生になって三ヵ月目の八月一日、われわれ同期は、海軍二等航空兵に進級した。右腕には、飛行機を型取ったマーク、飛行機二機が交叉している。四等航空兵のノーマーク、いわゆる「カラス」から、三等、二等と、二階級上がったのである。

陸軍なら、さしづめ古兵殿というところである。外出しても、敬礼をうける立場になったのだ。いままでは欠礼して、ところかまわずビンタを受けていたのが、それほど緊張しなくてもよくなったのである。

突然の母の死

昭和十四年の九月二十日、田舎から「ハハキトク」の電報がとどき、そのすぐ後から「ハハシス」がとどいた。教班長に呼ばれて、いわゆる「看護帰省」するようにと言われた。

その日、独りで土浦駅から常磐線の上りの汽車に乗り、我孫子で佐松線に乗り替え、松岸駅で下車した。ついに、両親ともに亡くなってしまった。故郷へ帰るのも、これが最後かも知れないと思い、服装はすべて新品を身につけていった。

思い出多い故郷であった。ほんの一ヵ月前、夏の休暇で帰ったばかりだが、残っていた母親も亡くなってしまったと知ってからの故郷は、なぜか、すべてがこれで見納めのように感じられて、寂しかった。十七歳で、天涯孤独にひとしい身となったのである。

八月の休暇のとき、母は痩せ細って、銚子の病院に入院していた。病気とは知らされていなかったので、驚いて見舞いにいった。そのときはまだ元気であった。早くよくなるようにと言って、別れたばかりであった。

何の孝行もしないうちに、母は死んでいった。私には、「知らせないで」といい、「お勤めが、おろそかになってはならない」といって死んだという。母も、軍国の母のはしくれとして、軍人になった自分に、心配させまいと思っていたのであろう。

私は貧しさを知っていたので、月三円六十銭の俸給から、日用消耗品に酒保代と、日曜外出に五十銭銀貨一枚を汗の出るほどしっかり握って、集会所で藤原義江の「鉾をおさめて」の実演を見、汁粉とうどんを食べた残りを貯めた金が、五円を超えたので、五円を母に送金してやった。

それが、十六歳まで育ててくれた母への、たった一度の孝行のまねごとであった。弟らが、哀れでならなかった。弟らは、小学校六年生と三年生であった。

連合艦隊の一員として

戦艦に乗り組み

昭和十五年三月二十日、われわれ同期は土浦駅を発《た》って、陸路はるばる九州日豊本線で、鹿児島県志布志湾に集結していた連合艦隊に、実習航空兵として乗艦し、一ヵ月半にわたる連合艦隊第二期行動に参加した。

私は、戦艦「陸奥」に乗り組み、十四センチ副砲六番砲手の戦闘配置をあたえられ、副砲員の下士官、兵と起居をともにした。

乗艦するや、間もなく艦隊は威風堂々、志布志湾を出港し、波高い太平洋を南下した。東シナ海、台湾海峡をへてアモイに碇泊、その間約一ヵ月、訓練の連続で、ハッチ（扉）はすべて閉ざされ、昼なのか夜なのかさえわからない「月月火水木金金」の猛訓練がつづけられた。

ハンモックは括《くく》られて、あの「三笠」の写真や絵にあるように、敵弾防御用として上甲板の各部に縛りつけられ、各部署についたままで、一日を過ごすのであった。

副砲の防弾壁には、射手、旋回手、一番砲手から順に、砲手の名前が白いペンキで記され、その末尾に六番砲手として、私の名前も記されてあった。食事も食卓でとることはなく、砲のかたわらで仮眠をとり、訓練のあい間に握り飯を食べるのであった。

「タカタッタッター」とスピーカーから「戦闘用意」のラッパが流れ出れば、仮眠からガバッとはね起き、食事も中断して戦闘配置につく。その速さといったらない。艦内には緊張がみなぎる。お客様であるわれわれ実習航空兵も例外ではない。

訓練中断の間に、われわれに集合がかけられ、「実習航空兵は後甲板、四番砲塔に集合せよ」とスピーカーから声が流れる。急いでハッチを開けて外に出ると、燦々たる陽光の昼であった。

砲術長が、主砲と搭載弾着観測機の役割について、講義する。こころよい潮風に吹かれながら、片言隻語ももらさじと、聞き耳をたてる。

「本艦の主砲四砲塔の八門は、四十センチ砲である。弾丸の飛距離は三万メートル。艦橋最上部の望遠鏡によっても、弾着を視認することは、不可能である。

したがって、後甲板に備えられたカタパルトにより、二機の観測機は艦隊決戦に先立ってそれぞれ発艦し、敵との中間上空に飛んで彼我を観測し、無線で敵の位置や距離、方向、速力などを本艦に知らせる。弾着が敵の前後、左右にどれだけはずれているかも知らせる任務を持っている。艦隊決戦の勝敗は、観測機の働きにかかっている。

諸君は、やがて、その任にあたってもらう者である。主砲と観測機は、切っても切れない関係にあり、戦いの勝敗を決するもっとも重要なものである」

このような講義であった。

「そうか、よし戦艦の搭乗員になるぞ」

秘かに、私は心に決めた。

支那事変に従軍

われわれ実習航空兵は、左腕に「実習航空兵」の腕章をつけており、艦内は訓練中以外は天下御免で、艦長室であれ、飛行長室であれ、司令塔であれ、艦内くまなく自由に見学できる特権があたえられていた。艦底から機関室、弾庫、機銃砲台、高射砲台、艦橋、最上部の望遠鏡など、ありとあらゆる艦内を見学して歩いた。

飛行長室では、飛行長不在をいいことに、そのベッドに横になったりして、いい気なものだ。

「陸奥」には、連合艦隊司令部（旗艦は前を航行する戦艦「長門」）の腕章をつけた部員が乗り組んでいて、艦の士気、訓練、その他一切をチェックして回っていた。

「厳しいものだ。あの人たちが『陸奥』の成績を判定しているんだな。俺たちも、ぼんやりはしておれんぞ」と思った。

海軍兵学校卒の少尉候補生も乗り組んでいて、年齢もさほど違わず、お兄さんという感じであった。暇をみつけては、ともに夜空を眺め、星座の話をきいたりした。

「陸奥」に乗り組んで、ようやく馴れてきた一ヵ月後、艦隊はアモイ沖に碇泊した。少尉候補生らは内火艇で、アモイに戦跡見学に行った。羨ましかった。戦地である中国も見たかったが、われわれは行かせてもらえず、チョッピリ不満であった。

それでも、後でわれわれは支那事変に参加したことになり、「従軍記章」と、金四十五円也の国債が渡された。十四センチ副砲の六番砲手（弾運び）の戦闘配置にあったからだと思われた。以後、式のたびに左胸に従軍記章をつるして、得意になったものだ。

艦は一夜の碇泊でアモイを抜錨し、台湾の高雄港に入港した。そして、上陸外出が許可された。

ランチ（内火艇）で高雄の桟橋から上陸したが、土をふむのは一ヵ月ぶりだった。まず、高雄神社に参詣する。町は艦隊歓迎にわいていた。ところどころに接待所がもうけられ、われわれも、愛国婦人会の人から甘酒の御馳走にあずかった。

南の太陽のもと、いっぱしの艦隊乗組員として、得意であった。まさにオアシスという感じで、司令部も乗組員への犒《ねぎら》いを忘れてはいなかったのである。激務から解放されて、水兵さんも嬉々としていた。

水兵さんといえば、艦内でこまねずみのように食事を用意し、掃除をし、碇泊すれば甲板掃除に塩水をかぶって働いている。それなのに、夕食後の甲板掃除後の整列には、甲板下士官から呼び出されて、直径五センチもある麻綱を海水にひたし、棒のように堅くなったもので、お尻をたたかれ、制裁を受けていた。

「痛いだろう。あんなによく働いているのに、どこに落度があったのか、戦えば共に死ぬかもしれぬのに……」

まことに同情を禁じ得なかった。だから、仕事を手伝ってやりたかったが、それは許されないことだった。ただ、暗がりの中で感謝するばかりであった。

帝国海軍軍人とは、かくも厳しい訓練と、躾の上に一人前になって行くものなのか、と自分たち予科練の恵まれているのを感じた。

高雄への碇泊は一日で、その夜、ふたたび出港した。台湾南端のガランピをまわり、バシー海峡を一路東へ、連合艦隊は最後の仕上げ訓練に入った。ふたたびすべてのハッチは閉ざされ、怒涛さか巻く太

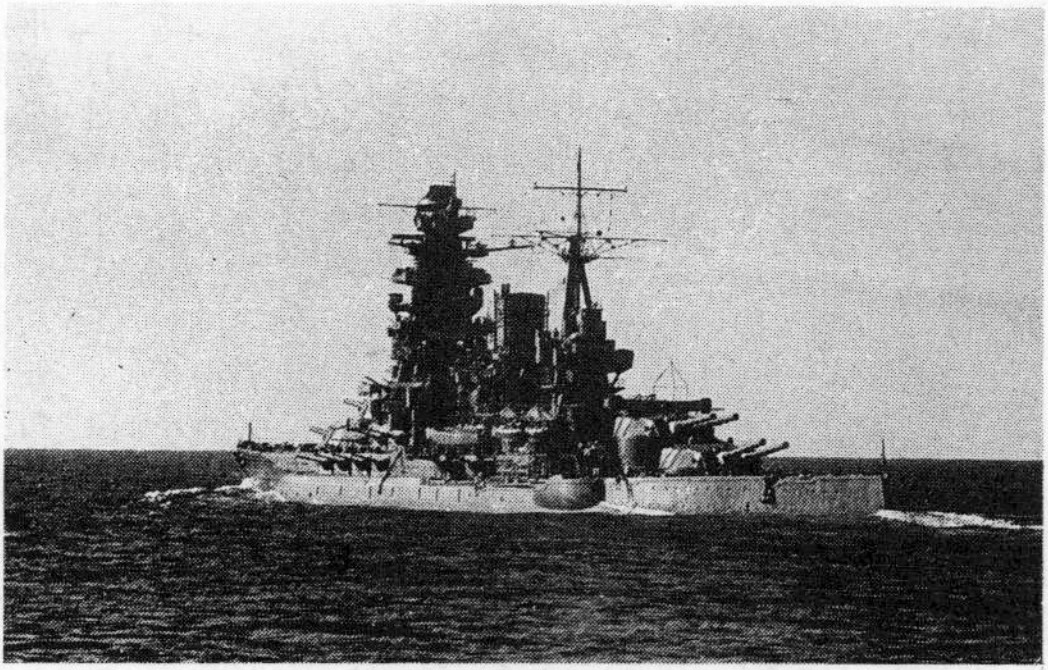

実習航空兵として乗艦した戦艦「陸奥」。14センチ副砲六番砲手の配置につき、1ヵ月余、「月月火水木金金」の訓練に励んだ。

平洋を、いずこへ航行中であるのか、副砲の側にいては皆目わからない。

「月月火水木金金」はふたたび開始された。まず水雷戦では、夜陰に乗じて駆逐艦が接近して、魚雷を発射してくる。艦は蛇行して魚雷を避ける。

航空機の威力を見た

航空戦では、夜が明けると基地航空隊から発進した雷撃機が攻撃してくる。魚雷を発射して、艦の上空マストのスレスレを飛び去っていく。つぎからつぎと雷撃機が飛来する。高射砲が、艦を火の海のようにして発射される。機銃も唸りをあげて、敵機めがけて発射される。われわれは機銃甲板の鉄棒にしがみついて見学する。それは、まさに実戦そのものなのだろう、と思われた。

「実習航空兵は、見張りにあたれ」

と、スピーカーから流れる。海面スレスレに飛来する雷撃機。と、母艦を発進したのか、頭上から艦爆が急降下してくる。高射砲と機銃が間断なく発射される。

実習航空兵に見張りが下命されたのは、眼がよく、将来は搭乗員となる者なので、敵飛行機をいち早く発見できるであろう、ということであったらしい。

われわれ実習航空兵は見学をやめ、高射砲台や機銃砲台で見張りにあたった。

航空戦は、海上から、上空から、攻撃をうける。艦は蛇行航行しながら、その攻撃を避けようとする。水面スレスレに飛行してくる雷撃機。と、艦の真上から艦爆が急降下して来る。また、陸上基地を発進したのであろう「中攻」（渡洋爆撃をした大型機）が、空をおうばかりに飛来する。雷爆撃である。

戦艦群の横からは雷撃、直上からは爆撃してくる。無数の飛行機を、とても回避できるものではない。戦艦群も、飛行機には勝てそうになかった。これからの戦いは、飛行機によって決着がつけられるだろうと思った。

われわれは、その飛行機の搭乗員となってゆくのだ。戦艦といえども、飛行機による攻撃にはたじたじなのであった。

この演習の成果は、司令部から乗艦して来ている人たちが判定しているのだが、明らかに負けであるように思われた。艦《ふね》と飛行機の戦いは、明らかに、艦が負けであると思えた。航空兵力の優劣が、勝敗を決するのであろうと思われた。

私は、よい搭乗員になろうと心に決めた。この艦艇と飛行機との戦いでは、明らかに飛行機が勝ちだと思えたからである。

いよいよわが出番

こんどは副砲戦である。いよいよわが副砲の発射だ。

艦底の弾薬庫から、砲弾がチェーンによって、押しあげられてくる。六番砲手である私の出番だ。あがってきた砲弾を、砲尾に運ぶ。重さは五十キロもあろうか。弾と装薬が一体となっているものだ。

弾はこめられ、尾栓が閉ざされる。砲身が上を向く。射手、旋回手は、「基針《もとばり》」を追って、仰角・左右に砲を動かす。基針は、艦橋最上部にある望遠鏡・測距儀により、副砲幹部で砲の仰角と方向を定め、電気によって各砲塔に伝えられるもので、動いて止まることがない。「追針《おいばり》」は、砲に乗っている射手、旋回手が、砲を動かしてする。基針とつねに重なるようにしなければならない。発射は、艦橋の射手により、各砲塔に電気で伝えられる。基針と追針が重なり合っていると、弾は発射される。

射手、旋回手はきりっと鉢巻をして、懸命に基針を追う。発射されると、砲身が後ろにもどる。これは駐退機（油圧によって砲身が元にもどるようにする機械）によるものだ。つづいて仰角を下げ、弾丸が込められる位置に射手、旋回手によって操作され、尾栓があけられて弾丸がこめられる。

私の出番は、その一瞬である。弾丸を砲の尾部に運ぶ。弾丸がこめられると、尾栓が閉められ、ふたたび射手、旋回手によって、仰角と方向が基針を追うことになる。

十五発も発射したであろうか、「射《う》ち方止《かたや》め」のスピーカーが鳴る。

わが十四番砲塔は、無念にも残弾一発であった。トップで引かれた発射の信号のさい、基針と追針が一致していなかったのである。射手と旋回手が泣いている。

昼夜を分かたず訓練に励んで来たのに、本番で残弾を出してしまったのである。六人の砲塔員は一言も話そうとしない。みんな精一杯やったのである。悔やんでも余りある残弾であった。それもたった一発、みんな心の中で泣いているのであろう。私も六番砲手として、機敏に働いたつもりである。何とも悔やまれる残弾であった。砲塔の後ろに残る弾丸が怨めしかった。

「お前が発射されていたら、満点だったのに……」と。

左舷、右舷の副砲による砲撃戦は終わった。他にも、残弾のあった砲塔があったので、少しは救われた気持になった。

艦隊決戦のハイライト

さて、つぎは主砲だが、四十センチ砲の射撃は、訓練中に砲塔内で見学した。四十センチ砲弾が、艦底の弾庫からチェーンによって押しあげられ、尾栓の開《あ》いている砲身に込められる。ついで装薬が二袋（絹の布に爆薬がつつまれていて、高さは一メートルくらいあろうか）込められると、尾栓が閉ざされ、射手、旋回手は、砲尾に乗ったまま奈落の底の方へ降りていく。砲身が仰角を取ったからである。

発射がおわると、奈落から上昇してきて、また弾丸が込められる位置にもどり、静止する。弾丸と装薬が二袋、砲身に込められる。尾栓が閉ざされると、また奈落の底へである。そこには、他の砲手はいない。すべてを機械が行なうのである。もちろん、装薬もチェーンによって押しあげられて来る。

主砲も、副砲と同様に基針と追針がある。その仰角と方向は、観測機により敵艦を捕捉すると、無線で両者間の距離、方向、風向、風力が打電され、それらの諸元が、主砲幹部という厚さ十五センチもある鋼板によって護られた二十畳もある部屋に集められる。

いまなら、さしづめ電算機であろう、無数の歯車のついた機械によって、砲の仰角と方向が決定され、電気によって各砲塔（四つの）基針が作動する。それを、各砲の尾部に乗っている射手、旋回手が追針を操作（砲身が仰角をとり左右にまわる）して基針を追い、つねに重ね合うようにする。

トップ（艦橋）の射手の信号（電気）によって発射され、弾丸は、はるか彼方（最高三万メートル）に飛んでいくのである。その弾着を観測機で確認し、遠近、左右が無線で本艦に知らされる。命中しなかったときは、その無線の報告により、主砲幹部の機械で修正され、次弾の仰角・方向が決定され、各砲塔に基針となって作動する仕組みになっている。

先に述べたように、主砲射撃の前に、観測機はカタパルトから発艦して、敵との中間に飛び、観測するのである。

戦艦とは、まさに「鉄の城」であり、機械の塊りで、歌の文句にある浮かべる城そのものだ。

このときの主砲射撃は、高射砲台や機銃甲板の鉄柵にしがみついて見学した。主砲が発射されると、一瞬、艦は火の海のように真っ赤になる。砲身の先から火を吹くのだ。そのもの凄さは、とうてい筆舌ではつくせない。

その砲塔内では、射手と旋回手が死物ぐるいで基針を追っていたのであろう。しかも、「陸奥」は魚雷によって損傷をうけているという想定なので、左に十五度も艦を傾けさせられての主砲射撃だった。艦が傾いたままで全速航行しているのである。ものにつかまらないと、歩くこともできなかった。

主砲射撃は、初弾から挟叉《きょうさ》であった。標的艦の曳航する大きな帆の左右（艦から見れば前後）に弾着したのである。挟叉することは、命中することを意味する。

成績は上々であった。もちろん残弾なしであった。あの砲塔内の射手、旋回手の喜びが伝わってくるようだった。砲術長も、得意であったろうと思われた。

主砲射撃で、すべての戦技訓練は終了した。司令部の講評も「上」であった。

航行中の宴

艦は、幾つもの室に分けられていて、各室が独立するようにつくられており、その一室が雷撃によって浸水すると、反対舷の室に注水されて、艦の平衡が保たれるようになっており、注排水装置がつけられている。

事実、航空魚雷の深度調節がくるっていたのか、このとき右舷に突きささっていた。駆水頭部といって、演習用魚雷は爆薬のつめられていない同じ重さの頭部が取り付けられていて、艦底を潜っていったときは命中したことになっていた。それが本当に、つきささっていたのである。

傾いた艦を伝い歩いて見学した。その後三十分もしないうちに、また行ってみたら、魚雷はすでに取り除かれていて、厚さ五センチもある丸い鉄板が、リベットによって貼りつけられていた。

艦内工作兵が修理したのであった。傾いて、全速航行中にである。どうやって修理したのかは知る由もなかったが、工作兵とは、えらいことをするものだ……と感嘆した。

艦隊の第二期行動が終了して、一路北上、連合艦隊は四国高知県の宿毛湾へ向けて航行した。

戦技祝いが航行中に行なわれ、飲めや歌えの大宴会が開かれた。直接に艦の航行にたずさわる部署の者以外の宴会である。酒を呑みすぎて、甲板へ出て吐く者やら、踊る者やら、大変な騒ぎだった。われわれ実習航空兵は未成年で、酒は禁じられているので、たらふく御馳走にあずかった。

連合艦隊は宿毛湾で開散し、各鎮守府の軍港へ出港していった。

われわれ実習航空兵は、航空母艦「赤城」に転乗して横須賀軍港へ回航された。

初めて会う母艦搭乗員の先輩たちは、みな日焼け、潮やけした顔で、それに傷跡が多く、無傷の者はほんのわずかだった。母艦搭乗員の訓練の激しさを語って余りある、先輩の顔、顔、顔であった。

戦中派の必然的青春

雄飛の松

空母「赤城」は横須賀軍港に入り、私たちは艦をおりた。

かつて艦隊艦務実習から帰ってきた先輩七期生のように、自分たちもなったであろうか。ちょっと心もとない気持と、他方では、海軍のことはわかったという自信もあった。

そんな気持のうちに、昭和十五年四月二十八日、霞ヶ浦の予科練に復帰したのであった。この間一ヵ月と九日、桜は開き、そして散りしいていた。

やがて六月一日、われわれは海軍一等航空兵を拝命した。また元の勉強が再開され、予科練の総仕あげに励んだ。

隊は十一月十五日、土浦海軍航空隊と改称され、「予科練のメッカ」となった。思えば、横須賀から移った当座は、放課後の「酒保開け」を返上して、練兵場の整備、地ならしに汗を流した予科練習部も、つぎつぎと兵舎や講堂が増築され、数千の後輩たちが勉学にいそしんでいた。

同年十一月三十日、われわれ第九期乙種飛行予科練習生百九十一名（中途で体をこわし帰郷した者や次期まわしになった者、合計九人）は、卒業記念に庁舎前に「雄飛の松」（陸上自衛隊武器学校庁舎前に現存）を植え、土浦海軍航空隊の第一回卒業生として、隊門を後にした。

その間、二年六ヵ月を要し、予科練を卒えたのであった。夢と、憧れと、希望と、汗と、涙と、悲しみと喜びの二年六ヵ月であった。

この予科練生活が、年ふるに従い鮮明になってくるのは、なぜであろうか。

青春の日の二年六ヵ月、女っ気一つない生活、それは同じ釜の飯を食った仲の、兄弟以上の絆が生まれる喜怒哀楽の日々であり、予科練魂の錬成の場であり、体の鍛錬場であった。

万感の想いを胸一杯につめて、夢に見つづけた大空への一里塚であり、「男らしく、勇ましく」と願った青春の日々であった。

そして、夢多き青春の一つの生き態《ざま》であった。厳しく己れをみつめ、軍人に賜わりたる勅諭の、忠節、礼儀、武勇、信義、質素を旨とするアイデンティティ（自己実現）の日夜であった。

私が歩んだ昭和四年の小学校入学から、予科練を卒業するまでの十一年九ヵ月。その昭和史に何が起こり、何がどうなって行ったか。その中で、小さな魂が、肉体が、どう変容して行ったか。時の勢いの中で、児童期を、そして少年期を、何のために、どう生きたか。

不況のどん底の中で、実質、「非行少年」でありながら、それを問われることもなく、瘦せ細った肉体と心が、生の証《あか》しを求めつづけて到達したのが、「祖国を愛する」ということであった。

死が必然であるように、われわれ戦中派と称される者たちが、必然的に歩まざるを得なかった青春である。

国破れて山河あり――という。あの土浦の門を出た同期百九十一名中、戦没した者百六十二名。十人中の八人は、祖国日本のために大空で散って逝った。

新聞を読む時間もほとんどなく、競走馬のように、まっしぐらに進まざるを得なかった。

当時の世界の中の日本が、どんな立場にあったかは、喋々する必要はあるまい。

在天の友よ

私たち死にぞこないの二十四名は、あの門を出てから二十八年後の昭和四十四年三月二十三日、京都の西本願寺で、戦没同期の遺族、倉町秋次教授、大友文吉分隊長をまねいて、慰霊法要を営んだ。その「追悼の辞」を、私は以下のように草して捧げた。

――想えば、われら大正の末期に生を享《う》け、激動の昭和の初期に幼少を送り、祖国の危殆《きたい》を肌に感じつつ人となる。

昭和十三年六月一日、その紅顔を追浜に会す、われら二百、君がおもかげ今に新たなり。

烈々たる祖国愛、憂国の志を、海軍航空の戦士たらんことを期して若き血に託し、相伴《あいとも》に追浜の里、土浦の水に学び、さらに雄飛を期して谷田部、筑波、鈴鹿の空を翔け、海軍の勇者たらんと大分、宇佐、大村、博多に術を磨き、太平洋の波ようやく急を告げんとする昭和十六年十月三十一日われらは先輩に恥じざる空の戦士として戦渦風雲の空にはばたきたり。

この間三歳有半、貴様と俺とは相共に苦しみに耐え、学を修め、技を練り、また共に遊び、夢多き青春を語りしに。

爾来、君がたてし赫々たる勲は戦野のわれらを励まし、われら同期を奮いたたせしに。

古来、征戦幾人か還るといえども、今日君と相別れて二十有八年、桜花ようやく開かんとする京の都に吉日を朴して幽明境を異にせし君が武勲を顕らかにし、その霊を慰めまつらんとすとは。

今君が姿いよいよ鮮やかなり。

君に告ぐ。われら相共に母校土浦に君が碑を建て、遺品をまつり、遺影と武勲を久遠に遺せしことを。

君が捧げし若き血潮は祖国の上に脈々として流れて涸るることなく、祖国日本は君が在りし日を超ゆるに至る。君が同胞健やかにして祖国の緑いよいよ鮮やかなり。南に北に大空の雲をあかねに染めし君が血潮は君が同胞の中に、そして今わずかに残るわれら同期二十四名の中に永遠に若きがままに流れてつきることなきを。

今ここに君に誓う、君が憂国の志を悠久に継ぎ、伝え、君が勲に恥ずることなく祖国に報い大義に生きんことを。

近時祖国の世相、物質文明の弊ようやく兆し、青少年の行動憂うべきこと多きが故に君が血をもって正し、祖国を栄えしめんことを。
在天の君、霊を安じてねむれ、相共に泉下で語るその日まで。
学び舎にあけくれし日は古りたれど　君はかわらぬ若き天人
あの雲をあかねにそめて逝きたれば　年ふるとても君はかわらじ

私どもの青春の、血の、愛の対象は、愛してやまない同胞であり、緑濃い国土であった。やがて起こった大戦で、友はつぎつぎと、大空に散華して逝った。その魂は、私に何を求めているのであろうか。私にはわからないが、流れる雲が語っていることだけは、確かなように思えてならないのである。

飛練の明け暮れ

歴戦の猛者のもと

海軍機搭乗員としての基礎課程である「予科練」を卒業したわれわれは、昭和十五年十一月三十日、常磐線土浦駅でたがいに袂をわかち、操縦専修者は谷田部空と筑波空へ、偵察専修者百七名は鈴鹿空へ配属され、同年十二月一日、第十期飛行練習生を命ぜられた。いよいよ大空の戦士として、練習機教程に入ったのである。

われわれ偵察専修者は、鈴鹿おろしの寒風の中で、連日、九〇式機上練習機に搭乗し、偵察員としての実技訓練に入った。

二個分隊に分かれてそれぞれ四班が編成され、教官（分隊長、分隊士）教員は、すべて偵察術を専修した歴戦の搭乗員で、他の兵科出身の者は一人もいなかった。もっとも若い教員は、あの横須賀で私たちを可愛がってくれた先輩七期生の林、長嶺両飛行兵曹であった。

鈴鹿空へ配属された偵察組が、実技訓練に励んだ九〇式機上練習機。夜間300カイリ索敵攻撃が可能な技倆の基礎を培った。

わが班同期十二名の班長は、先輩六期の田代教員であった。私は、班の伍長である。

偵察術の実技は航法、通信、爆撃（水平）、射撃、写真などで、二つの飛行分隊に所属して、教員と練習生二人が組となって毎日飛行し、実技の訓練を受けた。

午前中に飛行訓練した日は、午後は教室で実技に関する座学である。そのほかに、兵術の勉強があった。

飛行服、飛行帽、飛行眼鏡に飛行靴をはいて、飛行分隊の下士官搭乗員の操縦する初等練習機に搭乗しての飛行訓練は、予科練の日々よりさらに厳しいものであった。

海軍機の航法は、推測航法、地文航法、天文航法などがあり、主として推測航法の訓練が行なわれた。それは、洋上で島影ひとつないところを飛行することが多い海軍機の飛行方法で、機上で航空計算盤（対数目盛りの刻まれた計算機）に偏流を測定して記入し、風向、風速を推測して、定められたコースを飛行するには、機を何度風上に向けて飛べばよいかを決定する方法である。

地文航法は、地上が視認できるときに行なう航法で、駅とか、町とか、川とかを航空図（地図）と照合しながら飛行する方法で、陸軍ではこの方法によっていたようだが、夜間とか天候の悪いときには、失敗することが多い欠点を持っていた。

海軍機は、島影もない洋上を飛行することがほとんどであり、夜間でも、天候が多少悪くても飛行できる利点があったので、推測航法が主たる飛行方法として訓練されたのだ。

天文航法は、六分儀で天体（太陽、月、恒星）の高度を測定し、飛行機の位置を決定する方法で、雲があって天体が見えないときは、活用できない憾みがあった。したがって、海軍機のうち大艇や中攻など大型機が利用するにとどまった。

私は小型機（二座、三座）の偵察員だったので、ほとんど地文、天文航法は行なわず、もっぱら推測航法によった。飛行時間が増すごとに技術が向上し、飛行時間一千時間を算したころは、三百カイリ（一カイリは千八五十二メートル）を飛んで、誤差一カイリぐらいとなっていた。

戦局が非となり、夜間三百カイリの索敵攻撃（実飛行距離は側程もあるので七百七十カイリくらい）に出撃帰投しても、誤差は一カイリ以内、到着予定時刻の誤差も五分以内であった。これは、夜間でも到着点を視認できる距離であった。ということは、技倆未熟によって、自らの機と命を捨てないですむことであり、任務を完遂できることであり、犬死しないですむことであった。

それは、孤独な自己との闘いでもあり、実戦中の訓練ともいえるものであった。その基礎が、初等練習機の機上作業によって培われたのであった。

航法の生命は、より確実な風向と風力の測定にあった。

通信訓練は、航空機用無線電信機（空二号、空三号）による地上通信員との交信である。予科練二年六ヵ月の送受信訓練は、ゆうに実戦に通用するまでにいたっていた。

飛練（飛行練習生）では、航空機用無線電信機の構造、操作、空間観測（混信を起こさないため）に、主力がおかれた訓練だった。

機上に装備された無線機の構造、故障原因の把握、故障の修理、効率よく電波が発射され確実に地上に届いているか、機上でうまく電鍵を操作できるか、受信機の調整が的確にできて地上からの電波（モールス符号）を確実に受信できるか、送信するさい他機または地上の電波と混信を起こさないでできるかに、かかっていた。

予科練での三百字の送受信（一分間で和文百字、欧文で百二十字）では、私は誤字脱字もなく、満点をとりつづけていたが、とくに偵察専修者となってからの気象通報受信による天気図の作成訓練は、大きな自信となっていった。

瞬時もゆるがせにできない通信訓練は神経をすり減らし、心情的には嫌いだったが、偵察員たる以上、嫌でも完璧でなければならなかった。

したがって、予科練時代でも、通信訓練で成績のよくなかった者は、「酒保開け」の時間を返上して、特訓をさせられたのであった。他の学科で優秀な成績をとっていても、通信が不得意な者もいて、酒保でくつろいでウドンや汁粉も食べられずに、特訓を受けていた同期生に同情を禁じ得なかった。

至難を可能に

射撃訓練は、旋回機銃による実弾発射で、伊勢湾の上空で行なわれた。標的曳航機の引く吹流しに向かって、実弾を撃ち込むのであった。各自の実弾には、それぞれ異なる着色がされていて、布製の吹流しに命中すれば、その弾痕に色が残る。射撃訓練が終わると、吹流しは飛行場におろされ、弾痕の色によって、だれの発射した弾《たま》が何発命中したかが確認される。

射撃する側も、吹流しも共に飛んでいて、しかも速度が異なるので、弾丸が銃口を離れて吹流しに命中するまでに、機速、風向、風速に影響され、命中させるのは非常にむずかしいことだった。

直接、吹流しをめがけて発射したのでは、命中しないのである。機速の違い、弾丸が吹流しに到達するまでの時間、銃口を離れた弾丸は重力により弧を画いて降下するので、照準器のどこに吹流しを視認したときに発射するかに鍵がある。

座学で一応わかっていても、いざ発射してみると、当たらないのである。標的の吹流しが、弾丸が到達するまでにどのくらい進んでいるか、弾丸が飛距離によってどのくらい下降するか、などを考えて、吹流しの前方かつ上方に向けて発射するのだが、弾丸が吹流しの前方を通過してしまったり、上方、下方を通過してしまったりして、命中させるのは非常にむずかしかった。

射撃訓練には、泣かされ通しだった。私は、射撃は苦手《にがて》であった。

爆撃訓練は、水上に置かれた六メートル四方の標的に、水平飛行により一キロの演習爆弾を投下する。爆撃照準器を機内下方の窓にさしこみ、自機の速力、高度、風向、風速、落下時間などを考慮して、標的がどのあたりに見えたときに投下するかが問題だった。

照準器から標的を見ながら機を誘導して爆撃針路に入り、「五度右」「一度右」「チョット左」などと操縦員に指示して飛行し、照準器のどのあたりに標的がきたときに投下把柄《はへい》を引くかを決めて投下するが、これまた命中させるのは、至難の術であった。

まして、水上を蛇行しながらはしる標的への動爆は、さらに至難だった。鈴鹿空での八ヵ月間、わが同期百七名のうち、直撃は一発も出なかった。

写真撮影訓練は、目標の直上に機を誘導しての垂直撮影が主だった。練習機の床の窓をあけ、一辺三十センチ、重さ約五キロの大きな航空写真機を首からさげて、目標（燈台）の直上に機を誘導し、シャッターを切るのだが、現像してみるとフィルムに燈台の横の部分も写っていて、垂直撮影にはなっていないのであった。

鈴鹿海軍航空隊での丸八ヵ月、冬の休暇と日曜日や雨天、風の強すぎる日以外は、毎日、飛行機上での作業訓練がつづけられた。いっしょに搭乗して直接、手をとって教えてくれるのは、先輩搭乗員の教員で、瞬時も気がゆるせない日々の連続だった。

隊内生活でも、先輩は仮借のない躾教育を加え、座学の間に持ち物を点検したりした。

あるとき、百七名中の一人が、洗面道具袋の中に「ニキビ取り美顔水」を入れていたのが発覚したことがある。搭乗員にあるまじき行為として、美顔水は全員が兵舎の床に整列している中間の通路のタタキにたたきつけられた。ガラス瓶は粉々に飛び散り、悩ましい香りがただよう中で説教があり、あげくの果てに、総員が野球のバットで尻を力一杯、三発ずつたたかれた。腰がしびれ、まともには歩くこともできなかった。

先輩じゃないか、何もたたかなくても……と、われわれは思ったが、それは許されない。特に、あの横須賀で可愛がってくれた先輩七期の教員は、まるで人がかわったように厳しかった。予科練出身以外の教員もいたから、その手前もあったのであろうが、

「もう、予科練も卒業して、海軍のこともおおむね分かっているのに!」

ということだった。その時は、こんなにまでしなくても、話してくれれば……というのが、われわれの本音であった。

一日も早く一人前に

鈴鹿での八ヵ月は、またたく間に過ぎ去っていった。陸上競技で優勝、相撲でも優勝した。総じて成績は優だった。甲飛四期と小競り合いもしたが、飛行作業でもひけは取らなかった。

連合艦隊の空母が伊勢湾に碇泊し、母艦機が飛行場での発着艦訓練にきたことがあった。その中に、先輩の八期が何人かいた。予科練ではいじめられたが、母艦搭乗員となった八期生は、もう慈顔にみち、きびきびした態度で頼もしかった。われわれを九期生と知って、

「おお貴様ら、いたか。しっかりやれよ」

と言って、立ち去っていった。彼らは夜間訓練であった。飛行場の四隅にランプがともされ、離陸しては着陸する激しい爆音が、三日ばかりつづいたと思ったら、アッという間に姿

を消してしまった。

飛行機は九九艦爆で、飛行場を母艦の飛行甲板に見たてての、発着艦訓練であった。

「俺たちも、一日も早く、ああなりたい」

そう思ったものだ。

昭和十六年六月一日、われわれは海軍一等飛行兵に任ぜられ、善行章一線があたえられた。入隊以来、満三ヵ年が過ぎていたのである。善行章一線、それは千金の重みがある。練習生であっても他の兵科から見る目が違ったことがよくわかった。外出しても、堂々とすることができた。

日曜日には、予科練時代と同じように、鈴鹿の民家を「クラブ」として借り、畳の上でくつろいだ。また、酒保に出入りする汁粉屋さんに、きれいな娘さんがいて、おかわりをして運んでもらうのが嬉しかった。

先輩七期の林教員が、外出して深酒をし、道路の側溝にはまって寝込んでしまっていた。たぶん一線部隊勤務でなく、教員配置であることが不満だったのであろうと、先輩の気持をおしはかる余裕もできていた。

「教員をしていては技倆の向上もなく、同期からおいてけぼりをくっている」

先輩の苦衷が、痛いほどわかった。それで、あんなに独りで飲んだのであろう。隊へ帰れば、謹厳な教員として、後輩を育てなくてはならない身なのである。

「くやしさを、ああして、発散させているんだな」

いささか醜態を演じてはいるが、許すことができた。

私は母の看護に帰郷したので、善行章は同期から一ヵ月遅れて付与された。善行章一線あたり、一日三銭が増加支給された。

腕をみがくべし

初日に直撃三発

昭和十六年七月三十日、練習機教程を終了し、実用機教程に入った。いよいよ雛鷲である。同期の偵察専修の百七名は、六十五名が大村空に、四十二名は水上機搭乗偵察員予定者として、博多空に配属された。

ついでだが、同期の操縦専修者は、谷田部空と筑波空から、私たちより先の五月三十一日に、大分空、宇佐空、大村空に配属され、いちはやく実用機教程に入り、それぞれ戦闘機、艦上爆撃機、艦上攻撃機、中型攻撃機の操縦訓練に入っていた。

ともあれ、博多空に配属された私たち四十二名は、九四式水上偵察機（三座の実用機）に搭乗し、航法、通信、爆撃、射撃、写真の訓練に入った。教員はすべて搭乗偵察員であるが、搭乗はせず、地上で訓練を見守っているだけだった。操縦も、偵察も、すべて練習生であった。

翌七月三十一日から飛行作業がはじまった。操縦員は丙種予科練出身の飛行練習生だった。

博多空における実用機教程の三ヵ月間で、特筆すべきことは、わが同期四十二名が水平爆撃訓練に入った初日のことである。

爆撃担当の教官、教員は、偵練出身の飛行兵曹長と、先輩六期の榎本茂教員（戦後、南極探検のヘリコプター搭乗員）であった。型どおりの申告を指揮官（分隊長）にして、九四水偵に搭乗する。機長はわが同期で、中間席に搭乗した者が爆撃を担当し、後席にも同期が搭乗して弾着確認のための写真撮影を担当することに搭乗割が組まれていた。

高度千メートルから、博多湾上に浮かべられた六メートル四方の標的に向かって、水平爆撃をつぎつぎに敢行していった。なんと、その初日に「直撃命中」が三発もでたのである。

爆撃訓練に入る前に、榎本先輩は、「直撃した者には、パイン缶一個を与える」ことを約束したのであった。それが、初日にして三発である。その三名には、パイン缶が出たものと思われるが、確認はしていない。結局、爆撃訓練終了までに、直撃が七発出たのであった。初日に直撃三発は、博多空でかつてなかった出来事であったらしく、担当教官の飛行作業終了後の講評は、

「お前たちに教えることは、何もない。好きなようにやるがよい」

というものであった。

担当の教官、教員は、わが十期飛練の実力に瞠目したらしく、ただ指揮所付近でわれわれの飛行作業を見学しているに過ぎない、と私の目にはうつった。

兵学校なにするものぞ

通信訓練でも、兵学校から飛行学生をおえた飛行士の海軍中尉が、われわれと同様に訓練に飛ぶことがあった。ある日のこと、

「八二三の通信訓練練習生は誰か」

と、その飛行士に問われた。私は、

「八二三は私でありますが……」

と、地上電信員の部屋で答えた。飛行士曰《いわ》く、

「君だけが訓練しているのではない」

「何か、不都合なことがありましたか……」

私は飛行士に問うたが、答えがない。飛行士は、私と同時間中、通信訓練に飛んでいたのであった。

私は空間観測も入念にして、同期の僚機の終止符をキャッチするやいなや、間髪を入れずに打ち込んでいった。何度か送受信訓練をして、時間が来たので帰投し、地上電信員に講評を聞くべく通信室を訪れたのであった。

ところが、いきなり飛行士の言葉であった。私は面くらってしまった。一度も混信を起こしたこともなく、不都合なことをした覚えはまったくなかったのである。飛行士は黙って立ち去った。地上電信員の話では、

「藤代練習生の交信には、落度は何もありませんよ。飛行士が打ち込みの機会を失して、訓練できなかったからでしょう」

ということであった。それを聞いて私は思った。

——上官が飛んでいるからと遠慮していたのでは、訓練にならない。出来るならやったらいいんだ。偉いから技倆も上だという保証は、何もないではないか。予科練から、三年四ヵ

月になろうとしている。厳しく鍛えられ、それに耐えて来ているんだ、負けていられるか。搭乗員は孤独であり、しかも、それに耐え抜いてこそ、一人前になれるはずだ。くやしかったら勝てばいい。

雛鷲が実用機教程で搭乗した九四式水上偵察機。航法、通信、爆撃、射撃、写真の訓練を実施、爆撃では直撃命中が続いた。

両親もなく、ひたすらお国のためになりたいと、泣きながら耐えて磨いた技倆なんだ。俺は、日本一の海軍偵察員になろうと思っているんだ。それよりほかに、生きる道はないんだ。しかも、それが親父の遺言にも添い、祖国のためにもなるんだ。上官を尊敬しないのではないが、技倆は次元が別だ。

兵学校なにするものぞ——と、不遇な中で育った水戸魂と予科練魂が、不屈不撓の精神が、心の中でうずくのが感じられた。

私は、努力した。それ以外に道はなかったからである。爆撃訓練でも、直撃こそ出せなかったが、写真判定の平均点は九十点を超えていた。もちろん動爆も含めてである。命を賭けて励んだ。負けてはいられなかったのである。

実用機教程中、教官、教員から一度も文句をくったことはなかった。実用機教程を終了する九州一周卒業飛行も、一小隊一番機の偵察員であった。

爆撃射表は、夜の温習時間に自分で作成して、それを使った。航法でも、通信でも、自信が湧きつつあった。

昭和十六年十月一日、われわれ同期は海軍三等飛行兵曹に任ぜられた。水兵服（セーラー服）を脱いで、五ツ釦の下士官服となり、帽子に庇がついて錨の帽章もついた。

博多空での訓練中は、博多湾の美しさ、島のたたずまい、玄界灘の荒波を見ることもなく、ただひたすらに訓練に励んだ三ヵ月であった。

想いは孤独の中に

一度だけの脱線

昭和十六年十月三十一日、われわれ同期は飛行練習生を卒業した。左マークは高等科練習生卒業と同じで、桜に錨に翼のついた憧れの特技マークであった。一人前の搭乗員となったのである。

飛練実用機教程中の日曜外出には、博多へ出て遊ぶのが常だった。長野県出身の村上守司（昭和十七年十月二十六日、「翔鶴」乗組で南太平洋方面において敵空母に突入自爆）とよくウマがあい、博多の繁華街の裏通りへくり出し、

「オイ村上、酒というやつを一杯やってみるか」

「ウン、やってみよう」

意見が一致して、二人で銚子一本を飲んでみた。

もちろん未成年で、飲んではいけないことになっていたので、よけいに飲んでみたかった。ところが、ほんの銚子一本、しかも二人なのに、苦くてうまくなかったのに、二人とも眼のふちがだるくなり、

「オイ貴様、顔が赤くなったぞ」

「そうか、眼のあたりがちょっと変な感じがするな。赤くなったか、それはまずいな……」

「帰隊するまでには、さまさなくてはな」

二人で困ってしまったが、幸いなるかな、帰隊するころには顔の赤味はとれたので、先輩四期の古尾谷輝造班長（戦後、海上自衛隊勤務。P2Vに乗っていて、宇都宮市に健在）にも気づかれずにすんだ。村上君も無事だった。以後、これにこりて赤ちょうちんへは行かなかった。一度の脱線だけで、まあ、真面目だったと思う。

わが同期生四十二名の評判はよかった。吊床競走でも、どこにも負けなかった。鉄の団結と努力の成果であった。

単身赴任

さて、卒業式を終えて、紙でおおっておいた左マークもあらわに、われわれは波高い第一線へと巣立っていった。

私は戦艦「陸奥」の艦務実習以来、心に決めていたので、第一希望を「戦艦の搭乗員」と提出しておいた。配属先の発表は、

「君川丸、笠井、宮本、松沢」

「相良丸、藤代」

「神川丸、植木……」

ということで、戦艦に配属が決められた者は、一人もいなかった。あの「月月火水木金金」で猛訓練していた先輩たちで、その配置は埋めつくされていた。

私は自分の配属先に「丸」がついていて、不審だったので、聞いてみると、「特設航空母艦」ということであった。

「丸」がついているのが気に入らなかった。本物の軍艦ではないな、と直感した。しかも、同期中たった一人の発表だった。単身赴任は私だけで、相良丸は佐世保にいる、ということだった。横須賀鎮守府所属の船が、佐世保にいるのも妙であった。

とにかく、三年五ヵ月、おなじ釜の飯を食い、操偵に分かれ、陸上、水上に分かれ、最後までいっしょだった四十二名の同期ともお別れであった。

隊列を組んで、海の中道駅へ向かう。他の隊員が帽をふってくれた。胸を張って堂々の行進だった。教官が駅まで見送りに来てくれた。

駅で汽車を待つ間、分隊士が呼ぶので、敬礼して分隊士の前へ行った。

「君に言っておきたいことがある……」

何だろう、ちゃんと卒業したはずなのにと思っていると、分隊士は、

「藤代君、君に恩賜の銀時計はゆかないから、承知しておいてほしい。卒業成績はトップだが、予科練からの成績が加味されて判定されるので、残念だろうが、諒承してほしい」

なんだそんなことかと思った私は、

「分隊士、私は銀時計がほしくて勉強して来たのではありません。お役に立てる搭乗員になりたいと、懸命になったのは事実です。その結果、お陰様でお役に立てるとして卒業させて頂けました。それで充分なのです。おそらく、私の技倆も、ほんの搭乗員の雛であることもわかっています。実施部隊でいっそう努力して、一人前の搭乗員、偵察員に早くなりたいと思っています。本当にありがとうございました」

一気に答えた。分隊士は、

「頑張れよ、みんな期待しているからな」

といってくれた。

想えば、あの小学校五年生のとき、「飛行機乗りになろう」と、ひそかに心に決めてから九年半、「男らしく、勇ましく、お国のために働こう」と過ごしてきた。

喜怒哀楽は、この日のためにあった。悪さもしたし、泣きもした。腹の立つこともあった。嬉しいと本当に感じたのは、今日、この日、卒業式の瞬間だけであったような気がした。天涯孤独の農家の次男坊が、やっと独り歩きができる目途のついた瞬間であった。

自負心と重圧と

西日本鉄道西戸崎線の単線汽車の上りが、海の中道駅へ着くまでちょっと間があった。ホームから西の方、志賀島の方を首を長くして見る者、同じ艦に配属になる者同士の嬉しそうな顔、顔、顔である。

「なぜ俺だけが単身赴任なんだ」

分隊士との話もすんで、ふたたびわれに還った私は思った。同期四十二名中でたった一人で乗艦して行くのは私だけで、他は少なくとも二人以上なのであった。

やるだけはやったのだから、悔いることはないが、それでもこの三ヵ月、たしかに、博多空はじまって以来の好成績をわが同期はあげた。教官や教員に、舌を巻かせる成績だった。

水平爆撃や通信をはじめとして、これまで、博多空に在籍して実用機教程の教育をうけた飛行練習生で、わが同期ほどの成績をあげたクラスはなかった。それは、教員でしかも先輩でもある四期の古尾谷、鶴賀、五期の高田、森、六期の榎本茂兵曹らの言葉からわかっていた。それら先輩の教員たちは、後輩の成績に満足げで、鼻高々だった。

日支事変は拡大していたし、われわれの心の緊張を高めさせた。そんな中で、私は個人として、いささか慢心のきらいがないでもなかった。通信訓練で飛行士に対してとった態度にしても大きかったし、夜の温習時間に雑誌を持ち込んで読んでいたこともあった。

教員は見回りにきて、それを視認しながら何も文句をいわなかった。理論でも、実技でも、われわれは先輩を超えていると自負していた。

予科練から練習機教程の鈴鹿空では、それほどでもなかった私の心の中のレジスタンス精神が、博多空へきてから、徐々に頭をもたげはじめていた。

小学校三年生で父親に死なれ、予科練二年の秋には、母とも死別して、片親育ちから天涯孤独になって、性格に歪《ゆが》みができていたのであったのかも知れない。小学校三年生の二学期から、甘えてゆける対象はなかった。それは、悲しいことであった。だから、男のくせに、何度か人知れず寂しくなって涙したことが、予科練三年生になっても時折りあった。頼れる、頼りにしたい人は、皆無だった。己れの人生を、運命を、自ら決して行かなければならなかった。孤独だった。

小学校の先生、予科練の教官や教員、鈴鹿空での教官や教員と、親も及ばぬだろうと思われる恩を受けたことは確かだったし、感謝してはいた。しかし、己れの努力でどうしても切り開くことができない運命は、重くのしかかっていた。

だから、ムラムラと頭をもたげようとする不満を、私は勉強のエネルギーに昇華させて、猫をかぶろう、それ以外に自分の生きる方途はないんだ……と自分に言い聞かせ、予科練へ入ってから鈴鹿空を去るまでは耐えた。

それは、自分の虚像であった。いい子になりすまして、過ごしたのであった。

それが、博多空ではメッキがはげつつあった。クソッという気持が顕著になってゆき、行動にも現われつつあった。

博多空の教官や教員は、それを見抜いて、あいつは独りにさせてやれ、という結論を引き出したに相違ない……と私は、上りの汽車がくるまでの間に考えていた。

チクショウ！　ただでさえ孤独な搭乗員、それに加えて、ただ居てくれるだけで心が安らぐ同期からもはずされて、ただ一人、佐世保に港中の特空母「相良丸」へ行かされる。

成績のことで、体裁のよいことを言いやがって、どこまで俺を、いじめる気なんだ……。

同期生は、汽車を待ちながら、ワイワイ、ガヤガヤとさわいでいる。

貴様らと、あるいはもう二度とは会えないかもしれないんだ……と私は、独りで誰にも話しかけもせずに、相良丸とは一体どんな母艦なんだろうか……と、思いを佐世保に馳せていた。

玄界灘は、凪いでいた。白砂青松の故郷の鹿島灘を髣髴させるこのたたずまいも、二度と見ることは恐らくないであろう。さらば学びの舎よ……と博多空をふり返ってみたりして、汽車のくるのを待っていた。

——十九歳の男の想いは、孤独の中に流されていった。

第三章　母艦搭乗員の気概

特空母「相良丸」

搭載兵力は八機

「ジャア元気でな」

昭和十六年十月三十一日、博多駅で同期と別れて、私はただ一人、衣嚢をかついで佐世保軍港に向かった。教官や教員にタテをつくようになっていながら、不安な、寂しい旅であった。

夕刻、佐世保軍港の桟橋について、「相良丸」のランチを待った。ほどなく、相良丸のランチがついたころには、夕闇が迫りつつあった。相良丸は、排水量七千トン級の貨客船改造の水上機母艦である。ちなみに、艦名の「相良」は、静岡県駿河湾の西側、御前崎の北にある地名である。

さて、乗艦して甲板士官に、着任の旨を告げたところ、

「搭乗員は、佐世保航空隊の格納庫を借りて起居し、訓練中なので、すぐ行くように」

ということであった。そこで、ふたたびランチに乗って、佐世保空へ向かった。私は佐世

保軍港も佐世保空も初めてであった。

佐世保空の片隅の格納庫に赴き、先任搭乗員である先輩五期の大澤正敏一飛曹に、着任の旨を伝えると、大澤兵曹はすでに知っていたようで、ニコニコしながら迎えてくれた。

「では、まず整備科に紹介しておこう」

さっそく大澤兵曹は、同じ格納庫の東側、パネルの上に畳をしいた整備科に案内し、紹介してくれたので、私は着任の挨拶をした。飛行作業も終わっていて、三分の一くらいは上陸外出中とのことであった。

搭乗員も下士官兵は、同じ格納庫の西側の隅に、パネルの上に畳をしいて起居していた。北の隅には、毛布がたたんで積んであった。搭乗員は、枝林一飛と佐々木基治二飛しかいなかった。他は上陸外出中とのことであった。

きけば、母艦搭載機数は八機（九五式水偵二機、零式観測機六機）、搭乗員は准士官以上五名、下士官兵十名とのことだった。

何とささやかなことだ……と、まずがっかりした。これまでは練習生だけでも四十二名もいたのに、こんどは搭乗員も合計十五人、飛行機もたった八機、戦艦「陸奥」でさえ観測機二機を搭載していたのに、これで航空母艦なのだろうか。

はやりにはやって赴任し、憧れが実現したにしては、何とももの寂しいものだった。

こうして憧れの第一線部隊の初夜は、コンクリートの上にパネル、その上に畳を敷いてあるところに毛布を敷いて、その毛布にくるまって迎えたのであった。ただ一つ、これで部隊が二座の飛行機であることがはっきりして、私は一安心した。これまで訓練してきた航法、

〝戦艦〟への夢やぶれ配属先となった特設水上機母艦「相良丸」。
搭載機数は九五式水偵２機、零式観測機６機のあわせて８機。

通信、射撃ができそうだからである。
ともかく、あまりのささやかさに、気負い立っていた気持が、だんだんしぼんでいく悲しさは、どうしようもなかった。これが、あんなに待ちに待ち、耐えに耐えてきた結果にして
は、惨めすぎて、なかなか寝つかれなかった。

憧れの第一線部隊の初夜は、期待をはるかに離れた、天井板もないガランとした格納庫の片隅で、骨組まれた鉄骨を見上げてのもので、緊張は残っているものの、現実は幻滅以外の何ものでもなかった。

それでも、いつしか一日の疲れがでて、初夜の夢を結んだのであった。孤独でもの悲しく、冷たいしとねであった。

搭乗総員十五名

明くれば十一月一日、格納庫の片隅で結んだ夢は、朝冷えに破られた。畳の上で毛布にくるまって眠ったのは、生まれて初めての体験だった。寒さに震えながら、

「そうだ、俺は一線部隊の航空母艦に配属になったんだ。もう練習生ではないんだ。やるんだぞ……」

と自らに言いきかせ、これまでのハンモックとは勝手が違う寝床の中で、モゾモゾとしていた。

朝がきても、「総員起こし」の号令も響いてはこない。そばで眠っていた枝一飛と佐々木二飛が起きだしたので、私も起きた。しかし、何をすればよいのかわからない。自分の使った毛布をたたんで、片隅に積みあげていると、枝一飛と佐々木二飛から、

「お早うございます」

と挨拶された。これには面くらった。海軍へ入って以来、こんな挨拶をされたことも、したこともなかった出来事だった。ドギマギしながら、問うてみた。

「お早よう。ところで、何をすればいいんだね」

これだから、単身赴任は嫌だった。同期がいれば、どんなに心強かったことか。二人以上で赴任していった同期が、うらやましかった。

「藤代さんはいいんです、私たちがやりますから」

佐々木二飛がいう。なんとも手持ち無沙汰なことであった。表へ出て、水道の蛇口をひねって顔を洗っていると、大澤兵曹が起きてきたので挨拶すると、

「ああ、お早よう。よく眠れたかね」

「ハイ」

じつは、あまりよく眠れた実感はなかったが、そう答えた。つい昨日の朝までは、追い立てられるように起きてハンモックを括っていたのに、何という変わりようであることか。これが実施部隊の朝なのだと、自分で自分に言いきかせた。

明るさを増してきた軍港内の艦艇、点在する島々に目をやり、ここちよい佐世保の空気を胸一杯に吸い込んだ。そして、腕をふり、体を前後左右に曲げて体をほぐし、畳の上を掃くことにした。それが終わってから、枝一飛、佐々木二飛らの食事用意を手伝った。

そのうちに外出から搭乗員がもどってきたが、その一人一人に私は挨拶した。

「お早うございます。藤代です、昨夕配属されて着任しました。よろしくお願いします」

末席と思われるところに座って、朝食をとった。なんとも和やかな雰囲気だった。環境は劣悪だが、いいところだと実感した。

飛行服や飛行帽、飛行眼鏡、飛行靴も、新品を佐々木二飛がとどけてくれた。飛行服の右腕に階級マークを縫いつけて、いちおう準備はできた。

午前八時三十分、東側の格納庫におもむき、軍服に飛行靴で九五水偵や零式観測機を格納庫から引き出すのを手伝った。

搭乗員（下士官と兵）がそろって整列、飛行長村山利光少佐、分隊長向山喜彰中尉、飛行士今坂国富予備少尉、分隊士の中山哲志飛曹長と中込幸恵飛曹長らもいて、大澤先任搭乗員が私の着任を紹介してくれた。

「藤代です、よろしくお願いします」

これで挨拶は終わりだった。何と簡単なこと。これらの上官と、先任搭乗員を含めて下士官兵十名、搭乗員は合計十五名である。これが、特空母「相良丸」の全兵力であった。

先任搭乗員につれられて、整備科員に改めて挨拶したが、ここでもいたって簡単だった。

「藤代三飛曹です、昨夕着任しました、よろしくお願いします」

さっそく、格納庫の居室にもどって、飛行服姿に着替えてパートに戻る。はやくもエンジンは始動されて、朝のしじまは爆音に破られ、活気にみちていた。

空中戦訓練をへて

二座配置の偵察員とは

指揮所前の搭乗割には、早くも私の名札が掛けられていた。なんと手まわしの早いこと。一機また一機と、零式観測機（零観）が滑走台から水に浮かび、東北に向け水しぶきをあげて離水していく。

「観測機は、恰好いいなあー」

機影を追う。どんどん高度をとって、三千メートルくらいで水平飛行にうつり、宙返り、スローロール、急降下、急上昇をする。それを私は、じっと瞳を凝らしてみつめていた。

三十分くらいして、零観は帰投着水、水上を滑走して滑走台にもどってきた。

いよいよ、私の番である。操縦は中山飛曹長だ。これまでに乗ったことのない二座機の後席に入る。

「バンドをかけて、落下傘のフックをかけて」

飛曹長が教えてくれる。

「ハイ」

伝声管で答える。零式観測機に乗るのも、特殊飛行も、私は初めてである。

「後方、左右見張りよし」

伝声管で伝えて、座席両側にある金具を握る。機は離水海域に達していた。

「離水準備よし」私が報告する。

「離水する」

「見張りよし」

また私が伝えると、エンジンの唸りが高くなり、水上滑走をはじめ、あっという間に離水した。

「さすが零観、九四水偵とは違うなあー」

感心しているうちに、高度はどんどん上がって、高度計は三千メートルを示した。顔に受ける空気が、冷たくこころよい。

「まず、宙返り！」

中山飛曹長の声とともに、エンジンの唸りが一段と高くなって、機首が下げられ、速度計がグングン上がる。座席にしっかりとつかまって、成り行きを待つ。と、機が急に頭をあげて、背面になった。宙吊りになったなと思う間もなく、エンジンは絞られて、機は一回転してまた元の方向に向く。ふたたびエンジンの音が徐々に高くなる。

ほんの一瞬で、宙返りは終わった。凄いなあー、と感嘆した。

「こんどはスローロール」

「ハイ、見張りよし」

機は、水平直線飛行の姿勢から右に一回転、これまた瞬間である。外の景色が、グルリと一回転した感じである。

「こんどは、急降下」

中山飛曹長の声とともにエンジンが絞られ、前方から急に頭を下げて、海面に向かって降りていく。高度計が三千メートルから六百メートルになる。海面が浮き上がってくる感じだ。高度六百メートルで引き起こすと、体が全体に機の底に押しつぶされそうになる。見ていた高度計が見えなくなった。

すごい圧力がかかって、機は急上昇する。高度計がまた見えるようになって、三千メートルを示すと、ふたたび頭を下げて、水平直線飛行に移った。

そして、ふたたび宙返り、スローロール、急降下、急上昇と繰り返し、計三回がすむと、

「帰投着水する」

私は、左右後方をみて「見張りよし」を報告する。体が汗ばんでいる。初めての特殊飛行体験だった。

この間、離水してから二十五分しかたっていなかった。私はただ後席に乗っているだけだった。二座配置の偵察員とは、こういうものなんだな、と思いしらされたような気がした。

それでも、いっぱしの二座水偵の偵察員、特殊飛行もできる配置につけたのだ。努力し、耐えてきた甲斐があったと、得意だった。自分で操縦できない憾みは、なお残っているが、それは予科練で偵察専修者と決まったときに、諦めざるを得なかったことであった。

ともかく、帰投報告を中山飛曹長がすますと、私は、

「ありがとうございました」

と敬礼して、飛曹長を見つめた。

何か話があるかと思ったが、笑みをうかべたまま、中山飛曹長は指揮所の中へ入ってしまった。結局、今日の飛行については、何も話してくれなかった。自分で考えろということなのだろうと納得し、私は他の仕事を手伝いながら思いつづけた。

「アッという間に、機をめぐる外界が急激に変化する。それは、飛行機がそういう動きをするからなんだな。それにしても、外界と機との関係がよくわからない。そうした中で、偵察員としての私は何をしたらよいのか。ただ見張りだけでよいのだろうか……」

ともかく、実施部隊での私の初飛行は終わった。十二時を過ぎると、

「午前の飛行作業終わり、午後も特殊飛行訓練をする」

ということで、昼食をとり、午後一時からまた特殊飛行訓練が夕闇迫るころまで繰り返されて、第一日は終わった。

午後、私は搭乗せず、地上で特殊飛行を見まもりながら、飛行機発着のための整備員の仕事を手伝った。私は、

「これは主として操縦員の訓練で、偵察員はそれに馴れるように訓練されているのだな。要するに空中戦の訓練だな」

と諒解したが、それにしても、なんと会話の少ないこと、黙々として、操縦員は訓練して帰ってくる。

自分で考えろということなんだな、とあらためて納得したが、練習生時代とは明らかに質の異なった訓練が、ここには存在している。操縦員はもちろん偵察員も、自ら考え、鍛えて

ゆかねばならないものなのだ。それは己れとの闘い以外の何ものでもない。いったん地上や水上をはなれれば、頼れるのは自己のみの孤独なものなのだ。それに耐え抜かねばならない存在なのだな、と感じさせられた。

最後の脱外出

佐世保航空隊に居候しての訓練は、十五日ほどで終了することになった。私は一日一回の飛行だったが、寒い、がらんどうの格納庫内での起居は、けっして快いものではなかった。飛行機は母艦に収容されることになったが、佐世保空での最後の飛行作業が終わり、飛行機を格納庫におさめた夕食後、先任搭乗員が残留者二名を指名して、残りの者に指示した。もちろん、飛行長はじめ准士官以上は、宿舎へ帰ってしまった後のことだ。

「脱外出をする。外出準備をするように」

佐世保はいちおう基地ということで、上陸外出は原則として禁じられていたのである。整備兵の一人にダットサントラックを運転させ、搭乗員が荷台に乗って、佐世保空の衛兵の立つ隊門をフルスピードで、「相良丸！」と車上から怒鳴ってぬけ出す脱外出である。アッという間に隊門を通過して、佐世保の町へ出て、旅館に直行した。

旅館について部屋に入ると、先任搭乗員は、

「巡邏には気をつけろ。相良丸は横鎮所属の母艦なので、佐世保ではその乗員の行動に、目を光らせている。問題を起こさないように。後は自由行動、門限時間はない。明日の飛行作業に支障のないように行動すること、別れ」

各自、自由気ままな行動を許した。映画を見に行く者、赤ちょうちんに入る者、屋台でチビリチビリと酒を飲む者など、さまざまである。私は、まだ未成年者ではあるし、新前ホヤホヤで、佐世保の街もよく知らない。だから、先任の後を金魚のフンのようについて歩いた。

中村正光二飛曹（後に六三四空所属、昭和二十年四月十六日、沖縄東方敵機動部隊夜間攻撃に台湾淡水基地を発進、未帰還戦死、水爆）は酒好きで、独りで屋台の一杯飲み屋でチビリチビリと酒を飲んでいた。彼の行く屋台はきまっているのだそうで、のぞくと、ニコリとしたが、

「一緒にどうだ」

とも言わないので、私たちは立ち去った。私は、彼も孤独なんだな、それを独りで楽しんでいるんだな……と思った。

ともかく、私は先任についていくと、着いたところは「芸者屋」だった。一緒した者は六人で、宴会が開かれた。先任は、

「佐世保も今日で終わりだ。思い残すことのないように、途中で自由に出て行ってよい。ただし、帰隊には遅れないように」

私は、行くところもなかった。最後に残ったのは、先任と、枝林一飛、佐々木基治二飛と私の四人だった。先任は若い芸者四人を呼び、

「好きな女を選べ」

と私にいう。キョトンとしていると、

「決めたか、今夜は女と寝ろ」

いつもの柔和な先任と今晩は違って命令口調なのでとまどったが、私は先任にいわれるま

まに、若くて清楚な感じのする芸者を選んだ。

そして芸者に案内されて、小羊のように、後をついて行った。小部屋である。二人分の蒲団が敷いてある。私は先任の命令が腑におちなかったが、夜も更けてきたので致し方なく、服を脱いで蒲団にもぐった。女の前で着替えるなんて初めてだし、恥ずかしかった。背を向けて浴衣に着替え、サッと蒲団にもぐり込んだのである。

酒も飲んでいないし、とてもすぐには眠れなかった。蒲団からそっとのぞいていると、女も真っ赤な襦袢と腰巻きに細紐という姿になって、隣りの蒲団に入った。女の寝巻き姿を見るのも初めてである。

胸がドキドキして、眠るどころか目が冴える。きき耳をたて狸寝入りしていると、小さい声で、

「飛行機乗りさん、初めてですか」

狸寝入りは、見破られたらしい。

「そうなんだ。勘弁してほしい、何も知らないんだ。先任がいうもんだから……」

私は致し方なく答えたが、話すこともない。それは、童貞である自分にとって、拷問とも言うべき屈辱であった。

さいわい、女は何もしなかった。もちろん、私も何もしない。夜はふけて行き、いつしか私は眠ったらしい。朝の気配を感じて目を開けたら、女が隣りで私を見ていた。彼女は何もいわずに、ただニッコリと笑顔を見せていてくれた。

「もう起きなくちゃ、俺たちは脱外出しているんだ」

私は起き上がって、軍服に着替えた。廊下で足音がして、

「藤代、起きろ。帰るぞ」

という先任の声で、私たちはそそくさと芸者屋をあとにした。

祖国をあとに

その日、われわれは格納庫を引き揚げ、母艦に移った。飛行機も先輩が水上滑走していき、母艦に収容された。

十一月の陽が西に沈みかけるころ、総員集合の号令が下った。艦長が、私たちの整列している甲板に現われ、

「本艦は、これから出港する。戦局は急を告げている、米英と戦うことになった。そのX日とは、十二月八日である。二度と内地へもどれる保証はない。各員の奮闘を期待する」

ということであった。艦は夕闇をついて、佐世保軍港を出港して一路南下した。

いよいよ、戦いである。それにしても、偵察員の訓練は何もしていなかった。これでよいのだろうか。いささか不安だったが、飛練での訓練を生かすよりほかはない、というところだった。

二度と祖国を見ることができないのも、覚悟の上だった。私は、お国のために命を捧げようと決意した。

「さらば、祖国よ……さようなら……」

それは、いたって淡々たる心境であった。

三亜水上基地

乙飛が主力

佐世保軍港から東シナ海、台湾海峡をへて南シナ海のベトナム北部と同緯度にある海南島までは、蜿蜒三千八百キロ。時速十二ノット（二十二キロ強）の相良丸では、八日間に及ぶ航海であった。

寒さがようやくきざしはじめた佐世保から、日をふるごとに暖かくなり、暑さを感じる航海だった。搭乗員は、母艦の航海中に仕事はない。ハンモックから、格納庫のタタキの上に敷かれた畳の上、そして母艦の二段ベッドへと、眠るところも変わった。ディーゼルエンジンの音が、艦を小刻みに震《ふる》わせて快い。艦内は暖かである。それが次第に暑さにかわっていく。

「総員起こし」のスピーカーが鳴るとベッドから降り、朝の整列や体操もさぼって、腹の上にのせて眠った湯上がりタオルを肩にかけ、サンダル履きで上甲板にある搭乗員待機室へ行き、また横になる。いくらでも、眠れるものだ。搭乗員以外は、ハンモックである。

私は新前の搭乗員であったが、下に枝一飛と佐々木二飛がいるので、食卓番は放免されている。佐世保にいるとき、新前のくせに態度が大きいと、私の噂がたったのだそうだが、先任がうまく取りなしてくれたらしい。

それに、搭乗員の下士官兵の主力はわが乙種予科練出身者で、大澤正敏先任、市川平八郎兵曹と私、それに先輩一期の中山哲志飛曹長の四人だった。甲種予科練出身者は三期の中村正光兵曹、四期の根津文雄兵曹、伊藤直蔵兵曹の三人。丙種（操練、偵練、丙種予科練を含めて）出身は中込幸恵飛曹長、馬込登兵曹、伊藤一美兵曹、枝林一飛、佐々木基治二飛の五人であるが、いわゆる「同じ釜の飯」をくった仲ではなく、どうしても乙種予科練出身の勢力が、隠然たるものがあった。歌の文句にある「仰ぐ先輩予科練の……」という、まさに恵まれた環境であった。

だから、私にたいする批判も、旬日をへないで雲散霧消した。それは、整備科の人たちにお世話になるので、いつも感謝の心を失っていなかった私の態度行動が、語らずして整備科の人々に伝わったものと思われた。

来る日も来る日も

わずか搭載機八機、搭乗員も飛行長もふくめて十五名と、小ぢんまりした実施部隊である。特空母「相良丸」は、私が着任して数旬にして、明るい戦闘部隊に変容していった。

端くれとはいえ空母、その働きは、われわれ搭乗員の活躍に集約されるもので、整備科はじめ他の部署も、充分にそれを知ってくれており、寛大だったものと思われた。

不安にみちた乗艦配属であったが、私はいちはやく、その中にとけこむことができた。

八日間の航海をつつがなく終えて、母艦は海南島三亜沖に錨を降ろした。翌朝、さっそく飛行科は水上基地に移り、即日、飛行訓練に入った。

またしても、空中戦訓練ばかりである。スタント（特殊飛行）から追躡《ついじょう》運動、偵察員は後席で、振りまわされるだけである。なぜ、偵察員の訓練はしてくれないのか、と不満だった。着任以来、一度も電鍵も握らず、航法図版も航法計算盤も使う機会はあたえられなかった。

開戦の日は、昭和十二月八日と明示されている。水上偵察機だから、偵察が主たる任務であろうと思われるのに、いっこうに偵察員の訓練は行なわれないのであった。

果たして、実戦で自分の航法、通信、射撃が役に立つのだろうかと、不安がつのるばかりであった。

偵察員としての上官は、海軍兵学校出身の向山喜彰中尉（戦後自衛隊にあったが、その後死亡）だったが、一度の講義もなかった。来る日も来る日も、空戦訓練ばかりである。偵察員は後席で振りまわされ、ヘトヘトになって、木造宿舎で死んだように眠るのであった。

佐々木二飛の操縦する零観で、特殊飛行訓練に飛びたち、例のごとく見張り専門で振りまわされる高度三千メートルでの宙返り、スローロール、急降下、急上昇、木の葉落とし、垂直旋回、あらゆる特殊飛行が、順序不同で繰り返される。三十分もたつと、後席にいても汗が滲み出てきて、すごく疲れる。

ようやく、今やったのはスローロールとか、宙返り、急降下、急上昇、木の葉落とし、垂直旋回などと、機の姿勢も冷静にわかるようになりつつあった。

「こんなに空中戦訓練をするのは、偵察員にも、空中観念を養うためなのだろう」

そう気がついたのは、激しい訓練がつづいて少し馴れてきた五日目くらいであったろうか。

戦地の洋上で空中戦ということになったら、機の姿勢はともかく、機の位置を見失っては、たとえ空中戦に勝っても、母艦や基地へもどることができようか。

疲れにもしだいに馴れ、暑い木造宿舎に蚊帳をつって寝るのであるが、ヤモリが無数にいる。天井といわず、トイレの板の間からも、チョロチョロと這い出してくる。気色の悪いこと夥しい。

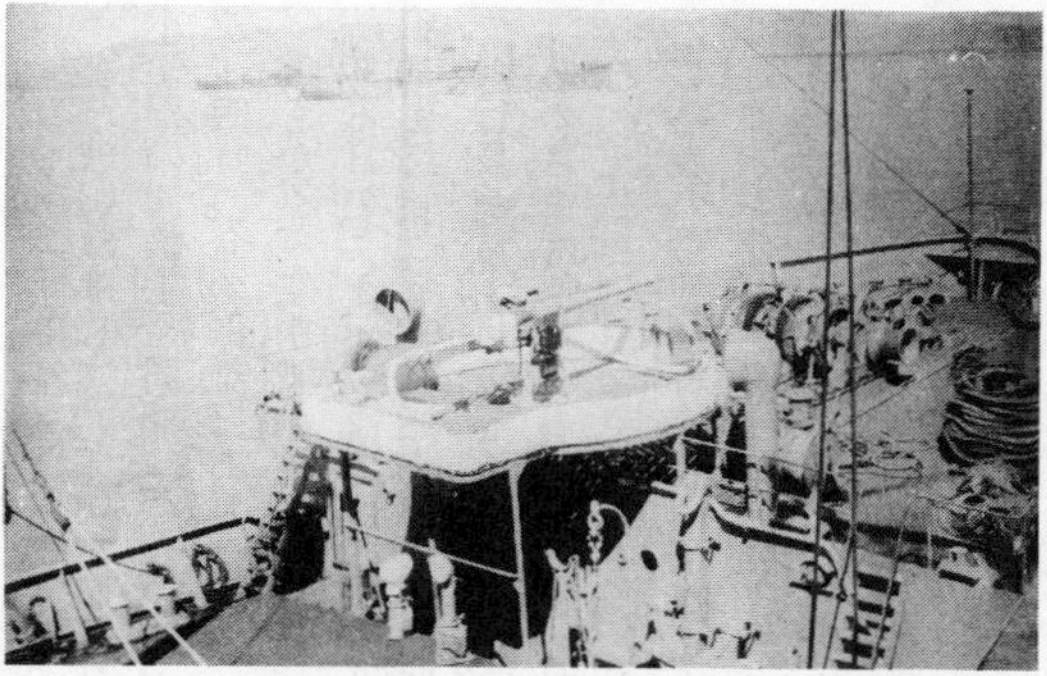

「相良丸」から見た三亜沖の神川丸(左)と山陽丸。開戦が迫るなか酷しい空中戦訓練が続き、しだいに空中観念を身につけた。

それに、宿舎から岸辺に出る道は、雑草が背丈ほどのびていて、「百歩蛇」がいるという。嚙まれたら、百歩も歩かぬうちにお陀仏だという。いわゆる「青蛇」ともいうのだそうだ。

せっかく第一線へ出て来ながら、こんな奴にやられてはたまらない。それに、蠍《さそり》のやつもいる。えらいところだなというのが実感だった。

訓練は日増しに激しくなっていったが、日ごとに馴れても来た。空戦訓練も終わって夕食後、海岸へ出て、こころよい夜風に吹かれながら空を見あげると、星がきれいに見える。

「あれがサザンクロスか」

故国を遠く離れて、憧れの第一線にある感慨にひたる。

馬込登兵曹が尺八を持ってきて、首を振る。相当なもんだなと感心したりする余裕もでてきて、ハーモニカを吹いて「誰か故郷を思わざる」の曲に、ちょっとセンチになったりもした。

まだ戦いははじまっていない。幼いころからの思い出が、走馬灯のように脳裡に浮かぶ。小学校の同級生や同期は、今ごろどうしているのかなと思う。長い間の願いはかなえられたが、明日の命の保証はありはしない。

ともかく、空中戦訓練はつづく。

ある日のこと、佐々木二飛と飛んで、機の姿勢が一瞬わからなくなり、気がついたら機は、まっ逆さまに海中めがけて急降下していた。さいわい海中への突入はまぬがれたが、帰投して飛行長から大目玉をくらい、佐々木二飛は飛行停止三日の罰をうけた。

「あのざまは何だ。あんなことで敵と渡りあえるか」

ということだったが、空中戦となれば、主役は操縦員である。もっと乗って技を磨こうとしているのに、飛行停止は酷なことである。若い佐々木二飛は、四角い顔をひきつらせ、目には涙がキラリと光っていた。

機長であった私には、お咎《とが》めはなかったが、佐々木二飛に気の毒でならなかった。

酷しい訓練で、あのまま突っ込んでいれば、「死」であった。たとえ訓練中でも、搭乗員の過失は、すぐに死につながっていた。

夜明けの出撃命令

開戦の日は、日一日と近づきつつあった。操縦員の眼が、異様に輝いてきていた。十一月の末ごろから、沖合いに船が集まりつつあった。十隻、二十隻、三十隻と毎日その数が増えてくる。

「一体あの船はなんだ」

と怪《あや》しんだが、だれも教えてはくれないし、聞きもしなかった。じつは、そんな余裕もない激しい訓練だった。

昭和十六年も十二月に入った。昨日までいた沖合いの船の集団が一隻も見えなくなった。

「忽然と消えた」という感じであった。

訓練も停止された。機銃弾が固定機銃、後席の旋回機銃の弾倉にも搭載され、六十キロ爆弾二発が翼の下に吊るされた。観測機六機すべてに装備された。

飛行長から、「船団護衛の任務につく」と言い渡された。まだ、開戦の日まで五日間もある十二月三日のことである。まだ海南島にいたので、ここが戦地なのか、と妙な感じがした。

私にも、搭乗命令が出た。航空図を示しながら、

「明日の午前十時の船団の位置は、ここである、チャート（航空図）に記入しておくように。船団の針路は百四十度、速力は十二ノット（一ノットは一時間に千八百五十二メートル進む速度）で南下中である」

いよいよ偵察員の仕事がまわってきた。航空図に船団の位置を記入し、暗号書と水昌発振子も渡された。そこで初めて気がついた。

「そうか、俺たちの任務は船団護衛か。それにしては、訓練は操縦員ばかりで、どういうことなのだ」

と思ったが、それでも、しっかり任務を果さなくては、と自分に言いきかせて準備をとと

のえ、眠りについた。

トンキン湾に集結しつつあったのは、じつはマレー半島攻略の山下奉文中将の率いる陸軍部隊の輸送船と、それを護衛する巡洋艦と駆逐艦だった。海南島三亜水上基地での空中戦訓練中は、その上空へもいかず、ただ船影を見ただけであった。

翌四日、夜明けとともに二機ずつ、船団護衛の出撃命令が出された。前夜のうちに、すべての準備は完了していた。

戦機せまる

船団を護衛せよ

トンキン湾の泊地から、マレー半島の英領コタバルまで、二千二百キロ、十二ノットの速力で約四日の航程である。それを神川丸、君川丸、讃岐丸と、わが相良丸の各特設水上機母艦の水偵により、護衛して行くことになっていた。

日の出前から日没までの半日間を、それぞれ船団上空前方にあること二時間ずつ、対潜哨戒飛行をつづけ、僚機とたがいにバンクし合って交替するのである。

船団は、十二月四日の未明に抜錨、出港したものと見え、私たちの零観二機が、三番目に基地を離水発進し、船団上空に達した十二月四日の午後三時には、すでに泊地から約二百七十キロの仏領インドシナ（現ベトナム）の南シナ海上を南下していた。

輸送船十八隻、巡洋艦一隻、駆逐艦二十五隻が、輪型陣をしいて進みつつあった。じつに四十隻を超える大船団だった。

船団の前方を左右に弧をえがきながら哨戒し、ときに船団を一周する。四十隻を超える船団は、南シナ海を一路南下する。空からは静々と進んでいるとしか見えない。こんな多数の船の集団を見たのは初めてで、それは、まさに、〽ああ、堂々の輸送船……と、歌の文句にあるとおりの堂々たるものだった。

ところどころに浮かぶ白い雲の小片のほかに、視界に入ってくるのは青い水、碧い空、快晴といってよいだろう。かすかに見える波頭の白、風も大したことはなく、船は、艦は、後ろに白く波をひきながら、南へ南へと進む。機から見れば、遅々とした動きである。

飛行高度五百メートル、先頭の巡洋艦の前方を左右に哨戒護衛すること二時間が経過し、四番目の僚機が飛来した。

僚機と交替のバンクの合図をかわして高度を下げ、輸送船の上空五十メートルほどを飛ぶ。船上の陸軍さんが、甲板から手を振っているのがよく見える。私も、白のマフラーを首からはずして、振って応える。

「この航海よ、つつがなかれ。陸軍さん、ご苦労さん」

初の戦闘飛行は搭乗員冥利につきるもので、快適だった。各船ごとにバンクを取って応えたが、先輩六期の市川平八郎兵曹（昭和十七年二月、ブリストルブレンハイム〈スマトラ〉攻撃で被弾、戦死。いつもは謹厳で冗談もいわず、近づきがたいものを持っていた）も、このときは感激していたのであろう、頻りにバンクを取っていた。

私は、船団上空を一回りするたびに、心で〽ああ、堂々の……の歌詞を思い浮かべていた。

感激の極みだった。これが事実上の緒戦であった。

「基地に帰投する」

市川兵曹が言ってきた。私は航空図板を見て、

「針路零度ヨーソロー」

と伝える。船団は、わずかに四十四キロ強を南下しただけである。巡航速度百二十ノットのわが機から見れば、船団の速度は十分の一である。

船団上空に達した地点から二十四カイリの地点を、航空図に入れる。偵察員として、戦闘飛行の初仕事である。しかも、帰投するのは海南島三亜水上基地で、天気は快晴だし、基地を見失う心配はない。楽しく、快適な初戦闘飛行であった。哨戒中、何の異状も認められなかった。

三亜水上基地に帰投着水して接岸し、飛行長に、

「六号機哨戒任務終了、帰りました、異状なし」

と市川兵曹が報告して、ヤモリのいる宿舎に入る。

一休みして、ふたたび基地へ行き、交替した僚機の帰投を待つ。こころよい疲れが感じられた。南国の太陽がまだ西の空で輝いていた。

快い海風のなか

明くる十二月五日、わが六機の観測機は、つぎつぎに三亜水上基地を飛び立ち、針路を南にとり、カムラン湾(仏印)で燃料の補給をうけて、プロコンドル島に向かった。

初の戦闘飛行は輸送船団の護衛であった。哨戒中異状は認められず、〝堂々の輸送船〟を見下ろしながらの快適な任務だった。

三亜基地を出発するとき、わが母艦「相良丸」の姿は、三亜基地の沖合いからは消えていた。つぎの基地であるプロコンドル島に向けて、出航していたのであった。十二月五日以後、輸送船団の護衛任務飛行はなかった。僚艦の神川丸や君川丸、讃岐丸が担当したものと思われる。

ともかく、プロコンドル島の上空に達して、眼下を見ると、わが母艦はすでに沖合いに碇泊していた。なんと手回しの早いことと驚きながら、綺麗な、水底まで見えそうな南の島の海に、リーフ（浅瀬）を避けて着水、島の東側の基地に接岸し、燃料の補給と点検を手伝った。

はやくも整備科の者たちが来ていて、われわれの着水を待っていた。暑い、砂が焼けている。南の海の澄みきった碧、そして島の緑の鮮やかなこと、整備の手伝いも、焼けつくような日射しなのに、快い海風に吹かれて汗は出ない。

つぎつぎと僚機が帰ってくる。燃料の補給と整備をおえると、沖合いのブイに繋《つな》いで作業が終わる。整備科の人も全員ではないので、飛行服をぬいで手伝ったのであるが、快い海風の中で、疲れは吹きとんでしまったようだった。これが、戦地であるとは、どうしても思えなかった。

搭乗員の宿舎は、海岸から百メートルほど陸地に入った、別荘跡のような建物があたえられた。そこにはヤモリはいなかったが、整備科の人の話によると、お化け屋敷だという。初めてのところだし、薄気味が悪かったが、私は幼いころからの大空への願いがかなった心地よさが、いつまでも残っていて、仮寝の宿の暑さも、こころよい眠りを誘うばかりであった。その夜も、いつしか疲れがでて、深い眠りに入った。

六日は母艦に収容されて、つぎの基地である仏印の南にあるパンジャン島に向かった。約十四時間の航海で、静かな海であった。パンジャンは小さな島だった。

同期生墜落！

いよいよ明日だ

明けて十二月七日、その日も船団護衛の命令は出なかった。パンジャン島には陸軍さんがいた。こんな小さな島にも、進駐していたのである。

明日はいよいよ開戦というこの日、われわれに与えられた任務は、タイランド海湾（シャム湾）の哨戒飛行であった。あの堂々の輸送船団はどこを航行しているのだろうと気にかかったが、私の機にあたえられた哨戒コース上には、一隻の姿も見られなかった。

扇状に定められた哨戒コースは、各機ごとに与えられた単独のコースである。

機は母艦からおろされ、僚機六機はほとんど同時に飛び立った。パンジャン島を基点に二百五十キロ進出し、南西方に針路をとって哨戒にあたった。コース上で視認したのは、国籍不明の貨物船一隻だけであった。

もちろん無線封止で、黙々と飛びつづけるのみだった。つぎに向かう基地は仏印のリエム水上基地で、帰投は午後五時であった。南の空の飛行は、緊張の中にも快適だった。

定刻に基地に到着してみると、母艦はすでに基地の沖合に碇泊していた。飛行長に報告して、テントの宿舎に入った。

海岸に大きなかまどがしつらえてあって、主計科の人たちが甲斐甲斐しくたちはたらいて、夕食の準備をしていた。露天である。大きな釜に湯がたぎっている。今日の夕食は何だろうと思いながら、テントに入った。搭乗員のテントは一張りで、中には折りたたみ式のベッド（麻布を張ったもの）に毛布だけしかなかった。

海岸なので、暑さもさほどでなく、それよりも「いよいよ明日」という緊張感が強かった。三亜を発進してから入浴もしていなかったのに、不快感はなかった。

全機が帰投した後、「搭乗員集合」の命令があった。飛行長と士官、准士官五名もあらわれ、飛行長から訓示があった。

「いよいよ明八日未明、わが国は米英両国を相手に戦うことになった。短い訓練期間であったが、みんなよくやってくれた。酷し過ぎたかもしれぬが、国家の存亡を賭けてのことであるので、許してほしい。

われわれは、その任務を今日まで充分に果たしてきた。明日からは、もっと激しい戦いに突入する。みんな元気で、男らしく戦ってほしい。明日の発進は午前五時、征く先はタイ領シンゴラ水上基地である、偵察員は、その準備をしておくように。また操縦員は、空中戦を覚悟しておいてほしい。今夜は充分よく眠って、後《おく》れをとらないように」

軍票も手渡された。

「搭乗割は、追って届ける」

飛行長はそう言って、テントを立ち去った。

それから間もなく、南国特有のスコールがきた。篠をつくような、どしゃ降りである。あたり一面が暗くなる。と、爆音が聞こえてきた。同じ任務についていたはずの神川丸の飛行機に違いないと思った。

神川丸は、わが相良丸の北側に基地をとっていた。

雷に打たれた飛行機

基地の沖合いには、わが相良丸と神川丸に、駆逐艦も碇泊している。スコールの雲で暗くなっているので、沖合いの艦のマストからの発光信号が、よく見える。

「コタバル付近戦闘機出没しきり」

「敵さん、もう知っているのか、空中戦必至だな」

そう思ったが、私には何も思い残すことはない。飛行長のいうとおり、男らしく戦うのみだ。あの小学校五年のときから変わらない気持の男らしくが、いみじくも開戦前夜、飛行長の言葉にあって、私は、

「それなんだ、男らしくなんだ」

と、心で快哉を叫んでいた。

スコールは、なかなかやまなかった。雷をともなって稲光りがする。神川丸の飛行機が、基地の上空を飛んでいる。酷いスコールの中で、雲に入ったり出たりしているらしい。

神川丸には、博多空までいっしょだった同期の二人が配属されていたはずである。彼らもまた、われわれと同様、タイランド海湾の索敵哨戒任務についていたはずだ。

「誰の乗っている飛行機だろう」

夕闇も迫ってくるし、加えて、スコールの黒雲に基地はおおわれている。着水をためらっているようだった。気が気でないので、テントの入口に立って様子を見ていた。

と、稲光りと雷鳴が、ほとんど同時に響いた。

そのとたんに、爆音が消えた。基地の前の小島の上空で、神川丸の飛行機が雷にうたれて、小島に墜落してしまったのである。

神川丸の人に、誰が乗っていたかを聞いたところ、植木兵曹とのことであった。同期の植木愛雄兵曹である。

「どうか、死なないでほしい」

私は立ちつくした。内火艇が、闇をついて小島へ急いだ。

「植木、貴様は明日が開戦だというのに、何ということだ。死ぬんじゃないぞ、これまで共に耐えてきたんじゃないか。いよいよお国のためにほんとうに尽くせるのは、明日からなんだ。なのに、その前夜にこんなことになって……生きていてくれ」

私はどしゃ降りのスコールの中で祈り、立ち尽くしていた。

幸いなことに、搭乗員は無事だった。私はホッと胸をなでおろし、テントの中へ入った。基地をすぐ隣りに取りながら、見舞いにも行けない慌しい開戦前夜であった。

「植木、よかったなあー」

胸をなでおろしながら、私は明日の準備にとりかかった。ところが、達せられた搭乗割は九五水偵で、なんと、

「操縦飛行長村山少佐、偵察藤代三飛曹」

というものだった。これまで、私は飛行長といっしょに飛んだことはなかった。いわゆる指揮官機ということで、緒戦に指揮官機の偵察員とは名誉なことだと思いながらも、緊張の高鳴りをおぼえて、なかなか眠れなかった。

非情なる戦い

墜落した神川丸の飛行機は、哨戒区域で英国飛行艇を発見し、撃ち落としてきたとのことだった。それで、帰投が遅れたのであろう。

開戦前日に、敵国機を撃ち落としてよいのだろうか。

もしも、それが打電されていたら、わが国の行動がわかってしまっているかもしれない。そうだとすれば、敵は準備をするだろう。無茶なことをしたものだ。血気にはやって、戦局が不利になりはしないかと心配になった。

だが、その情報が入っても、上層部からは何も言ってこない。もうすんでしまったことだからであろうと思う。それにしても、開戦前に敵機を血祭りにあげるとは、

「神川丸もやるなあー」

と思った。植木兵曹も無事だったと聞いて安堵したが、彼の飛行機は炎上してしまって、明日、乗る飛行機はないのではないか。おそらく彼は、開戦日に飛ぶことはできないのではないか。さぞ無念だったろう。

植木兵曹とはそのまま会うこともできずに、その後、彼の消息はなかった。

そして二十年が過ぎ去って、戦後、同期生名簿を作成するために、厚生省援護局で調べたら、彼は昭和十九年八月二日、テニアン基地で米軍と交戦し、亡き数に入っていた。

彼とは、目と鼻の先にいながら会うこともなく、幽明境を異にしていたのであった。戦いとは、非情なものだといま想う。

昭和五十八年十月一日、九州阿蘇で生存同期会が開かれた帰路の十月三日、私は、小倉市に在住の植木兵曹の甥の家をおとずれ、彼のことを話した。そして、博多空で別れて以来、じつに四十二年ぶりに、植木兵曹の位牌を拝むことができた。香をあげて、ただその冥福を祈るのみであった。

同期生名簿の戦没同期のプロフィールには、彼のことを、

「細かいが、なかなかの負けず嫌い。口惜しくなると引っ掻く癖があったよ」（本間）

「入隊時同班、君は小柄で声もやさしく大人しかったが、しかし負けん気の持ち主だったネ」（阿部）

「土浦で同班だったと思う、日ごろ無口で目立たなかったな。何かの時は額にしわを寄せて反撥したね」（竹田）

とある。聞けば彼は、十一期偵察特修科練習生も卒業した優秀な人材であった由である。一二一空に所属していて、テニアンで玉砕して果てたのであった。

想えば、わが同期は、操縦、偵察に分かれ、飛練卒業後、第一線に配属されてゆき、ごく少数の者が、戦地で相会することができたらしいが、ほとんどは相会することもなく、入隊時二百名、飛練卒業百九十一名うち、じつに百六十二名が戦没、護国の鬼としてその若い命を、あの太平洋戦争で祖国のために大空で散華して逝ったのであった。

全予科練出身クラスで、最大の犠牲者を出した悲運のクラスであったのである。戦没率じつに八十五パーセントを算したのであった。

第四章　日米開戦の嵐

厳しき試練

華麗なる編隊

昭和十六年十二月八日、午前五時、わが相良丸の水偵隊は、暁闇をついて仏印のリエム水上基地を離水発進した。お赤飯の缶詰弁当を飛行服の膝のポケットに入れての搭乗で、それは主計長の、この出陣の門出への心尽くしであった。

飛行長村山利光少佐の操縦する九五水偵、すなわち指揮官機の偵察員は、相良丸の偵察員でもっとも経験の浅い、偵察員としても最下級の私であった。

他の零式観測機六機が、つぎつぎと離水し、基地上空を旋回している。いちばん最後に、わが指揮官機が離水する。

「見張りよし」「離水準備よし」飛行長に、伝声管で伝える。

「アー」

という飛行長の声がして離水し、旋回しながら高度をとる。飛行高度五百メートル、僚機は二小隊に分かれて編隊を組む。指揮官機が先頭である。

「針路二百五十度ヨーソロー」

「アー」

飛行長はまたしても悠揚迫らぬ声だ。

何という胴間声であることか。飛行長は緊張もしていないかのように、悠揚迫らぬ声だ。

豪放磊落とは、このことであろう。

乗艦以来、基地での訓練中にも、その片鱗は窺い得ていたが、いま、敵戦闘機出没しきり、と発光信号で情報が入っている敵地に向かうのに、何と沈着冷静なことか。

初めての同乗であり、しかも敵地へ向かう戦闘飛行、いつ敵機が、襲いかかってくるかも知れぬのに、落ちつき払って、

「アー」「アー」としか返事は返ってこない。

私はコチコチに緊張しているというのに、飛行長の何とのんびりした態度であろう。

見張りを厳重にする。私も、おちつこうと努力するが、武者ぶるいする。

航程は六百二十五キロ、所要時間は約二時間四十分である。飛練で習ったとおり、偏流を測定して風向と風速を推定し、針路を修正する。

「針路二百五十二度ヨーソロー」と私。

「アー」と飛行長の声が返ってくる。

夜があけて、快晴である。風も微風、四十五度、三メートルだ。僚機を振り返ると、一糸乱れぬ見事な編隊である。

「後方左右見張りよし」

「アー」
「到着予定時刻七時三十八分」
「アー」

12月8日、相良丸水偵隊は暁闇をつき、リエム水上基地を離水した。著者は飛行長の操縦する九五水偵に偵察員として搭乗。

南の空はあくまで碧く、海もまた青い。エンジンも快調である。見張りに専念する。とくに前上方の左右である。

じつに快適な飛行であった。一路、シンゴラへの直線飛行をつづけた。わずか七機、二小隊であるが、第一線に配属されてから、私にとって編隊飛行も初体験だった。しかも、指揮官機の偵察員である。十九歳六ヵ月の若い血は湧き、肉おどる思いであった。

山下兵団に陸戦協力

さいわい敵機にも遭わず、私の航法もほとんど狂いなく、午前七時三十八分、マレー半島のシンゴラ上空に達した。鮮やかな深い緑のシンゴラの街の北方、湖の東側、基地上空で編隊をといて湖につぎつぎと着水し、木陰の岸に接岸した。何事もない出陣だった。

到着するやいなや、さっそく燃料を補給する。整備科の人たちは、早くも基地に来ていた。そういえば、早朝、リエム水上基地を発進したとき、わが母艦「相良丸」の艦影は、他の艦艇とともになかった。いちはやく出航して、基地の設営がなされていたのであった。

燃料補給が終わるとすぐ、零式観測機（零観）には出撃命令が出された。八日午前二時にシンゴラ南東二百キロの英領マレー半島コタバルに敵前上陸を敢行した山下兵団は、シンガポール攻略に南下進撃をつづけつつあったが、この陸戦に協力するためだった。

六十キロ爆弾二発を翼下に抱いて、零観はつぎつぎと離水し、出撃していった。私には、出撃命令は出なかった。飛行長は地上にあって、指揮をとっていた。タイの警察官宿舎を接収し、指揮所に当てられていた。

それはともかく、出撃していった各機は、二時間たらずで攻撃を終えて帰投し、また爆弾を搭載して飛び立っていく。私は飛行服をぬいで、防暑服（半袖、半ズボンの服）に飛行帽、飛行靴で、つぎつぎに基地にもどってくる飛行機（零観）に、六十キロ爆弾をかついで搭載の手伝いをした。

「俺も飛びたい。なぜ飛ばせてはくれないのか」

悔しい思いをしながら、爆弾をかついだが、爆弾搭載は兵器科員の仕事である。情けなかった、飛びたかった。

兵器科員も少数なので、手伝うのは嫌でなかったが、私も搭乗員のはしくれ。若いとはいえ、一人前として配属されながら、緒戦に実質的に参加しえないことをうらんだ。といって、飛行長に申し出る暇もない忙しさだった。

仕事のあい間をみて、お赤飯の缶詰弁当を食べ、赤飯を嚙みながら、爆弾をかついだ。

基地に夕闇がせまって、出撃は停止された。遂に飛ばせてはもらえないまま、月明かりの椰子の木の下での夕食となった。気がついたら、主計科員の姿が見えない。夕食の仕度は誰もしていなかった。

爆弾搭載にあけくれた手は油だらけだった。石鹼もなく、手を水で洗って芝生に腰をおろした。疲れがどっと出る。朝三時に起きての進出準備、基地に着いてから日が暮れるまでの爆弾かつぎ、燃料補給も手伝って、体は綿のように疲れていた。

昼食は赤飯だったので、腹持ちはよかったが、それにしても、休む暇もない一日だった。腹がすいているはずなのに食欲がない。緊張がゆるんで、一度に疲れが出たせいだろう。それに、食欲をそそるものは何もない。乾麵包一包みが各自に配られ、おかずは何とミカンの缶詰一個を三人で、という始末だった。

ただ黙々と乾麵包をかじり、吞み込む。喉を通らなくなると、ミカンの缶詰に手を突っ込んで、口へ運ぶ。飲む水もないのであった。

我に飛行命令は下らず

それでも、一包の乾麵包をかろうじて腹におさめて、タイの警察官宿舎だった高床式の住居に各自の荷物（飛行服、航空バック、図板など）を持って入る。高床式の階段を五、六段のぼって入ると、ベッドは麻布を張った折りたたみ式のものだった。

蚊帳をつって寝床をつくり、眠りについたのは、午後九時ごろであったろうか。ほとんど話す人もいない。私は何か聞きたいのだが、みんな疲れきってぐったりしているようなので、話しかけるのも気がひけたし、自分も疲れていた。

とぎれとぎれの話を総合すると、緒戦の成果は充分であったらしい。逃げる英軍の退路を断つべく、橋を爆破したのだという。

「橋をこわしてしまえば、味方の進撃にも支障がおきるだろうに」

と思ったが、山下兵団は快進撃をつづけたらしい。

当方の被害は一機だった。

退路の橋を急降下で爆破し、地上に機銃掃射をくわえたが、低空でゴム林をかすめたとき、主フロートに敵弾をうけ、着水して接岸するまでの水上滑走中に飛行機がしだいに沈み、接岸すると主フロートが水没してしまい、飛行不能になったが、搭乗員は全員が無事だった。

基地で兵器係や整備兵の仕事を手伝っていた私は、わが零戦や、陸軍の「隼」戦闘機が、上空で敵戦闘機スピットファイアと渡り合う空中戦を、二度ばかり目撃しただけであった。敵機が燃えながら、煙をひいて退避していく。

制空権は完全にわが軍がにぎり、空中戦も午前中だけであった。町のはずれにある陸上飛行場から、陸海の戦闘機が飛び立っていた。

当方の被害は、零戦一機が被弾して飛行場にたどりつけず、不時着、小破したのを見ただけだった。戦闘機が活躍してくれていたので、わが零観は、敵機と空中戦を演じることはなかった。佐世保や海南島で激しい空戦訓練が行なわれたが、結局、緒戦では敵戦闘機と渡り合うことなしに終わったのであった。

疲れ切ったわれわれは、言葉も途絶えて、開戦初夜の深い眠りに入った。その眠りは、まさに死んだようにという形容がふさわしいものであった。

翌九日は、昨日同様の陸戦協力、それも午前中だけで、陸軍からの申し入れがあって、午後は停止された。

この日も私には、飛行命令は出なかった。したがって、マレー攻略部隊の南下進撃も、逃げるにひとしい英国軍も、見ずじまいだった。

あんなに憧れた大空を駆け、祖国のためにはたらきたいと思っていたことは、夢に終わった。自分にとっては、悲しい緒戦だった。飛練を卒業して、わずか三十八日しかたっていない私は、使ってはもらえなかったのである。厳しい試練であった。

開戦の日、私は仏印の基地から、マレーの戦地の基地へ進出しただけで、搭乗員として、緒戦を語る資格はないのであった。

十九歳の若武者の初陣は、悲哀に満ちたものであった。

シンゴラの日々

連続六十九日夜間空襲

シンゴラ沖には、つぎつぎと輸送船が碇泊して、その数は二十隻を超えていた。進撃する山下兵団への補給物資が、どんどん陸揚げされ、大型トラックが荷を満載して、南へ南へ幹線道路を走っていく。

戦闘飛行が停止されたわれわれは、基地の東側の幹線道路に出て、トラックを眺め、沖合いの輸送船を眺めて、九日の夜を迎えた。九日に入って、ようやく主計兵のつくってくれた食事にありつけるようになり、基地の整備が進んだ。

われわれ搭乗員は、その死に場所である飛行機の座席をととのえれば、もう仕事はなかった。

一晩の熟睡は、疲れをきれいに取ってくれていた。飛ばない搭乗員ほど手持ち無沙汰なものはない。飛びたいが、命令が出ない。

ようやく、昨日の話をくわしく聞くことができた。シンガポールを目指す陸軍部隊は、快進撃をつづけたという。自転車による銀輪部隊もふくめて、緒戦は大成功だった。制空権も握って、陸軍部隊は進むに進むのみだった。大きな抵抗にあったという情報も入らない。

ザァーっと、こころよいスコールがあって夜が訪れた。夕食もすんで、宿舎で駄弁って寝ようとしたら、爆音が聞こえた。いまごろ飛んでいるのは、どこの飛行機だろうと思っていたところ、ヒューヒューと音がして、ついでズズン、ズズンと爆弾が落ちて炸裂する音がした。

「さては敵さん、夜間空襲と来たな」

色めきたってまず灯を消し、情報を待つ。空襲してくるのは、英軍機以外にない。

「小癪な敵め、飛び上がって撃ち落としてやれ」

と、飛行命令を待ったが、いっこうに命令は伝達されずに、基地指揮官の村山少佐から指示があった。

「宿舎は危険だから、各自、濡れタオルを左腕に縛って、林の中へ退避するように」

わが愛機零観は、空中戦のできる飛行機だ。命令があれば、夜間といえども飛び立って、敵機を撃ち落とすことができる。しかし、出撃命令は出ず、退避せよとは一体どういうことなのだろう。あれだけ空戦訓練もしたではないか。

「なぜ出撃させないのか」

偵察員である私でさえ怪訝に思うのだから、操縦員はなおさらのことだろうと思う。敵はコンソリデーテッドに違いない。一撃で撃ち落とせるはずである。切歯扼腕とは、まさにこのこと。口惜しいことおびただしいが、仕方なく宿舎を出て林の中に入る。

「ヒューヒュー」

「ズズン、ズズン」

爆弾の落下音と炸裂音の中を、沖合いの船団を護衛する駆逐艦から、機関銃が発射され、その曳痕弾が夜空に輝いて飛んでいく。それは奇麗だが、爆弾の落下音の、なんと気色の悪いこと。どこへ落ちてくるのかわからないので、いっそう無気味だ。爆弾にやられては犬死だ、と思いながら、大木のまわりを回る。まったく情けないといったらない。

敵機は、沖合いの輸送船と、陸上飛行場を狙っていることがわかってきた。わが基地は、目標ではないらしい。それでも、ヒューヒューいう爆弾の落下音は、何とも恐ろしい。間違ってわが基地へ落ちたら、犬死しかねない。その不安は、どうしようもなかった。

さいわい輸送船にも当たらずに、敵機は去っていった。

陸上飛行場にも、滑走路には一発も落ちず、飛行場の北の端から離れた民家に爆弾が落ちて、民家を宿舎にしていた陸軍の兵隊が、多数爆死した。

敵の夜間爆撃は大したことはないと分かっていても、それから連夜の空襲があって、シンガポールが陥落した二月十五日まで、なんと六十九日にわたって毎晩、夜間空襲を受けたのであった。

しまいには、飛ばせてもらえない不満と、ヒューヒューの無気味さに、街へ出て食堂に入り、中国酒を呷って不安と恐怖から逃れる始末であった。

敵機は、その間、ただ一隻にも被害をあたえることもできず、またこちらも一機も撃墜することができなかった。ただ、多くの陸軍兵が、はずれ弾で戦死したのは気の毒だった。

開戦の翌日から空襲をうけたのは、このシンゴラ基地の陸海軍部隊が初めてだったろう。それも連続六十九日間、毎晩毎夜のことだった。

われわれのほか、陸上機も迎撃には発進しなかった。それは、陸上飛行場に夜間飛行の設備がなされていなかったことと、水上基地の離水方向に山があり、かつ夜間飛行の設備がなく、帰投したさいの着陸、着水に危険があったためだったらしい。

それにしても、迎撃できる能力を持ちながら耐えた六十九日間、それは、搭乗員としての耐えがたい屈辱の日々であった。

対潜哨戒任務

陸戦協力の必要がなくなったわが水上機隊には、シンゴラ沖合いに碇泊する輸送船を、敵潜水艦の攻撃からまもる対潜哨戒任務が課せられた。物資を運んできてはおろし、また出航していく輸送船は、常時、十隻を超えていた。

シンゴラを基点に、扇状にタイランド海湾を哨戒しつづけた。眦《まなじり》を決して、海上を捜索して飛行する。潜水艦から排出される油を探すのである。

船の航行していない海面に油が浮いていれば、それは、敵潜水艦から排出された可能性がきわめて高いからだ。潜水艦は、夜間浮上して航行するので、その際、油が排出されるのである。油が浮いていれば、その近くか、直下に潜んでいる可能性が高い。

したがって、油を発見したらそれを目標に、爆弾の信管を遅発に調整してある爆弾を投下するのである。

一度、シンゴラの北方、海岸よりの海で油を発見したことがある。中村正光兵曹が操縦するわが機は、六十キロ爆弾二発を急降下で投下した。しかし、その跡からは、新たな油は浮いてこなかった。潜水艦は、その油の直下または付近には潜んでいなかったのである。

投下した爆弾は、水中に入ってしばらくしてから破裂するように信管を調整してある。だから、近くに潜水艦がいれば、その爆発により損傷をうけ、油が排出される。また直接命中すれば、多量の油が浮いて、撃沈が確認される。

潜水艦にとっていちばん恐いのは、飛行機に空から発見されることであった。潜航深度が浅ければ、水が澄んでいるので、空からの視認も可能なのである。また、潜望鏡を水上にあげて航行すれば、視認はいっそう確実であった。われわれが哨戒をつづけている間、シンゴラ沖の輸送船は、一隻も敵の潜水艦に沈められたことはなかった。

ただ一隻、敵潜の魚雷攻撃により、コタバル（山下兵団の上陸地、英領マレー半島）沖で一万トン級の輸送船が、早朝に撃沈されたことがある。攻撃をうけたという情報をうけて、ただちに出撃したが、発見することができず、上空で沈みゆく輸送船の姿を見まもった。幸い、乗組員は救命ボートで脱出していた。

船の沈んでゆく姿は、厳粛そのものだった。マストの日章旗が降ろされていくのを、低空で、胸をつまらせながら見まもった。

「はるばる祖国からマレー半島まで、軍需物資を運んでくれた輸送船よ、御苦労さん。この仇は、かならず取りますから、勘弁して下さい」

私は沈み行く輸送船に祈りながら、乗組員の無念を思った。

ともかく、その後の対潜哨戒でも、敵潜水艦を発見することはできなかった。唯一の救いは、その一隻以外に犠牲を出さずにすんだことだった。

技倆を向上せよ

二月に入って、わが相良丸の水偵隊は、九五水偵一機をシンゴラに残して、残余の全機を母艦に収容して出航した。スマトラ方面作戦に参加するためであった。

私は、分隊長の向山喜彰中尉と佐々木基治二飛と三人でシンゴラに残り、毎日、対潜哨戒を続行した。シンゴラには、相変わらず、輸送船が入っては出て行きつつあった。

基地を基点に、百五十カイリほどシャム湾に進出し、扇状のコースを哨戒する。飛行時間は三時間ほどである。飛練で習ったとおりに、偏流を測定し、風向、風力を出して、予定コース上を飛んでいると思っていたのに、到着してみると、誤差が三カイリも出てしまった。

「これは、おかしい。こんなことでは、任務を全うできないばかりか、天気がよいからいいようなものの、悪天候だったら、自らの手で大切な飛行機と操縦員を道連れに、死にいたるだろう。ぼんやりしてはいけない。もっと技倆を磨かなければ……」

以後、私は真剣に航法技倆の向上につとめた。飛練で学んだ理論上では、誤差は出ないはずのものが、実際には大きな誤差が出てしまう。もっと風向や風力の測り方の技倆を向上させなければ、自らの手で自らの命をすてる結果になり、犬死となる。

そこで、実戦即訓練をはじめた。おかげで誤差は、次第に減じていった。少しずつ自信がついてきた。

基地へ残された不満はあったが、私はそのために航法技倆を向上させることができて、結果的には幸運だった。物凄いスコールに遭ったり、龍巻きを目前にしたりしながら、私は任務を果たすかたわら、偵察員としての技倆向上の訓練ができたのであった。

南方最前線

明日はわが身か

二月十一日（当時の紀元節）に予定されていたシンガポール攻略は、意外の抵抗に遭ったらしく、二月十五日に陥落し、山下奉文中将が、

「イエスかノーか」

とのみ問うたといわれる有名な結末で終わった。

情報が入ったので、私たちはシンゴラ基地を撤収し、シンガポールへ飛んだ。シンガポール周辺の島々のガソリンタンクが、黒煙を吐いて、幾つも炎上していた。商港近くの広場には、無数の乗用自動車が乗り捨てられているのが見えた。英国人が逃げていった車の残骸だった。

母艦「相良丸」は、セレター軍港に入っていた。母艦に収容してもらって、ふたたび母艦上の人となった。

これより前、その母艦とともに、スマトラ方面作戦にしたがっていたわが相良丸機は、ブリストルブレンハイム攻略戦に参加していた。その戦いで、敵の高射砲弾により、先輩六期の市川平八郎兵曹機（偵察伊藤一美兵曹）は、二月某日、大空で散華していた。相良丸として初めての犠牲者であった。

寡黙で、古武士の風格のあった市川兵曹、勤厳そのもので、あまり話さなかった伊藤兵曹、

この二人の姿は、母艦にはなかった。わずか十五名の搭乗員の中から、二人が失われたのである。それは戦いとはいえ、歯の抜けたようで寂しいものであった。

いつかは吾が身と思い、遺骨もない戦友の死は、惜しみても余りあるものであった。市川兵曹は、短い刀を残したまま、亡き数に入っていた。あの「堂々の輸送船」を見たとき、同乗したのが最後であった。会者定離というが、戦いは非情であった。

市川兵曹も伊藤兵曹も、個人としての写真も残さずに、護国の鬼として、南の空に散華して逝った。母艦では、葬式も行なわれなかった。

伊藤兵曹は私と階級が同じで、偵練出身のおとなしい性格の持ち主だった。だれも、遺品の整理もしなかった。搭乗員の死とは、かくもむなしいものであった。遺影を飾るでもなく、その死は、戦いの中で忘れ去られて行くのであった。自分もまたその日が来たら、同じように遇されると思うと、寂しさがこみあげてきた。

自ら選んだ道とはいいながら、搭乗員の死は、非情であった。私は一人で、二人の冥福を祈るほかはなかった。

シンガポール陥落後ペナン島に基地を取る直前、19歳の著者。

ペナンの休日

そうしたところへ、箭内一飛（偵練出身）が乗艦してきて、ほんのちょっぴり増えたが十四名、八機の飛行機も七機に減ってしまっていた。

セレター軍港では、とくに作戦もなく、母艦はインド洋方面作戦に参加のため、マラッカ海峡を北上してペナンに入港した。

飛行機隊はただちに基地を設営して、母艦から基地に移った。基地はペナン島の南西部、マレー半島に面した桟橋のあるところに設けられた。そこの民家が宿舎に当てられ、飛行機は水道のペナン寄りの海上のブイに繋留して、スマトラ北方の哨戒任務についた。

母艦の中では、甲板が熱帯の日射しで焼け、暑くて夜も眠れない状態で、食欲もなく、ぐったりしていたが、基地に移って生気をとりもどした。なによりも、海辺に近い宿舎での生活は、快適で一度に元気になった。

作戦任務飛行に搭乗しないときは、椰子の木の下に、折りたたみ式のベッドを持ち出して昼寝にふけった。主計兵が気をきかせて、銀飯（白米）を炊いてくれるので、モリモリと食欲も出て、みるみる体重も増え、七十キロをオーバーするにいたった。

それに、外出が許され、無軌道電車に乗って街へ出て、バナナ、パパイヤ、ドリアンなどを土産に買いもとめてきた。それを冷蔵庫に入れ、夕食後は冷えた果物に舌鼓みを打ち、夜の更けるのも知らないで、トランプに興じたりした。

基地と原住民との間を妨げるものは何もなく、まったく自由で、任務飛行のない日は、暇をもてあまし、近くの「ユーラシアン民族」の家へ遊びに行って、コーヒーをご馳走になったり、住民の結婚式を見に行ったりして、基地での生活は、じつに快適そのものであった。

沖合いに、癩病患者を収容する島があって、英軍が残していったモーターボートを操って見学にいき、悲惨な患者を慰めたりした。

水上機の発進滑走水域は、よい漁場であるらしく、漁船が出ていて危険だったので、退避させるため、モーターボートのスピードをあげ、走りまわったが、これも快適だった。

飛行機の羅針盤の磁差修正には、対岸のマレー半島の浅瀬へいって行なうなど、短い期間ではあったが、水上基地での生活は、すべてを忘れさせてくれる休暇のようなものだった。

外出して、六百メートルばかりの山へケーブルカーで登ったりもした。ペナン島にはドライブウェーもあり、島全体が遊園地のようで、街も賑わっていて、華僑と現地人とが仲よく暮らしているようだった。

島の南西端には陸上飛行場があって、中攻が進出してきていた。

同期の清水巧兵曹（高知県出身、入隊時同班、偵察員、のちに空母「飛龍」に所属、昭和十七年六月五日、ミッドウェー海戦で戦死）がきているとの噂をきいたが、遂に訪れる機会もなく、会うこともできなかった。

そのときの話では、英戦艦プリンス・オブ・ウェールズとレパルスを撃沈して、意気大いにあがり、中攻隊は郷里への休暇も許されたというが、真偽のほどは、確かめようもなかった。

ここでの哨戒任務は、スマトラ島北方のインド洋で、スマトラ島最北部のサバンに燃料補給のために着水すると、陸軍さんがいて、さっそく燃料を搭載してくれた。

そこには鱶《ふか》がいて、着水や離水の水しぶきを追ってくるので、薄気味が悪かったが、総じて、楽しい哨戒飛行であった。

第五章　愛機は炎とともに

忙中に閑あり

すばらしき上陸外出

ペナン島は、全体が観光地のようになっていた。入港すると、上陸外出が許された。順番に三回に分けられたので、搭乗員下士官兵は、一回三ないし四名ずつで、私はきまって中村正光兵曹と一緒であった。

集会所のようなところが指定されていて、そこでは朝日ビールの大瓶一本が三十五銭で飲むことができた（私は昭和十七年五月、満二十歳になった）。二階が慰安所になっていて、一階中央が吹き抜けのロビーになっていた。

はじめはそこに行ったが、つまらないので、中村兵曹と「ヤンチャオ」（人力車）で街へ出て、レストランに入り、わざわざ一本二円十銭の英国製ビールを飲むのであった。英国製のビールは軽い味で、日本製とは一味違っていた。

上陸許可が出て一番はじめに上陸する者は、他の搭乗員からカンパを求める習わしがあった。一人十円、二十円とせしめるのである。とても使い切れない額になる。だから、わざわざ高いビールを飲みに出るのだ。街の食堂では、五十銭で大皿山盛りのエビフライが食べられた。

物資は豊かで、とくに魚類は豊富で安かった。ホロ酔いになってから、ヤンチャオに乗って、外出禁止区域とされているところへ繰り出すのである。

他の兵隊さんがまったくいないところで遊ぶというのは、スリリングなのである。街には、多くの旅社と称する慰安所が、たくさんあった。そこをのぞいてみたり、食べあるき、見あるきは、楽しかった。

一日じゅう乗りまわしても、ヤンチャオ代は二円五十銭でオーケーなのである。車夫も決まっていて、われわれを波止場で待っていてくれる。

中国人なのだが、中国とわが国が戦っていることなど眼中になく、忠実なものだった。私たちが飲みかつ食っている間は、店先で待っていてくれる。

島の東には潜水艦の基地があったが、そちらの方へは遊びには行かなかった。島を回るドライブウェーもあり、道は立派に舗装されていて、無軌道電車の走る文化都市という感じであった。

とにかく、帰艦時間に間に合うように、ヤンチャオは波止場へ戻ってくれる。

和気藹々の艦内生活

艦に残っている同僚に手土産を買って、迎えのランチで帰艦すると、ひとしきり外出中の話題に花が咲く。

艦内はまるでむし風呂のようで、暑くて食欲もなくなり、ぐったりするが、上陸外出では爽やかな海風もあって、快適そのもの。よく食べ、よく飲んで、明日の英気を養うのであった。

翌日に外出許可がないと、残りは次回まわしということで怨まれるが、それでも和気藹々たるものだった。搭乗員待機室で、まず、士官室用の冷蔵庫から氷を失敬してきて食缶（五リットルくらい入るもの）に入れ、無償で支給されたビールの栓を抜いてそれに注ぎ、コップで汲んで飲むのが常だった。

九名の下士官兵搭乗員がいたが、その人間関係は兄弟以上に円満で、じつに楽しいものだった。

特設水上機母艦の搭乗員は数も少なく、陸上機搭乗員（母艦、基地とも）とは、まるで雰囲気がちがった。それに、先任搭乗員の大澤正敏兵曹（乙飛五期）の人柄がよく、文句ひとつ出ないので、かえって落度がないように心がけて、それぞれが分をわきまえて行動していた。だから、楽しい艦内生活、基地生活であった。制裁などは、薬にしたくてもなかった。

入港すると総員起こしもあって、甲板掃除や体操もあったが、搭乗員は総員起こしのスピーカーが鳴ると、寝ていた二段ベッドからおりて、腹にかける湯上がりタオルを肩にかけ、サンダル履きで待機室へいき、また一寝入りするのである。

したがって、甲板掃除も、体操もしなかったが、どこからも苦情はこず、気ままな生活が許されていた。入浴も士官浴室へ行ってするなど、じつに恵まれた艦内生活であった。

碇泊が長びくことになって、ふたたび基地へ移ると、また暑い艦内から解放されて、ふた

ペナン島。英国の植民地として繁栄したこの島は、全体が観光地といえるほど美しく整備され、外出を利用し南国の文化都市の賑わいを満喫した。

たび元気をとりもどした。

祝賀飛行のヒヤ汗

昭和十七年五月二十七日、ペナン水上基地にあった私は、飛行長村山利光少佐と、快晴の大空へ海軍記念日の祝賀飛行に飛び立った。

祝賀飛行に飛び立ったのは、九五水偵ただ一機であったが、飛行長の操縦する九五水偵に乗るのは、あの開戦の日以来のことだった。なぜ、偵察員として私が選ばれたかは知らない。

ともかく、ペナン水上基地の上空三千メートルに上昇し、飛行長は数々の特殊飛行を披露した。宙返り、スローロール、垂直旋回、急降下、急上昇、そして背面飛行である。後部座席の私は、例によって見張り専門、ただ振りまわされるだけであった。

特殊飛行の同乗は、あの佐世保と、海南島三亜水上基地と、アンダマン列島ポートブレアで上空直衛中、敵のコンソリデーテッド飛行艇を追撃したが逃げられて、中村兵曹が腹いせに宙返りして以来のことだった。

「今度は背面飛行」

飛行長の声に、私は応答する。

「ハイ、見張りよし」

スローロールのように、機は水平直線飛行、高度三千メートルで右回りに半回転、背面飛行に入った。

私は、頭を下に宙づりになった。座席の塵が落ちていく。バンドを腹と肩にかけているので、飛行機から落ちはしないが、逆立ちしているようで、血が頭に集まってくるのが感じられた。

と、エンジンがブスブスブスといって、停止してしまった。

「エンジンがとまったネ」

飛行長は悠々たるものだが、私は一瞬どうなるかと思った。

飛行長は、背面から機首を下げて、機を左にひねり、背面から百八十度ひねった。機が水平飛行の姿勢にもどるやいなや、飛行長は機首を下げ、緩降下の姿勢にして速力を保ち、エンジン始動の操作をしたらしく、エンジンはふたたび唸りだした。

高度がだいぶ下がっていたが、墜落することなく、機首をあげて水平飛行にうつった。その間、私はなにもいえなかった。

それにひきかえ飛行長は、慌てることもなく、沈着冷静であった。さすが飛行長で、いっこうにものに動じないのであった。

背面飛行を最後に、祝賀飛行は終わり、基地に着水したが、背面でエンジンがとまったのは、気化器に異状が生じたためということだった。

祝賀飛行は、ペナン島と対岸マレー半島との間の水道上空で行なわれたが、いつもは離水してゆく姿や、着水する姿しか見ていなかったペナンの住民は、この特殊飛行を見て、何を感じたのであろうか。

なお、飛行長村山少佐は、その後、終戦直前、シンガポールから潜水艦で帰国の途次、空爆を受けて戦死されたという。惜しい人材を失ったものである。

零観火ダルマ

二人が大火傷

昭和十七年七月二日、私は、依然としてマレー半島西側のペナン島水上基地にあった。この日、中山哲志少尉機が哨戒飛行から帰投したので、桟橋に出迎えると、私は少尉にいわれた。

「電信機が故障して連絡がとれなかったので、見ておいてくれ」

偵察員は新参の箭内一飛で、機は桟橋に引き寄せられて、燃料の補給中だった。私はさっそく偵察員席に入り、空二号無線電信機の電源を入れた。

しかし、作動するはずのモーターが回らない。

「こいつは、おかしいぞ」

私は電信機の調子がわるいとき、衝撃をあたえるとモーターが回り出すのを、よく経験していたので、頭を電信機の下に入れ、右足の飛行靴でモーターを蹴った。と、モーター付近から火が出て、体全体に火をかぶってしまい、機は炎上しはじめた。私は水上をさいわいに、座席から出て海水に飛び込み、繋留用のブイの陰にかくれた。機は、火ダルマとなって炎上し、機銃弾がパンパンはじける。上翼の上でガソリンパイプを操っていた整備兵は、全身に火傷を負い、機はアッという間に燃えつきて沈んでしまった。

私は、機銃弾がはねるので、機が燃えつきるまで、ブイの陰に隠れていた。燃えつきて機が沈んでしまったので、ブイを離れて桟橋へ泳ぎついたが、目が霞んでよく見えない。半袖半ズボンの防暑服を着ていたので、顔と両腕、両足に火傷を負っていた。

飛行長や整備長、分隊長に分隊士、整備士や中山少尉、整備員に他の搭乗員らも駆けつけてきたが、機はあとかたもなく燃えつきてしまって、何も残っていなかった。

私と、火傷を負った整備兵は、さっそく車で病院へ運ばれた。目をあけてモーターを見ていたので、目もまともに火をかぶっていた。それで、目がよく見えなくなっていたのだ。

士官病室に入れられて、目と鼻と口のところだけをあけ、あとは全部包帯でつつまれ、リバノールをガーゼの上から、ビタビタと滲まされて、ベッドの上の人となってしまったのである。起きて鏡を見ると、まるで透明人間が顔に布を巻いているようだった。

隣室から整備兵のうめき声がきこえる。自分は大したことはないが、整備兵は全身の火傷のようで、高い熱にうなされているようだった。

私はベッドの上で考え、悩んだ。

「大変なことをしてしまった。燃料補給中にモーターを蹴ったので、モーターとその台の間で火花が出て、ガソリンが蒸発していたのに火がついて、機が燃えてしまったのだ」

そう思ったので、責任を感じないわけにはいかなかった。だから、

「あの整備兵が死んだら、自分も死のう」

と心にきめた。

まったく申し訳ないことをしてしまった。安易になれて、熱帯での燃料補給中に電源を入れ、モーターを蹴ってしまったのである。

鏡の前に立って、ノッペラボーになった、眉毛もない己れの顔を見ても、後でケロイド状になって行くかも知れなかったが、そんなことよりも、整備兵の安否が気づかわれた。

幸いなことに、整備兵は命をとりとめ、火傷も、それほど酷くは崩れていなかった。

私も二週間で包帯がとれた。唇から、顔から厚いカサブタがとれ、腕も足も、火傷の跡は崩れていなかった。

私も整備兵も、ガソリンの蒸気に引火した火をあびたので、火傷は比較的かるかったようであった。十五日ほどすると、私は退院し、母艦にもどることができた。

身をさいなむ自責の念

昭和十七年七月、わが母艦「相良丸」は新任務につくため、シンガポールへ行くことにな

り、基地は一部が撤収され、私は母艦で飛行機の整備にあたった。

飛行甲板へいき、飛行機の座席に入るのが恐ろしくなった。またあのような事故が起こるのではないかという不安と、恐怖に襲われた。それでも、ここが自分の死に場所と考え、恐るおそる座席に入り、きれいに掃除した。

この日、私が掃除をおえて待機室へもどると、ちょうど誰もいなかった。

事故以来、私は国民の血と汗のたまものである一機数十万円はするであろう飛行機を、己れの失態により炎上させてしまった責任を、どうとろうかと考えていた。

そこで、ちょうど誰もいないよい機会だから、責任をとって自刃して果てようと決めた。

申し訳ないが、先輩六期の市川平八郎兵曹の遺品である短い刀があるのを知っていたので、それを借りて待機室の机の上で切腹しようと決めた。

「本当に申し訳のないことをしました。死をもってお詫び申しあげますので、お許し戴きたい」

待機室の鍵を内からかけて、市川兵曹の刀を手にし、机の上に正座して心を静め、はるか祖国と思われる方向をむいて、しばし瞑目した。

そして刀の鞘をはらい、じっと氷のように澄んだ刀身をみつめて、手拭いを巻こうとした。そのとき、待機室を外から鍵をあけて入って来た者があった。鍵は外からも簡単にあいてしまったのである。

「藤代兵曹、何をしている……」

「イヤ、市川兵曹の刀を見ていたところです」

ごまかすほかはなかった。自決はできなかったのである。もちろん、自分の気持は誰にも話しはしなかった。

思いが通せなかったことが残念だった。しかも、その後、ついに一人になる機会には恵まれなかったのである。私はそれまで、よい環境の中で可愛がられて、いい気になっていた。だが、それ以後、次第に無口になっていった。あの事故が頭から離れなかった。そして、何事も、もっと慎重にしなければと思うのであった。

海面突入の悲劇

射出発艦の災厄

七月二十七日、母艦はペナンを出港して、シンガポールに向かった。マラッカ海峡に入り、私に母艦護衛哨戒命令が出た。

もう座席に入るのも恐くなくなっていた。

操縦は佐々木基治二飛で、六十キロ爆弾二発を搭載して、カタパルトからの発艦であった。艦は全速力で南下する。凪はほとんどなく、艦橋上で村山飛行長が赤旗を持って指揮していた。佐々木二飛は初めての射出発艦である。私は二度目の射出発艦だ。

エンジンが全開で唸る。エンジンも快調で、飛行長の持つ赤旗がぐるぐるとまわされ、サッとおろされた。発艦である。

体がぐっと座席後方に押しつけられる。機は、カタパルトの上をすべるようにして離れた。

しかし、高度があがらず、次第に沈んでいく。

「こんなはずはないが……」

そう思っている間に接水してしまった。発艦直後なので、機は横すべりしている。それが接水したので、衝撃で主フロートが吹き飛び、頭上を超えて右方向へ飛んでいってしまった。機そのものは、衝撃によってか、佐々木二飛が操縦桿を引いたのか、急上昇する。

「駄目だ！」

直感するものがあった。案の定、機は失速して機首を下げ、海面に突入しようとする。とっさに私は、

「このままの姿勢でいたら、胸をつぶされて死んでしまう」

と考えて、体を縦にした。機は、左に傾きながら海中に突入した。立ちあがった体が、機首の方に押しつけられ、風防ガラスのジュラルミン枠が、左腕の上膊骨で押し曲げられていく。機は左翼がくだかれて、沈んでいく。

「佐々木、大丈夫か！」

「ハイ！」

「すぐに座席から出ろ、巻き込まれるぞ！」

二人は、さいわい座席を出ることができた。主フロートが右後方に浮いていた。

「佐々木、主フロートへ向かって泳げ。母艦が必ずもどって来てくれるから！」

佐々木二飛は、右後方の主フロート目指して泳いでいった。

全速力を出していた母艦は、はるか南に小さく見えている。佐々木二飛は、落下傘バンド

を落下傘からはずさなかったと見えて、落下傘が海面に白くひろがっている。

私自身も懸命に主フロートに向けて泳いでいるつもりだが、左へぐるぐる回って、いっこうに進まない。左眉の下と頬と鼻の下が切れて、血が目に入る。飛行眼鏡を頭の方にあげて、塩水で血を洗い、ふと左側を見た。なんと左腕が浮いているではないか。

海中へ突入したさいの衝撃で、体が機首の方へ押しつけられ、風防ガラスの枠がつぶれていったとき、左腕上膊骨が折れていたのであった。

骨が折れているのに、痛みがまったくない。不思議だった。これでは、いくら泳いでも進まないわけである。

「佐々木、ちょっと待て。俺の左腕が折れてしまっている。だから、主フロートのところへは行けない。お前は大丈夫かあ！」

「ハイ、大丈夫です！」

「そうか、でも、お前だけ主フロートのところに行っても、かえって救助に手間がかかるだろうから、俺の近くにいろ！」

「ハイ、そうします」

相良丸のカタパルトから発艦する直前の零式観測機。射出したが高度が上がらず失速して海面へ突入、著者は重傷を負った。

佐々木二飛の落下傘が白くひろがっているので、よい目標になった。主フロートのところへ行くのをやめ、二人は近くに浮いていた。小さく見えていた母艦が引き返して来つつあった。

「ア、そうだ、鱶に気をつけないと」

佐々木二飛にいったが、鱶は自分の体長と獲物の体長をくらべて、獲物が短いと喰いついてくるときいていた。

落下傘がひろがっているし、飛行靴も履いているので大丈夫だろうと、本来なら首に巻いている絹のマフラーを流すべきところを、それはしなかった。

鱶がいるとはきいていたが、サバン以外では見ていなかったし、母艦がどんどん近づいてきたこともあって、鱶の攻撃はなく、どうやら蒲鉾にならずにすんだわけである。

母艦から救助艇がおろされ、近づいてきた。

佐々木二飛は、自力で艇にはいあがったが、私は左腕が折れていてできないので、竹製の担架ですくってもらった。

思わず涙の退艦

射出発艦に失敗しながら、私たちは命をすてずにすんだのであった。死線をこえたのである。艦内の病室で、左腕負傷の応急処置として、副木で左上膊骨は固定され、ベッドの上の日々がはじまった。

母艦は翌二十八日の昼ごろ、シンガポールのセレター軍港に入港し、私はさっそく一〇一海軍病院へ入院させられた。

お世話になった母艦や同僚の搭乗員たちとも、お別れであった。

佐世保軍港で乗艦してから九ヵ月であった。数々の思い出を残しての退艦だった。長かったようでもあり、また短かったようでもあった。

搭乗員の中でも、いちばん経験が浅かったにもかかわらず、いじめられることもなく、とくに大澤先任には可愛いがってもらった。

――さらば、特空母「相良丸」――これからもよく働き、よい戦果をあげてほしい。

首から布でつるした左腕をかばいながら、上司に挨拶して、内火艇の人となった。思わず涙が湧いてくる。

枝林一飛、佐々木二飛、箭内一飛らが、私の荷物を持って同行してくれた。これがまた、彼らとの永別ともなったのである。

ところで、これより先、中村兵曹と私は、シンガポールの海軍航空廠へいき、零観を受け取ってくるように下命された。

整備兵曹も加えた三人で輸送船に便乗し、シンガポールへ向かった。暑くて眠れないので、中村兵曹と二人で上甲板に出て、南十字星の輝く星空を見ながら語り合った。

海軍航空廠について、零観を受け取りにきた旨をつげ、試飛行をしたところ、中村兵曹の言によれば、

「どうしても機が右に傾いて、スピンに入ってしまう」

とのことで、翼に修正板をつけてもらって、また試飛行をしたが、どうしても駄目だった。

いたしかたなく、私の代わりに整備兵曹に後席へ乗ってもらって、さらに試飛行をしてみた。そのとき、私の飛行服その他一切を整備兵曹に貸した。

ところが、整備兵曹は飛行眼鏡の左のガラスを割ってしまった。

整備兵曹は申し訳なさそうに、こわれておき去りにしてあった英軍機の風防ガラスで、左の飛行眼鏡の代用品をつくって入れてくれた。それといっしょに私の印章も、その風防ガラスでつくってくれた。その印章は、いまでも持っている。

それはともかく、同乗した整備兵曹にも、スピン(錐揉み)の原因はわからなかった。三人で困りはててしまったが、ふと飛行機を後ろから眺めたところ、機の胴体がよじれていた。それがスピンに入る原因だった。

「この飛行機は、徴用工員がつくったんだな」

中村兵曹がつぶやいていたが、外観だけは立派な零観でも、胴体がねじれていてはしかたない。かといって代替機もなかったので、さらに翼に修正板をつけてもらい、どうにかスピンに入るのを弱めて受け取り、ペナンまで飛んだ。

これで、私が燃やしてしまった機の補充がようやくついたわけだが、まことに一機を補充するにも、大変だった。

このときの事情から、私の飛行眼鏡の左のガラスは風防のガラスで、透明ではあるが、普通の飛行眼鏡のように表と裏がガラスで、中に破れたときガラスが飛び散らないように、粘着性のあるものが入っていなかった。それが、墜落時に割れて、私の左眉の下にささって、負傷する原因になったのである。

第六章　雌伏勉励のとき

戦傷病棟の二ヵ月半

俺は飛行機乗りなんだ

第一〇一海軍病院は、シンガポールの街中にあった。いちばん奥まった病棟が、戦傷者のものだった。何棟も金網を張った病棟があり、それはマラリア患者のものだった。看護婦は現地人で、軍医と看護兵だけでは手がまわり兼ね、採用されたということだったらしい。

戦傷病棟には、スラバヤ、バタビア沖海戦での負傷者が残っていた。重傷者は病院船で内地へ送還された後で、閑散としていた。三飛曹で入院した私が患者長ということで、中央廊下から東へ、看護婦室、処置室をへて、病舎のいちばん入口に近いベッドがあたえられた。

四階建て、鉄筋コンクリート造りの総合病院で、その四階に戦傷病室はあった。

入院するや、さっそくレントゲン室へ連れていかれ、X線透視下での左上膊骨の接合処置をうけた。腕がゴリゴリと骨と骨の接触する音を出しているのに、軍医は強引に接合するように、捻じるのであった。痛みをこらえにこらえたが、失神してしまった。

強引な処置だった。もっとも、そうしないと骨が接合しないからであった。腕は正式に固定され副木を当てられて、妙な機械のようなものが胴に装着された。そこから左腕上膊をのせる腕が出ていて、それに固定され、包帯が巻かれた。失神するほどの痛みだったが、

「俺は搭乗員なんだ。このくらいのことで泣くもんか」

と、耐えに耐えたのであった。失神からはほどなくさめたが、本当に痛かった。涙が出て、致し方なかった。

腕が折れているだけで、ほかに故障はなかった。顔の傷も大したことはない。ただ寝ているだけの生活は、何とも味気なかった。毎朝、真っ先に軍医がやってくると、

「気をつけ！」

ベッドの上で正座して号令をかける。左手は使えないが、私が患者長なのである。手当は、顔の傷の処置を受けるだけだ。

一応、軍医が戦傷者全員を診てまわると、「休め」の号令をかけて終わりである。ほとんどは元気な患者だった。

朝の回診が終われば、あとは自由である。

食事が運ばれてくる。美味しく食べられる。朝食のあとは、もう何もすることがない。昼間から眠れたものでもなし、手持ち無沙汰は辛かった。電蓄も置かれてあったが、レコードをきく気にもなれなかった。本もなし、ただ、食べて、寝ているだけの日々、じつにつまらない毎日だった。

「俺は、飛べないんだ。早く飛びたい」

飛行機の爆音をきくたびに、涙がわいてならなかった。飛べない体となったことが悲しか

った。何度、毛布をかぶって涙したことか。まったく、早く飛びたいということ以外に、考えることはなかった。

フンヨンと「清拭」

さて、フンヨンという名前の小柄な中国人の看護婦が、病室の担当者として毎日通勤してくる。

「患者長さん、お早うございます。お痛みになりますか？」

まず私に挨拶して、南国の鮮やかな切り花を差し出す。

「ありがとう、フンヨンさん。痛くありませんよ」

「そうですか、よかったですね」

たどたどしい日本語だったが、彼女の献身はありがたかった。フンヨンは敵国の兵士を看護することを、何とも感じないのであろうか。それは、博愛の心なのであろうか。おとなしい可愛い娘であった。

いちばん快適なはずの戦傷病室でも暑い。毎日午後に「清拭」がある。フンヨンがきて、

「患者長さん、清拭です。シャワー室へ行きましょう」

と案内する。脱衣室で患者着をぬがされるが、胴と左腕が固定されているので、右手だけではうまくぬげない。

彼女が手伝って、下半身丸裸になり、シャワーで洗ってくれるが、恥ずかしくて、

「何と因果なことになったものだ……」

と悲しくなる。それでも、汗臭くなっている体が洗われて、爽快になる。はじめは消え入りたい気持だったが、彼女が事務的にしてくれるので助かった。

ともかく暑いが、毎日のようにスコールがくる。

それに毎朝、病棟に接した道を英軍捕虜が、半ズボンに帽子姿でスコップをかつぎ、なにやら唱えながら、並んで爆撃跡の片づけにいく。赤鬼とはかくやとも思われるように、白い肌が真っ赤に日焼けして、屈託なさそうに明るい感じで通過していき、また夕方、同じように戻ってくる。

銃を持った陸軍兵が、五十人に一人くらいついている。

彼らは捕虜になっても、恥とは思っていないようで、「生きて虜囚の辱しめを受けず」と教えられた自分には、奇異に感じられた。上半身が裸である以外に、彼らはじつに楽しそうなのである。

彼らの精神状態は、私には理解できなかった。つい先日まで、たがいに殺し合っていたはずなのに、あの明るさは一体どうしてなのだろう。とても、日本人の心ではわからなかった。

日がたつにつれ、生活にも馴れたが、それよりも、固定されている腕と上半身が金具でおおわれており、そこが痒くてならなかった。痒くてもかけない辛さは、まさに虐待である。

フンヨンにうったえても、

「軍医さんの許しがありませんので、患者長さん、我慢して下さい」

としか答えてくれなかった。

士官病室には小林熊一飛曹長（先輩三期生、われわれ乙飛出身者の任意団体である雄飛会会長）、特別室に渡部一飛（丙飛出身）が入院していた。

彼らはアンダマン諸島ポートブレアで、私たちが上空直衛をしていたときに進出してきた東港空の飛行艇の操縦員だった。二人とも足の骨が砕かれていて、ベッドから自力では動けないのであった。

戦傷病棟にはスラバヤ、バタビア沖海戦での負傷者の他、小林飛曹長（前列左）と渡部一飛（前列右）がいた。後列右端が著者。

私たちが上空直衛の任をとかれ、ペナンにもどった後、早朝の洋上試運転中に、英軍機コンソリデーテッドに銃爆撃されたのだという。私たちが上空直衛中、敵機を発見しながら追いつけずに、逃げられた結果であった。わが方の機の速力がもっと出ていたら、逃しはしなかったのにと、飛行機の性能が悔やまれてならなかった。

小林飛曹長は、二度と操縦はできないまま終戦を迎えたのであった。

左腕が動いた

辛く、悲しく、腹立たしい四十五日間がすぎた。病棟から見える中国人街には平和がよみがえっていて、時折り、爆竹の音と子供らの笑い声が聞かれた。固定されていた左腕の包帯がとかれ、胴も解放された。清拭で痒さからも解放された。左上膊骨はつながったのである。骨折も単純で、骨が皮膚をつきやぶらなかったのが幸いしたのだ。

しかし、左上膊部が弓のように外側にまがっており、しかも、尺骨の方がまるで動かない。長い間、固定されていたからだった。懸命に力んでも、わずかしか動かない。このままでは、とうてい戦線復帰は望めそうもない。動かない左腕尺骨が怨めしかった。フンヨンが、

「患者長さん、よかったですね」

と言ってくれたが、私は素直になれなかった。

動かない腕などいらない。むしろ、切断してくれた方がどんなにセイセイしたか知れない。そうすれば、あの痒さもなかったはずだと思った。

飛べないのなら、腕も命もいらなかった。飛んで、お国のために働き、いさぎよく死んでやろうと思って搭乗員になったのに、腕が動かなくては、飛ばせてはもらえない。いっそあのとき、死んでいた方がよかった、と身の不運をなげいた。左腕をみて涙が出てしかたがなかった。

マッサージがはじまったが、マッサージ師も中国人だった。毎日きまった時間にきて、深々とお辞儀をして、

「サアもみますよ」

と白い粉を左腕にまぶして、もみほぐした。しだいに腕の曲げ伸ばしができるようになってきた。嬉しかった。

「よし、これでまた飛べるぞ」

希望が湧いてきた。日増しに腕は動くようになっていった。マッサージ師に心から感謝した。シャワーも独りで浴びられるようになった。

小型のバスで、温泉へも通わせてもらった。左腕に力も入るようになった。嬉しかった。

「早く母艦へもどしてくれ。市川兵曹らの仇を討たねばならない」

十月になって、日赤の看護婦さんが入ってきた。白衣の天使たちの、キビキビした動きで、病院に活気がみなぎっていった。

病院船の旅をへて

十月十日、私たちは病院船「朝日丸」で、内地送還ということになった。相良丸からは、だれ一人、見舞いにもこなかった。戦局を知るよしもないし、母艦への復帰もかなえられなかった。もうほとんど搭乗にも支障はないと思われたのに、残念だった。

フンヨンに心から礼を言って、海軍病院をあとにし、病院船「朝日丸」に向かった。

病院船は、シンガポール商港にいた。船体の横と煙突に、赤十字が画かれていた。

私らを乗せて商港を出港した病院船はマニラに寄港したが、元気な者は上陸を許された。短い時間でも、久しく外を歩かなかった私には、平和な街のたたずまいが、公園の緑が、印象深かった。なぜか、それはシンガポールとは異質に思えてならなかった。

マニラの土を踏んだのは、そのときが最初で最後だった。湾口の激戦地コレヒドールも緑一色であった。

ともあれ、マニラを発して高雄に向かった。南シナ海は荒れて、一万トンもある船が、木の葉のように揺れる。ローリング、ピッチング、速力が四ノットしか出ないそうで、ほとんどの患者は、食事も喉を通らないほどの船酔いにかかっていた。

私と、他に三人ばかり酔わない者がいて、酔った人の世話をしてまわった。手すりにつかまらなければ歩けない。食事を運んでも手をつけない人が多く、バシー海峡の荒れ方も並み大抵ではなかった。

それでも、どうやら無事に、荒れたバシー海峡を乗り切って、高雄に入港した。高雄は予科練二年生のとき、戦艦「陸奥」に実習航空兵として乗り組んで訪れたことのある懐かしい土地だった。上陸はしないで、船は一路、故国へ向かった。途中で、皇后陛下御下賜の包帯をいただいた。恩賜の煙草も渡された。

早く内地へついて、新しい任務につきたい、飛びたいとばかり考えているうちに、懐かしい佐世保軍港についた。佐世保を出港して丸一年、今度は病院船で訪れるとは、何という因果なことと拙い武運に人知れず涙し、感慨ひとしおであった。

船はその後、関門海峡をへて静かな瀬戸内海に入り、呉軍港に入港し、私は呉海軍病院に入れられた。

もう、どこも痛い痒いもない、健康な体になっているのに、なぜだと思ったが、勝手にどこへ行くわけにもいかず、病室に入った。

何もすることはない。ただ、ベッドで寝起きする生活は、とても堪えられるものではない。

「私は搭乗員です。もうどこも何ともありません。退院させてください」

軍医にねじ込んだが、なぜか釈然としない顔で、

「そんなに言うなら、軽快退院ということで……」

と、軍医は語尾を濁らせた。それでも、結局、退院して呉海兵団へ行くように、ということになった。

「なぜ、海兵団なんだ。俺は搭乗員だ、なぜ航空部隊でないんだ」

内心、不服ではあったが、病院を出られるだけで嬉しかった。独りで衣嚢をかついで、呉海兵団へいった。体が、やはり、なまっていた。衣嚢をかついで海兵団まで歩くのに、何度か休まねばならなかった。こんなことでは……と思いながら、手続きをとって仮入団した。

二、三日すると、今度は横須賀海兵団へ行けとのことだった。私は横須賀鎮守府の所属だから致し方ないと諦めて、独りで横須賀へ向かった。懐かしい逸見《へんみ》、それは丸三年ぶりの横須賀軍港だった。

十一月九日に横須賀海兵団に入り、一日千秋の思いで、第一線への転勤命令を待ったが、なかなか命令がこない。海兵団で、陸戦（傘型散開）の教員をさせられたり、横浜に入っていたドイツ潜水艦の警備に行かせられたり、防災班長をさせられたり、まったく不本意な生活であった。

府立九中（現新宿高校）に在学中だった弟を呼んで会ったり、外出して食堂のウェイトレスに、「なぜ食堂などで働くんだ。ほかにもっとよいところがありそうなものを」とお説教したり、面白くもない生活が一ヵ月半もつづいた。

十二月二十二日、待ちに待っていた転勤命令が出た。「鹿島海軍航空隊」ということだった。とにかくお世話になったので、分隊長にお礼を述べて、横須賀第一海兵団をあとにした。

寒い冬であった。即日、鹿島海軍航空隊に入隊、第一分隊に所属もきまった。そして明くる二十三日、偵察教員を命ぜられたのである。

偵察教員

戦地帰りの誇り

鹿島空は、水上機操縦員を養成する練習航空隊であった。やっと、「赤トンボ」ではあっても、飛行機のあるところに辿りつけたのであった。マラッカから丸五ヵ月になろうとしていた。

第一分隊の教員室は、私以外はすべて操縦教員であった。

斉藤儀兵衛上飛曹（操練、のち第一線へ出て戦死）、高橋一雄上飛曹（乙飛六期、戦後、自衛隊勤務）、正田上飛曹（甲飛四期、のち博多空教員、殉職）、犬塚教市上飛曹（静岡県出身、乙飛八期、昭和十九年十二月七日、神風特攻春日隊長としてフィリピンで戦死、二階級特進）、戸川上飛曹（操練出身、戦死）、井熊公一二飛曹（操練出身、戦死）、窪田二飛曹（乙飛十一期、戦死）、境忠二飛曹（操練出身、戦死）などで、分隊長は松島龍夫大尉（鹿児島県出身、海兵出、戦後、自衛隊勤務海将補で退官）であった。

二階建て木造の兵舎の西側が教員室で、練兵場に接していた。

偵察教員は、中山上飛曹（甲二期、戦死）、伊藤二飛曹（偵練出身、戦死？）、柏原隆之二飛曹（宮崎県出身、乙飛十期、のち偵察特練に学び晴嵐偵察員）らであった。

のち昭和十八年四月、粕谷義蔵飛曹長（長野県出身、乙飛四期、昭和二十年三月二十一日、攻七一一飛所属、本邦南方海面で第一神風桜花特別攻撃隊神雷部隊桜花隊で特攻戦死、二階級特進、海軍大尉）が、偵察教官として着任した。

鹿島空は、霞ヶ浦の南西、茨城県稲敷郡安中村（現美浦村）大山というところに位置していた。はじめは昭和十三年に霞ヶ浦海軍航空隊水上班の分遣隊として発足し、のち独立した水上機専用の航空隊であった。

私は、戦地で零式観測機一機を自分の責任で炎上させ、さらに一機を発艦失敗の機長として失いながら、罰を受けることもなく、昭和十七年十月三十一日付で海軍二等飛行兵曹に昇任した。そして、翌十一月一日付の位階の改正で、一等飛行兵曹となっていた。

昭和十六年の勅令六二五号で、航空兵という名称が飛行兵と改称され、私の兵籍番号は、横志飛第一〇三五号ということであった。それは、横須賀鎮守府管内の搭乗下士官、兵が、私より前に千二十四名しかいないことを示していた。

鹿島空での偵察教員は、水上機操縦員に偵察員の仕事（航法、爆撃、通信、射撃など）を一通り教えるものであった。

分隊に所属していても、その分隊の練習生のみではなく、兵学校出身の飛行学生（四十期の海軍少尉、四十一期の少尉候補生）、第十四期飛行予備学生（いわゆる学徒兵、海軍予備少尉）、予科練出身の飛行練習生（甲、乙、丙）などの中間練習機教程の水上機操縦員を教えた。

水上機操縦専修者なので一クラス三、四十名がほとんどで、教室で教壇に立って、会合法（航法）などを講義するにも、一教室で事足りた。飛行学生や飛行予備学生は、すべて上官であり、年齢も自分よりは上だった。

思えば、自分ながらよくも講義できたものと、当時をふりかえると汗顔の至りである。しかし、私はわずか九ヵ月であったが、開戦前から第一線で鍛えた技倆と経験があり、いささかも動じることはなかった。戦地帰りとしての誇りがあった。

実践的慈愛の教育

学生は、さすがに理解力があり、質問も要にして簡、じつに教えやすかった。

飛行練習生は、それにひきかえ、午前中の飛行作業（操縦訓練）で疲れているのか、居眠りする者が散見された。私は一人でも舟を漕いでいる者（居眠り）を発見したら、すぐに講義をやめて、戦地での体験談を聞かせることにした。そうすると、居眠りをしていた者も眼を輝かせて聞き入っていた。

私は、練習生に対して、

「操縦員でも、偵察員の仕事、偵察術を心得ていないと、たとえ水上戦闘機搭乗員となっても、航法や通信ができずに自ら機位を失ったりして、命を捨てることになると同時に、大切な飛行機も失うことになる。それは犬死というものだ。

任務を全うするには、操縦術はもちろんだが、偵察術についても、私の教えることをしっかり覚えておかねばならない。居眠りするほど疲れているのもわかる。しかし、私の教えることは偵察術のエッセンスで、絶対に頭にたたきこんでおいてもらいたいことなのだから、そのつもりで話を聞くように」

繰り返し、繰り返し、諄々と述べた。また居眠っても、けっして罰はあたえなかった。可愛い後輩たちが、立派な空の戦士として任務を全うし、かりそめにも、犬死することがないように、命を大切にするように、私は祈ってやまなかった。

鹿島空での一年三ヵ月、それは戦地帰りとして、輝く海軍航空の名に恥じない搭乗員を育てなければならぬという使命感に燃えた、充実した隊内生活であった。居眠りする者は急速にへって、眼を輝かせてきき、質問する後輩たちは、つぎつぎと巣立っていった。

操縦員の養成に使われた九三式水上中間練習機。3回の同乗飛行後、著者は偵察員ながらも単独飛行ができるまでになった。

にわか操縦練習生

偵察教員は、操縦専修者が対象だったので、飛行作業中は暇をもて余していた。滑走台の指揮所へいって、練習生の訓練ぶりをよく見たものだ。そんなとき、松島分隊長が、

「藤代教員、操縦をやってみないか」

と声をかけてくれた。願ってもないことだった。

二つ返事であった。

一分隊の所属になっていた富永義雄教員（乙飛八

期、のちに六三四空に所属、水爆で昭和二十年四月、沖縄の敵艦船夜間攻撃に出撃、未帰還戦死）と菊地教員（東京都出身、乙飛十期、水爆で昭和二十年、比島で戦死）に同乗してもらって、三回の離着水と編隊飛行、特殊飛行を九三式中間水上練習機で練習し、単独飛行が許された。

中間練習機は速力こそ遅いが、すべての飛行訓練ができる飛行機であった。たった三回の訓練で単独飛行ができるとは、もともと操縦希望だったので嬉しかった。

「俺も満更《まんざら》ではないな」

と思いながらも緊張して、離着水からはじめた。中間水上練習機は複葉で、二つのフロートがついている。翼間（上翼と下翼）の張り線に小さな吹流しを縛《しば》って飛んでいるのが、単独操縦機であった。あの百里ヶ原航空隊で握って以来の操縦桿だから、嬉しかった。

練習生にまじっての単独飛行は、離水も着水もじつにうまくいった。ピタリと停止位置で止まり、ふたたび離水する。水上機の操縦は、水面上七メートルまで降下して、引き越こして着水するが、その七メートルの判定が、決め手なのであった。それが実にうまく行ったのである。

同僚の柏原教員も操縦を習ったが、単独飛行になって、彼ははるか「木原」の沖に着水して、トコトコと離水位置まで約二千メートルも水上滑走して来るのであった。

私は、編隊飛行も単独操縦ができるようになり、練習生に航法実習させるときは、一番機を操縦して、後席に練習生を乗せて編隊飛行をした。偵察員の主たる任務である航法を私が操縦して教えたのであった。

二十七期（甲飛）、二十八期（乙飛）、二十九期（丙飛）、三十一期（乙飛）などのクラスを担当した。

航法地上演習機を使用しての偏流測定もやったが、他の偵察教員も一緒だった。とくに伊藤教員は、よく練習生に罰をあたえて練兵場を駆けさせたりしたが、私は教室での講義と同様まったく罰はあたえなかった。彼らも私の教育方針をのみこんで、真剣に勉強してくれた。

先輩後輩人間模様

太平洋に着水

教員室で暇をもてあまして「書道」を習い、一級となったり、ざる碁を打ったりもした。一飛曹以上の教員は、三日に二回の外出が許されていた。夕食後に外出して、翌朝、帰隊するのである。着任するやいなや、先輩の上野栄一郎教員（栃木県出身、乙八期）が、「藤代君、下宿は隊にほどとおからぬ米元屋（旅館業、といってもクラブのような民家）に、乙飛出身教員はほとんど定めているので、よかったら一緒しないか」

といってくれたので私は、米元屋に、月十円で下宿した。夕食後に外出して、また食べるのであった。食欲旺盛でよく食べた。月に二十日も外出し、食事をして風呂にも入り、そのうえ泊まって月十円とは、安い下宿代であった。

時折り、鹿島灘東方の哨戒飛行があり、操縦教員と偵察教員がそれぞれ一名、九四式三座水偵に搭乗して飛び立った。六十キロ爆弾二発を搭載し、いちばん後ろの席は空いたままで、無線電信機も二座用の空二号を搭載した。ほとんどの教員は戦地帰りの若武者で、赤トンボ

（九三式中間水上練習機）では物足りない気持で一杯だった。

只見教員（京都府出身、丙飛）と私の二人で哨戒に出たとき、私が、

「オイ只見、小便がしたくなったから、着水してくれんか」

と言うと（機上でも、小便袋があって用は足せた）、彼は艦隊帰りの三座水偵の操縦員だったので、

「降りましょう」

と言う。まもなく大洗沖に着水、私はフロートに降りて放尿し、また哨戒コースに飛び立った。

洋上は、上空から静かに見えても、うねりがあり、風向も必ずしも、うねりの方向とは一致しなかった。湖とはまるで違う。

旧式の絹張りの翼がミシミシいうし、うねりの背の高いところを狙って離水するのだが、その波との衝撃はすごいもので、フロートが取れてしまうのではないかと思うほどだった。

だが、さすが艦隊経験のある只見教員は、みごとに離水した。

うねりは高いところのつぎに低いところが三つほどあり、高いところからスタートして、つぎの高いところを次々に、フロートに当てながら離水するのである。下手をすると、うねりの低いところに突っこんでしまう危険があった。只見教員は二飛曹であったが、見事な技倆の持ち主だった。

乙飛クラブ

教員の入れ替りもたびたびで、斉藤教員は第一線へ転勤し、一ヵ月もしないうちに戦死したとの情報が入ったりした。

二座機の操縦教員が単座の水上戦闘機へ移っていったり、陸上機に移って行った教員もあった。

犬塚教員は、その名のとおり犬が好きで、下宿で雑種の小犬に花子と命名して飼っていたが、病死してしまい、彼は霞ヶ浦湖畔の松林に花子の墓を設けて、ねんごろに弔ってやったりした。じつに淡々とした性格の持ち主であった。

鹿島空第１分隊の教員。犬塚教市上飛曹（後列左端）は後に神風特攻隊春日隊長となった。その隣りが著者。

一時期、乙八期の教員が、上野兵曹、犬塚兵曹、富永兵曹、佐藤兵曹、竹村兵曹、尾本兵曹と、六人にもなったことがある。それぞれ個性的で、上野教員以外はみな戦地帰りで、同じ米元屋に下宿していた。これが、予科練時代われわれ九期生をよくいじめたクラスの人とは、とうてい考えられない、いい先輩になっていた。

米元屋では、八期が一番の先輩で、九期の私、十期の柏原兵曹、十一期の窪田兵曹と九人も同じ下宿屋で過ごし、まるで乙飛のクラブの観があった。

また、下宿の小母さんがよい人で、月十円でどう賄っているのか不思議に思えるもてなし方であった。夕食も出してくれ、風呂もわかしてくれたりした。

私が上野教員に連れられ、下宿させてもらったときは、おばあさん、小母さん、長女、長男、次男の五人家族で、みんなで一緒に炬燵に入り、みかんを食べたり駄弁ったりした。四角い炬燵に六人も七人も入るのであった。

時折り、七期の原田兵曹（戦死）も立ち寄ったり、道一つ隔てた前の家に下宿していた島村（乙飛十二期）らもよく遊びに来たりしていた。なぜか、私は只見教員とうまが合ったので、彼も同じに下宿することになり、さらに十二期の宮本らも加わって、米元屋は搭乗員のクラブのようであった。

搭乗員以外では、間島整長と機関科の応召兵の二人だけであった。他の兵科のものともよくなじんで、下宿は快適だった。殺伐《さつばつ》とした戦地から帰った者にとって、下宿は故郷へ帰ったような雰囲気が漂っていて、心なごむのであった。

搭乗員は、たとえ練習航空隊であろうと、つねに「死」と対決して飛んでいるので、下宿でくつろげることは、明日への英気を養ううえに大いに力があったと、いまでも感謝している。

面会あれこれ

昭和十八年に入って、秋ごろだったと記憶するが、開戦時おなじ母艦で仲のよかった中村正光上飛曹が（甲飛三期、九段中出身）が、教員として赴任してきた。まさに奇遇、思わぬ再会であった。

彼は、私よりも年長だったので、お嫁さんをもらって海軍住宅に住んでいた。一度お邪魔して歓待をうけたが、まだ生まれたばかりのお嬢さんがあった。搭乗員の場合、別れ別れになったのち再会するということは、珍しいことだった。いずれかが護国の鬼として、散華して逝くことが多かったのである。

私は、いつまでも教員をしていたくなかったので、偵察特修科練習生を希望していたが、それもかなえられず、採用されたばかりの電波探知機（電探と略称していた）の講習に横須賀空（横空）の実験部へ派遣してもらった。

横空の偵察特練には、同期で入隊時となりの班であった西谷芳数兵曹（広島県出身、後に八五一空に所属、昭和十九年三月三十一日、ニューギニアで古賀長官機の主電信員として戦死）がいた。これは奇遇であった。彼からも、同期の消息はあまり得られなかった。

横空にいる間に、鹿島空で下宿していた米元屋の娘さんが、酒を持って面会にきてくれた。嬉しかった。横空は海軍航空のメッカとして、つねに緊張感に充ちていた。そうしたところへの面会はありがたかった。ホッとした。

あるとき、教員になって内地にいると知った兄が、鹿島空の下宿へ面会にきた。嫂の妹を嫁にもらえということであった。私は兄に、

「搭乗員とは、つねに死と対決している。明日にも死ぬかもしれぬ。それに戦時、いつまた第一線へ行くことになるかも知れない。戦争中は結婚はしない。未亡人をつくるだけで、可哀想《かわいそう》だから」

と断わった。義妹は、小学校で一級下、よい娘であることは知っていたが、だから尚更だった。兄によれば、「飛行機乗りでなければ結婚しない」と言っている由で、それは、明らかに、私を想定してのことだと分かったが、未亡人にするに忍びなかったので、きっぱりと断わった。兄はしぶしぶ帰って行った。

末の弟も面会に来た。銚子中学（旧制）の一年生であった。彼には、戦地から使い道がなくてあまっていた金を、軍事郵便で送ってやり、学費にするようにしていた。入試の発表も見にいってやった。父の顔も知らない弟が、不憫でならなかった。自分は中学へも行かずに、飛行機乗りを選んだ。もし中学へ行っていたら、海軍兵学校か、さもなくば甲飛へ進めたろうに。そうすれば、あんな苦労もしなくてすんだであろうと思われたので、少なくても弟らは中学へは行かせてやりたかった。

すぐ下の弟は上京して、知人の家に書生として住みこんで、東京府立六中に通っていた。横須賀海兵団にいたとき、面会にやって来たので、三百円をあたえて勉強しろと言ってやった。彼は、

「俺も予科練を受けたい」と言ったが、

「お前の体ではとうてい無理だし、並み大抵の苦労ではないから一生懸命に勉強しろ」

といって帰した。すぐ下の弟は、体も小さいし、自分のした苦労はさせたくなかった。

教員生活の憂鬱

昭和十八年十一月一日、私は上等飛行兵曹に進級した。教員生活にも馴れていたが、搭乗員の長くいる場所ではなかった。早くまた第一線へ復帰したかった。

戦局が次第に不利になりつつあることも知っていた。だから、なおさら第一線へ出て働きたかった。操縦員の偵察教員——それは閑職である。不本意であった。

正田教員が飲酒のうえ、犬塚教員の軍刀をぬいて衛兵指揮所で暴れ、ガラスを何枚も割って、外出禁止の処分をうけた。彼も、長い教員生活に飽きていたのだろうと思われた。その鬱憤を晴らそうとしたのだろうと、その心理状態がよくわかった。

私も暴発したかった。辛うじて理性でおさえていた。だから、外出して土浦へ行き、痛飲してバスもなくなって七里の道を高歌放唱して歩いて下宿へ帰ったり、外出禁止区域であった熱海まで行って遊んだりした。

正田教員が外出禁止中の日曜日に、彼の交際していた女性が面会に来た。しかし、外出はできない。ちょうど私が当直であった。かわいそうだったので、正田教員に練習生をつれて外出させた。名目は、練習生のクラブ視察ということにした。

ところが、正田教員は彼女と道を歩いているところを、衛兵司令でもあった分隊長の松島大尉に見つかってしまった。翌日、私は松島大尉に呼びつけられた。

「君は、昨日の当直教員で、なぜ自分で引率せずに、外出禁止中の正田教員を引率者として外出させた。誤った友情ではないか」

と言われた。そこで私は、

「ハイ、私が正田教員にたのんで、練習生を引率して外出してもらいました。悪かったら私は、懲罰を受けても結構です」

と答えると、分隊長は、

「それは、軍規をみだす誤った友情である」

私はそれを承知で、正田教員を外出させたのである。懲罰でも、進級停止でも、外出禁止でも、あまんじて受けるつもりであった。しかし、何の処分も受けなかった。

私は、軍人であると同時に、人間でありたかった。友情も大切にしたかったのである。あるとき、哨戒飛行で銚子沖に飛んだことがあった。郷里波崎町の近くである。操縦教員に頼んで、郷里の上を飛んでもらった。高度を下げて、生家も視認できた。それが郷里の上を飛んだ最初で最後であった。もちろん、そのことは兄にも弟にも知らせはしなかった。

土浦へ行って食堂の看板をはずしたり、旅館の広告塔をかつぎ出したり、散々いたずらもした。土空を訪れて、小学校の同級生の弟である予科練の後輩を励ましたりもした。鹿島空での一年三ヵ月は、長くもあり、また短くもあった。

そして、昭和十九年三月八日、私に第四五二航空隊への転勤命令が出た。待つこと久しかった一線への復帰であった。

第七章　霧の中の飛翔

下駄ばき爆撃隊

零式水偵二十四機の部隊

四五二空は基地航空隊で、当時、館山空に居候をしていた。以前は水戦、零観、零式水偵と水上機ばかりの部隊で、北千島方面に展開していたが、アッツ島の玉砕で編制替えになり、いまは零式水上偵察機（電探、磁探装備）の部隊であった。

館山空の水上班の格納庫を借り、兵舎も館山空の練兵場の隅のバラック木造建ての平家で、畳敷だった。

同期の森健次兵曹（佐賀県出身、偵察）も転勤して来た。彼とは、偵察専修となった予科練時代、鈴鹿空の飛練（練習機教程）、博多空の実用機教程もいっしょで、とくに鈴鹿では同班で、ペアで訓練を受けた仲であった。まさに奇遇である。

また、館山空には同期の宮本一兵曹（福島県出身、偵察、七六二空に属して昭和十九年十一月十四日、比島方面で戦死）もいた。飛練を卒業してから会った同期たちは、横空での西谷芳数兵曹だけだったが、館山空では宮本兵曹と会い、森兵曹とは同じ部隊ということで、終戦までに会えた同期は、この三人だけであった。ほとんどの同期は、それまでに散華してしまっていた。

鹿島空で一緒だった小野康徳兵曹（甲飛三期、操縦、三一七空に所属して第一御盾特別攻撃隊B29銃撃特攻で昭和十九年十一月二十七日、戦死）、江刺家康二兵曹（甲飛三期、偵察、岩手県出身、マリアナ海域の敵機動部隊索敵に出て未帰還、昭和十九年六月十九日の戦死）も亡き数に入っていった。小野兵曹は零戦にかわって館山にいたが、部隊が違っていたので、一緒に飲む機会もなかった。

ともかく、館山空基地で編成を終了した四五二空零式水偵隊は、館山空から伊豆諸島ぞいに三百カイリ哨戒任務につきながら、夜間飛行訓練、水偵による緩降下爆撃訓練をしていた。もともと、零式水偵は、水平爆撃に適するように設計されていた。それを、緩降下とはいえ機首をさげての爆撃には無理があった。緩降下でも操縦員によっては、機首をさげ過ぎて、引き起こしのさい、翼のつけ根に皺《しわ》が出たりした。

とくに福神悌三郎兵曹（操縦、丙飛）は、その性格からもハデであり、彼が緩降下爆撃訓練から帰投したら、翼のつけ根から斜めに外側に向かって大きな皺が入っていた。零式水偵といえども緩降下爆撃をする必要に迫られていた。

後に、私は東港基地からリンガエンの敵艦艇に夜間爆撃を緩降下でしたが、私のペアであった北村義雄兵曹（新潟県出身、乙十一期）は、福神兵曹のように、急角度に突っ込まなかったので、翼に皺は生じなかった。

四五二空は二コ分隊二十四機の零式水偵部隊で、私は第一分隊の先任搭乗員に指名された。

二分隊の先任搭乗員は、唐沢参一上飛曹（甲四期、長野県出身、偵察）が指名された。

館山空の格納庫で、偵察員の通信訓練もやった。

館山空での夜間離着水訓練で、池田勝好上飛曹（愛知県出身、乙飛十期、操縦）機、偵察上野勝也一飛曹（三重県出身、乙飛十二期）、電探森川勝美二飛曹（山口県出身、乙飛十五期）は、湾内に碇泊中の上陸用舟艇に激突して沈没、三名は殉職した。任地、千島へ進出する前の三月二十五日のことであった。私が着任して、初めての犠牲者であった。

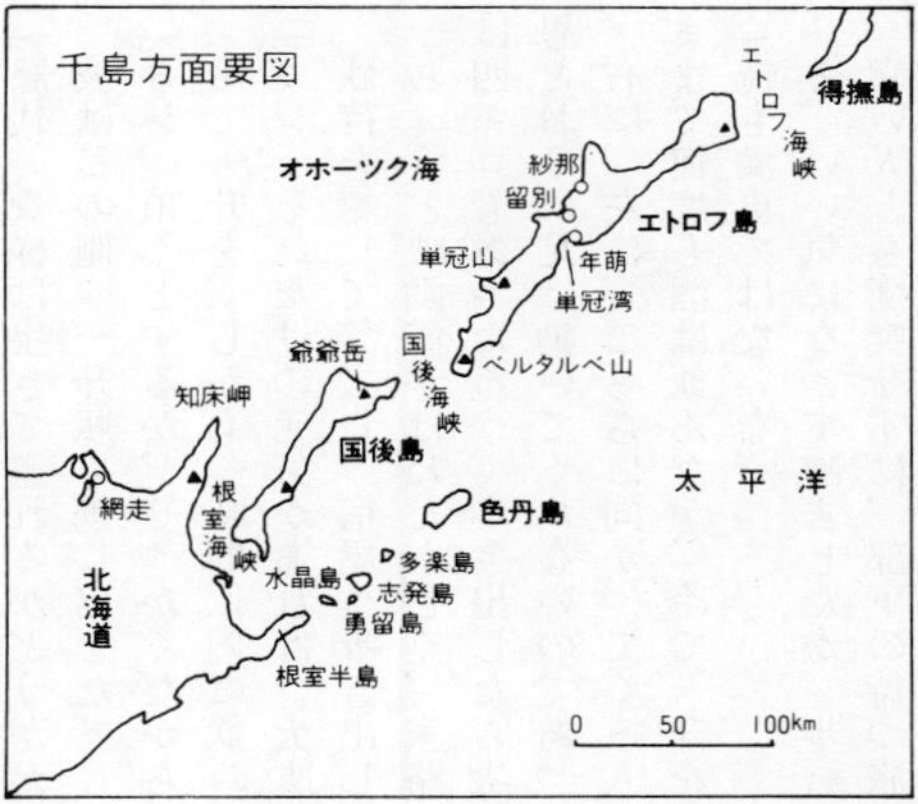

千島方面要図

別れの一升酒

昭和十九年四月の初旬、第一分隊の零式水偵十二機は、館山基地をあとに、大湊空を経由して、エトロフ島の年萌《としもえ》基地に進出した。

大湊空には、鹿島空時代の同年兵（整備科下士官）がおり、

「藤代、貴様、戦地へ行ったらもう会えないと思うから、俺の家へ寄れ」

というので、外出して、部下たちを宿屋に連れていってから、彼の家（海軍住宅）にお邪魔した。すると、

「藤代、貴様は生きて還れるかどうかわからない。今生の思い出に、一升飲み干して行け」

彼は私の側へ一升瓶を差し出した。

「ヨシ、頂くとするか、せっかくだから」

冷《ひや》で一升を、しかも一時間以内に飲み干した。彼曰く、

「ヨシ、それだけの元気があれば、大丈夫、生きて戻れるだろう。体に気をつけてな」

歓待を謝して辞去し、宿屋へ歩き出した。

ちょうど映画館がはねたらしく、家路へ急ぐ人々が大勢こちらへ向かってくる。宿屋までは四キロもあったろう、歩き出したら次第に酔いがまわってきて、まさに千鳥足、自分の意思どおりに足は動いてくれないのであった。

右に、左に、こちらに向かってくる人たちと衝突しないように、大変な苦労であった。いままで何度も酒は飲んだが、冷で一升を一人で飲み干したのは、初めてのことで、

「俺も満更《まんざら》ではないな」

と、いい気になって辞去したが、歩むほどに酔いが回ってきて、いかんとも仕方なかった。幸い人とも衝突せずに、部下の待つ旅館にたどり着くことができた。じつに馬鹿なことをしたものだと、いまだに忘れられない一事であった。

二百五十キロ爆弾を抱き

大湊空の人たちにお礼を述べて、谷間に雪の残るエトロフ島年萌基地にぶじ進出した。

宿舎は、二重天幕の中にパネル敷というもので、さっそく、千島列島ぞいに北航する輸送

船を守るべく、対潜哨戒任務についたのである。千島の春から夏は夜のあけるのが早い。早朝三時には、二百五十キロ爆弾を抱いて、太平洋側、オホーツク海側へと飛び立つのであった。

発進して一時間もすると、すっかり夜もあけてくる。太陽も出て、やれやれと思っていると、海面にユラユラと煙のようなものがゆらめき出す。霧の発生だ。そして、ものの十五分もしないうちに、翼端も見えないほどの濃霧に閉じ込められてしまう。視界は、零である。

「基地に引き返す」

と、操縦員の北村兵曹に伝え、

「針路二百度ヨーソロ」

と伝える。機首が基地の方に向くと、高度三千メートルを指示する。哨戒飛行は通常高度五百メートルであるが、濃霧から脱出したいので高度をあげたのだ。

単冠山頂も視認できない濃霧は、千島列島はもちろん、太平洋側も、オホーツク海側も、すっかり埋めつくして、わずかに太陽が、白い霧の中に窺えるのみである。千島での戦いは、敵との戦いではなくて、濃霧との闘いであった。

かつて開戦前、ハワイ攻撃部隊が集結して発進した単冠湾《ヒトカップ》も、すべて濃霧にのみつくされてしまうのであった。まさに白魔の中、基地上空に達しても着水は不可能で、無線電話で、

「われ八号機、着水不能なので北海道に向かう」

と連絡する。北海道へ行けば、霧の薄れているところがあるかも知れない。それ以外にないのであった。

「針路二百四十度ヨーソロ……北海道に向かう」

操縦員に伝える、操縦員は夜間飛行と同じ計器飛行である。外は見られない。もっとも、見たところで一面の濃霧で何も見えはしない。最後席の電探員はブラウン管を凝視して、島や山の反射波を見る。盲目飛行である。まわりがまっ白なので、いっそう無気味である。偵察員である私だけが外を見る。やはり、一面の白魔は、どうしようもない。

春から夏へ、濃霧はすごさを増すばかりで、不時着機が続出した。

十月二十二日、大湊空へ引きあげてくるまでの七ヵ月間に、快晴の日は五日ほどしかなかった。霧の濃さに多少の差があって、任務飛行（哨戒）は霧の発生する前に発進するほかはなく、したがって薄明の午前三時には発進、出撃するのであった。

不時着機続出

太平洋側に三機、オホーツク海側に三機の計六機が出撃して、全機が基地にもどれないことがたびたびあった。不時着機が続出した。

かのリンドバーグ（一九二七年、昭和二年に史上初めて大西洋無着陸単独横断飛行に成功した米国民間搭乗員）が不時着した湖に不時着、危うくツンドラに乗りあげそうになったこともあった。さすがのリンドバーグも、この霧には手を焼いたものと思われる。

島の近辺は比較的に霧が薄れていて、航空図と、視認できる地型とを見て、不時着するほかはなかった。私は、森田文雄兵曹と早朝に出撃し、濃霧に遭って基地に引き返したが、基地も着水不能であったので、オホーツク海側に出て霧の薄れていた小さな湖に不時着を決意して、山肌をこするようにして降下着水した。

それは、紗那の東南に位置した、北側が山で南西にツンドラのある湖であった。北側から進入して、湖水面を最大に活用しての着水であった。行き足は、ツンドラの直前でとまった。ツンドラも緑に萌えだしていた。

胴体に250キロ爆弾を抱いた零式水上偵察機。一面の濃霧のなかを対潜哨戒に飛び立つため、連日、不時着機があいついだ。

不時着して基地に打電し終わったころ、一人の人が、馬に乗って様子を見に来てくれた。勧めにしたがってついて行ったところはお寺であった。その人は住職だった。室には囲炉裏が切ってあって、住職は白樺の生木を燃やして暖を取らせてくれた。住職の言うには、

「飛行機乗りさん、この湖へ不時着したのは、リンドバーグが初めてで、つぎがあなた方ということになりますよ」

とのことだった。リンドバーグが千島からアリューシャン列島を経てアメリカへ飛行した折り、不時着したものらしい。彼もこの霧に悩まされたのであろうと思われた。

夕方になって霧が薄れ、基地に帰投できる状態になったので、住職にお礼をいって寺を辞した。飛行

機のところへもどったが、離水面がかなり狭い。だから、岸から全速で滑走して離水し、白樺の生える山肌をこするようにして飛び立ったのであった。一歩誤れば山に激突して、死というところであった。

数え切れないほどの不時着を経験したが、その原因はほとんど濃霧だった。キモンマトーという小さな湖に不時着したときは、ちょうどお盆で、馬で迎えにきてくれた村長の家に厄介になり、鮭の味噌煮を御馳走になり、盆踊りを見せてもらった。

基地から発進できない日もあって、前日の夕方、紗那（オホーツク海側）の旅館に一泊し、早朝に発進したこともあった。

ままよ、とばかり旅館で痛飲して、酔いが醒めずにフラフラした足取りで搭乗発進したこともあった。

田中武雄飛曹長（予備練出身、操縦）機、偵察員瀬川正男兵曹（兵庫県出身、偵練）、電探員富樫房吉兵曹（山形県出身、丙飛）は、濃霧のため基地への帰投ができず、無線電話で、北海道に向かうむねを連絡したまま、二週間も消息不明であったところ、輸送船に便乗して、髭ぼうぼうでやつれて戻ってきた。

聞けば、不時着地をさがしているうちに燃料が切れ、北海道東南部の山腹に不時着、機体は大破したが、不時着糧食で食いつなぎながら川にそって、太平洋岸に出たとのことであった。

九月二十四日、午後一時半に基地を発進して索敵哨戒の任についた前田道人兵曹（福岡県出身、乙飛十五期、偵察）機、操縦橋本誠兵曹（熊本県出身、丙飛二十三期）、電探員清水和男兵曹（茨城県出身、丙飛）は、帰投時刻を過ぎても連絡のないまま、夕暮れになったので、分隊長の竹之内初雄大尉（鹿児島県出身、操練）、細谷亘夫兵曹（東京都出身、丙飛、電探員）と私が、捜索にオホーツク海に出た。

島を離れるにしたがって霧が濃くなり、さすがの分隊長も霧に入ったり、出たりで、ついに前田機を発見できなかった。

その後の捜索でも、遺留品も浮いていなかったことから、三名は、オホーツク海に不時着、大破沈没した機と運命を共にし、戦死したものと推定された。

進出以来、初めての戦死者であった。

前田兵曹は飛練を優秀な成績で卒業、明朗で若いにもかかわらず、技倆も優秀であった。ただ、濃霧の中を飛ぶのには、経験不足の憾みがあった。橋本兵曹は、おとなしい性格の操縦員で、寡黙だった。清水兵曹は、角ばった顔でまじめ、よく作業員として率先して行ってくれていた。

三人は若い命をオホーツクの海に散らしたのであった。私には、可愛い部下であった。惜しんでも余りある戦死であった。

私は、それ以後も、さらに若い搭乗員たちに、霧を侮るな、といましめなければならなかった。

それより先の六月、電探整備にあたっていた横山歳上飛曹（宮崎県出身、乙飛十四期、偵察）は、電探の高圧部にふれて意識不明となり、帰らぬ人となった。まじめで、おとなしい性格の持ち主であった。

愛する部下と共に

視界ゼロの帰投着水

濃霧に悩まされつづけていた私は、鹿島空教員時代の教え子、森田文雄一飛曹（新潟県出身、丙飛三十期）が、飛ばせてもらえないと訴えてきたので、士官幕舎を訪れ、飛行士の宮崎中尉（十一期予備学、操縦）に、

「若い操縦員の森田文雄は、飛ばせてもらえないと申し出ている。進級ばかりしても技倆は一向に上達しない。このままでは、役に立たない操縦員が増えてしまう。偵察の准士官以上の方が乗ってやっては頂けないか。出来ないなら、私が乗ってもよいです」

と、先任搭乗員として申し入れた。すると、つぎの飛行命令から、操縦森田、偵察藤代ということになった。私が、森田兵曹に、

「俺が乗ってやる、厳しいが頑張れ」

と言うと、彼は嬉しそうだった。私は、森田兵曹を一人前の操縦員にしてやろうと決心した。以後、森田兵曹とは必ず私が乗ることになった。先に記したリンドバーグのつぎに不時着した湖も、不時着して盆踊りを見せてもらったときも、操縦は森田兵曹であった。

彼は、メキメキと技倆をあげつつあった。風向を見誤って不時着コースに入ったときは、思い切り怒鳴りつけたこともあった。戦地で怒鳴ったのは初めてだった。

私は基地付近の地形、山の高さや谷の方向などをつぶさに頭に入れつつあった。

四機がオホーツク海側に索敵哨戒に出撃したとき、私も森田兵曹と出撃した。例によって、濃霧が発生して他の三機は、北海道へ不時着に向かった。私は、基地上空からいったんオホーツク海側に出て高度を下げ、霧の薄れていた紗那湾から基地へ帰投する決心をした。

「森田、基地に帰投する。俺のいうとおりに操縦しろ！」

かねての地形の研究から、私は湾から谷間を縫って高度を下げて進入すれば、基地に達することができると考えていた。ちょうど進入できる谷間は、霧が薄れていた。

「森田、谷間を縫って行く高度は二百、針路百八十五度、いいか」

「ハイ、やってみます」

私は飛行眼鏡をかけて、座席から立ち上がって前方を見つめる。谷間の白樺林をかすめて霧の中を進入した。

「五度右へ」「十度左へ」

指示しながら機を誘導し、基地のある湖へ向けて飛行した。盲目飛行である。無茶だとは思ったが、ここで森田兵曹に自信をつけさせてやろうと決めていた。失敗すれば死であった。しかし、死は頭になかった。必ず湖の上に出れる自信があった。

約五分の飛行が三十分にも感じられた。眦《まなじり》を決するとは、まさにこのことであった。機の下の白樺の枝がゆれる、スレスレに飛行しているのであった。

「高度を下げて、高度百！」

どの地点から高度を下げれば大丈夫かは、研究ずみであった。ついに湖の上に出た。

「森田、湖の上だ。エンジンを絞って、夜間着水の要領で！」

機はすべるように着水した。私は思わず叫んでいた。

「ヤッタゾ、森田！」

「ハイ！」

無事に着水はできた。だが、濃霧の中で、基地の接岸地点が見えない。南へ南へと、水上滑走をつづけた。と、左側に山肌をけずったところが見えた。それは、設営隊が地下兵舎をつくるために削った山肌であった。それで接岸方向が判定できた。

「針路は二百度、水上滑走！」

ついに、基地指揮所の天幕のある地点に接岸した。岡田四郎司令が待っていた。

「八号機帰投しました。濃霧のため進出百カイリで引き返しました。とくに異状はありませんでした」

司令は、「ウム」とうなずいた。分隊長や飛行士ら士官、准士官がそばにいた。後で私は、霧が濃く、とても哨戒飛行の続行は無理でしたので……と話した。分隊長はじめ准士官以上らは一言も発しなかった。「先任のやつ、無茶をやりやがって……」と思っているであろうことは、その表情で読みとれた。

森田兵曹は、他の操縦員に勝るとも劣らない技倆を持つにいたったのであった。私も、自信を持って盲目着水を決意断行できたのは、あの鹿島空偵察教員時代に単独操縦ができるようになって、操縦に関する勘ができていたからだった。

また、相良丸の零観や九五水偵で特殊飛行を何度も経験し、加えてあのマレー半島シンゴラで、航法を勉強しなおしておいたからであった。ここでも死線をこえたのであった。

年萌基地の昭和13年志願の同年兵。白樺からもわかるように夏でもエトロフ島は寒く、第一種軍装や陸軍の軍服を着用した。

悲喜こもごも

それはさておき、新谷作之助兵曹（福岡県出身、乙飛十三期、操縦）と太平洋側に索敵哨戒に出撃し、霧に閉じ込められて右往左往、霧の薄いところを捜してようやく基地に戻れたこともあった。三分ほど飛んでは針路を変え、五分飛んでは針路を変える霧の中、エトロフ島単冠《ヒトカップ》湾口の右側は断崖絶壁で、一つ間違えば激突しかねないのであった。

「なるべく針路を変えないで、飛べるだけ飛び、霧の薄れているところを捜して基地へ戻ろう。機位は、私が刻々推測する。君が思うように操縦してくれ」

と新谷兵曹に申しわたしての霧中飛行だったが、ついに濃霧から脱出し得たときは、まさに九死に一生を得た想いであった。

霧の薄い日、竹之内分隊長と太平洋側へ索敵哨戒に出て帰投するとき、捕鯨船が鯨を追っているのを視認した。上空から鯨の現われる方向をバンクして誘導してやり、みごと大物を仕止めるのを見たこともあった。

エトロフ島近海の夏場は捕鯨の漁場で、捕鯨船が単冠湾と、オホーツク海側の紗那湾を基地として出漁していた。敵潜水艦かと見まちがうほどの大物が、夫婦づれ、親子づれで海上に背を出してはまた潜りしていた。仕止められた大物が、腹を上に旗を立てて浮かんでいたりした。

「忙中の閑」というところか。

捕鯨協力などということは、分隊長だからできることであった。

ある快晴の日に、水路部に提出すべく、高度六千メートルから、陸上飛行場付近の航空写真撮影に分隊長と飛んだことがあった。航空写真による地図の作製だった。

爆撃照準器を入れる座席下の窓を開けての垂直撮影だ。首に五キロもある航空写真機をかけ、二十四センチ幅のフィルムを装塡して半分ずつダブらせ、何度も往復して撮影するのであった。

電探員席に整備兵を同乗させての飛行だが、高度千メートル上昇するごとに、気温は約五度さがる。六千メートルでは三十度さがるわけだ。地上で二十度あっても、高度六千メートルでは、零下十度ということだ。私は懸命に機を誘導しながらの撮影で、忙しく働いていたから寒さを感じている暇もなかったが、同乗の整備兵は、寒さに震えて、鼻汁を凍らせていた。

二度の写真撮影で、みごとな地図が出来あがった。苦労して撮った航空写真によるエトロフの地図であるが、北方領土問題がいまだに解決しない現在、あの写真はどこに保管されているのであろうか。

私は分隊長とよく要務飛行にも飛んだ。遠く樺太の富内《とんない》は、次年度には基地を設営する計画があったらしく、入江のようなところに着水して視察した。富内の夏は佃煮工場があり、珍らしい樺太産の梨をもらったりした。

網走の気象台を訪れて、一泊したこともある。まず網走湖の南岸に接岸し、気象台までの町並みを歩いた。町の人々が珍らしがって、笑みを浮かべて出迎えてくれた。帰投するときには、処々方々から、

「飛行機乗りさん、持って行って召し上がって下さい」

と、とうもろこし、キャベツ、南瓜などをたくさん頂いて、私の座席と電探員席がそれらで一杯になり、私は辛うじて乗れるほどだった。網走の人たちの人情の深さに、涙の出る思いであった。

空の男に階級はない

網走から帰った私を待っていたのは、搭乗員のだらしなさへの苦情であった。幕舎にもどると、さっそく高橋重男上飛曹（神奈川県出身、甲飛六期、操縦、戦後日本航空に勤務、ダッカハイジャック事件のときの機長）が、

「先任搭乗員、まことに申し訳ありません」

と、いつもと変わって、ていねいな言葉遣いである。

「どうした……」

「じつは、搭乗員が総員起こしに起床せず、朝の体操にも出なかったのが、岡田司令に知れ、

司令が搭乗員幕舎に来られて叱られました」

私は、先任搭乗員として、部下を信頼して、ほとんど文句を言ったことはなかった。それをよいことに、彼らは私の不在中に怠けたのであった。

「そうか、それはまずいことをした。私がつねづね笑っているのは、君たちをそれぞれ一人前の搭乗員として、その人格、行動を尊重してのことを、みんな承知していてくれると思っていたからである。

規律を乱したわけで、君たちは私の信頼を裏切った。今後は注意してもらいたい。私はみんなを集めて注意はしないが、君ら古い者から注意しておいてほしい」

私は旧に変わらぬ態度行動をとった。すでに部下四名を失っていた私は、この濃霧の中で苦労しながら任務を果たしてくれている部下たち、いつ死ぬかも知れない若い彼らがいとおしくて、とうてい文句をいう気にはなれなかった。

先任搭乗員とは、部下搭乗員の一人ひとりに、細かく気を配り、その心理状態、健康状態を把握して和をたもち、甲、乙、丙と出身別、年齢差なども充分に考えて、好ましい雰囲気をつくるべきであると思っていた。

だから私は、このことについて、一言も触れなかった。

人員の充分でない基地航空隊では、搭乗員も雑事に狩り出された。いわゆる作業員である。その命令が出ると部下は、いちはやく出て行ってくれた。

主計科への荷物が内地から届くたびに、作業員として搭乗員も加わった。上等飛行兵曹が二等主計兵といっしょに、米の袋をかついだりするのであった。部下は自発的に作業員に出て、嫌な顔一つせずに作業に従ってくれた。黙っていてもやってくれた。私は嬉しかった。そして、作業員の余得として、米袋を二つ三つ失敬して、搭乗員テントに運ぶのも黙認した。カニの入ったカマスを担ぎ込んで来たのも黙認した。それらは夕食後、ストーブでのおじやに化け、また茹《ゆで》ガニに化けて、楽しい夜食会となるのであった。

明日の気力、体力のために、私も一緒になって、おじやや茹ガニに舌鼓を打ったのである。これらは、海軍で「ギンバイ」と称して黙認されていたが、われわれのはちょっと程度がひどかったとは思った。

しかし、明日の命も知れない部下たちには、できる限り自由にさせてやりたかった。したがって私は、上層部からのだらしがないという批判も承知で、部下搭乗員の心理的な安定に腐心をしたのであった。上層部から私は反抗的であると思われていたが、自分の主義はつらぬき通した一種のひねくれ者であったと思う。

しかし、私の心の中には、搭乗員に階級はない、みんな同じ任務を果たしているではないか……という考え方が、どっかと居座っていたのである。

天幕の宿舎での生活も、設営隊の人たちの骨折りで、地下兵舎が完成し、丘の斜面に掘り込まれた兵舎に移った。八月も終わりに近い頃であった。

地下兵舎——それは雪に閉じ込められても堪えられるものであった。真ん中に通路、両側が居室で、あの習志野の陸軍兵舎を思わせるものがあった。赤々と燃えるストーブを囲んでの夜食のおじやはつづけられた。

やがて、夏も去って、早い北国の短い秋が訪れた。

さらば年萌基地

還らぬ四名を思えば

戦局は、わが方に不利に展開されつつあった。冬の到来も近づいた昭和十九年十月二十二日、われわれは数々の思い出を残し、年萌基地を撤収して内地へ帰ることになった。高橋重男兵曹が、

「藤代さん、来年もまた来ると思われますので、搭乗員に特別に支給された蜜柑の缶詰があまっていますので、土に埋めておきましょう」

「それはよい、楽しみに埋めて行こう」

私が賛成すると、高橋兵曹は地下兵舎の隅を掘って缶詰をうめた。しかし、われわれはふたたび訪れることなく、あの地下兵舎の隅の土の中で缶詰は、いまでも私たちを待っていてくれるであろうと思われる。

撤収引き揚げに際し、

「塩鮭が安く手に入るので、各自、希望数を申し出よ」

という達しがあった。本場の生きのよい鮭の塩物である。みんなはそれぞれ希望数を申し出た。

「先任搭乗員は何匹でありますか」

私の電探員である細谷亘夫兵曹が聞きにきた。

「私はいらない、その分をみんなで分けてもらいなさい」

細谷兵曹は、怪げんな顔をした。

私は内地へ帰れるが、しかし、四月に一緒に進出してきた同僚中、横山兵曹、前田兵曹、橋本兵曹、清水兵曹ら四名は、生きて内地へは帰れない。戦死、殉職した四名の部下を思うと、私は浮き浮きと鮭を土産に、内地へ帰る気にはなれなかったのであった。

年萌基地は捕鯨の基地でもあり、鯨の牙でパイプをつくってもらった藤田正保兵曹（北海道出身、乙飛十三期、操縦、戦後自衛隊勤務）は、鯨工場を見学して、大きな鯨が薙刀のような刃物で切られて、皮からは油が取られ、肉は地下の倉庫に冷凍保存されるのを見たという。

オホーツク海側では、定置網による鮭漁が活気を呈した夏も終わり、冬将軍がしのび寄りつつあった。

一小隊一番機の偵察員として私は、分隊長の操縦で、細谷兵曹と同乗して内地へ帰ることになった。例の鮭を細谷兵曹が積み込んでいる。私は、黙ってみていた。彼が、

「先任の分も二匹たのんでおきましたので」

という。私は何も答えなかった。彼は、なんという臍《へそ》曲がりの先任……と思っていたことであろう。

単冠湾の岸辺で、白樺の生木を井桁に組んで、茶毘に付した横山歳兵曹に、隊葬もしてやれなかった。哀れでならなかった。まじめな好青年であった。

それでも、横山兵曹の遺骨は持って帰れる。しかし、オホーツクの海へ消えた三人については、骨も拾ってやれなかった。生者必滅というが、私にとって弟以上に可愛い部下であっ

た。三人の性格や行動が思い出される。彼らはやがてくる冬、流氷の海の下で、永遠の眠りをつづけるほかはないのであった。私は、とうてい内地へ土産物として鮭を持って帰る心境にはなれなかった。

途中で配属になってきた第十三期予備学生出身の予備少尉たちも、新卒では、北の護り、濃霧との闘いは、並み大抵ではなかった。

幸いなことに、わが四五二空が索敵哨戒、船団護衛に当たった七ヵ月、輸送船は一隻も敵潜水艦から沈められることがなかった。と同時に、敵潜水艦を発見することもなく、われわれは、濃霧との闘いに終始したのである。

日本一の水偵隊

十月二十二日の早朝、数々の思い出を残して、わが十二機の零式水上偵察機は、エトロフ島年萌基地をあとにして、その夜は大湊空にお世話になり、翌二十三日、一路、館山基地に向けて飛行した。

十二機は四小隊に分かれ、編隊を組んで南下した。われながら見事な編隊であった。霞ヶ浦の上空、千葉市上空をへて館山へ向かう。しだいに雲が増して、館山上空に達しながら館山湾への進入は不可能であった。いったん編隊をといて各機ごとの進入もこころみたが、これも無理だった。

致し方なくまた編隊を組んで、鹿島空に向かった。鹿島空では、秋の運動会中だった。編隊をといて霞ヶ浦に着水すると、十二機は鹿島空のお世話になって、格納庫に入れてもらった。

　懐かしい鹿島空であった。三月に去って以来、八ヵ月ぶりだった。部下をつれ、かつての下宿米元屋にお世話になった。小母さんたちも、みんな元気だった。次男の昭次君に、

「どうだ、戦地部隊の飛行ぶりは……」

　ときいてみると、「なかなかカッコいい」という返事だった。

　一番機として最初に着水した私は、いちはやく滑走台につき、つぎつぎと着水する僚機を見つめていたのであった。それは見事なもので、一糸みだれず等間隔で着水し、水上滑走してくる僚機にわれながら惚れ惚れした。みんな技倆が上達していた。

　千島へ進出する前に、古川明飛行長（千葉県出身、海兵六十期、第二分隊を率いて別飛基地に進出、のちに六三四空をへて鹿島空副長）が、

「わが四五二空は、日本一の水偵隊となろう。諸君、そのつもりで励んで欲しい」

　と訓示されたが、それが見事に実ったという感じであった。

　鹿島空の教員室も訪ねてみた。八ヵ月の間に教員もほとんど入れ替わっていて、教え子であった三沢逸次兵曹（静岡県出身）、伊野勢兵曹（東京都出身、乙飛十六期）らが、先任教員ということであった。戦いは南方で刻々と、わが方に不利に展開しつつあったのである。

　翌十月二十四日、鹿島空の整備員の人たちにお礼を述べ、館山基地に帰着した。

　そして、休暇があたえられて、郷里へ帰って一泊した。兄も陸軍に召集されて家にはなく、いちばん下の弟が銚子中学の二年生であったが、勉強はほとんどなく、松の根を掘っているとのことであった。墓参をすませて、トンボ帰りの帰省であった。

小学校の同級生である高品茂が、利根川を渡る巡航船の機関士をしていて、会うことができたのみであった。

当時、南方戦線は、比島レイテで敵味方の死闘が展開されており、かの神風特別攻撃隊敷島隊の関行男大尉ら五名が、十月二十五日、敵空母などに体当たり攻撃を敢行し、成功していたのであった。

わが四五二空も十月下旬、別飛（占守島）と年萌の基地を撤収して、館山基地に集結した。そして、東京湾口や伊豆諸島の対潜哨戒、船団前路の警戒、空母「信濃」の対潜哨戒などの任務についていた。

第八章　制空権なき空の下

敵機動部隊を探せ

援軍を遇するに

昭和十九年十一月十四日、古川明飛行長を指揮官として、四五二空の半数である十二機は、台湾東港の九〇一空を増援のため、東港基地への進出を命ぜられた。

館山基地での在隊は、休暇を含めてわずか二十二日間で、新任務につくことになったのである。腰をおちつける暇もない慌しい日々であった。

十一月十四日に館山基地を発進して、その日、鹿児島県指宿に着いて二泊した。旅館に着いて、有名な甘藷《いも》焼酎を飲んだが、強烈な臭いに辟易した。だが、贅沢はいっていられない。鼻をつまんで喉へ流し込んだ。

酔いがまわってくると、何ともいえない桃源郷に遊ぶ思いがしてきた。初めての甘藷焼酎、こんなに美味しいものとは知らなかった。酌をしてくれる「よかおじょ」の献身的なもてなしは、かつて経験したことのないものだった。

まったく、出陣にふさわしい二日間の休養であった。

指宿を発って、台湾北西部の淡水をへて東港へ向かう島伝いの進出飛行は快適だった。さいわい全機が無事に到着できたが、そこで与えられた宿舎は兵舎ではなく、落下傘格納庫を改造したもので、落下傘格納棚をベッドにしてあった。

三十名の搭乗下士官には狭すぎた。基地航空隊の派遣隊ということで、贅沢はいえないのかと諦めながらも、援軍を遇するにこの宿舎か……と、ちょっぴり不満であったが、戦局は重かつ大であった。大湊空からも増援の水偵隊がきていた。

夜間三百カイリ索敵行

さっそく、夜間三百カイリ索敵攻撃命令が出た。毎晩、零式水偵二機が二百五十キロ爆弾を抱いて出撃する。東港空の飛行艇と協同の索敵攻撃で、飛行艇は水偵二機分の側程をこなしていた。総飛行距離は八百カイリ、飛行時間は約七時間である。台湾の南端ガランピ岬を基点に、太平洋上へ片道三百カイリ、側程九十カイリ、扇状の索敵コースである。

夕方、暗くなると出撃し、帰投は夜明け前の暗夜というもので、水偵としては、酷な飛行であった。もちろん無線封止、連絡は「トン」「トトン」の交信だけである。

午後九時に搭乗員整列だが、それより先、主計科の心づくしの夜食がとどけられた。私は操縦北村義雄上飛曹（のちに沖縄方面敵機動部隊索敵攻撃に出て未帰還、戦死）、堀江一夫一飛曹（徳島県出身、乙飛十五期、電探員）とペアを組んで、任務についた。

出撃搭乗員整列前に、私は、

「分隊士、タバコ……」

と、指揮所にきていた自分の隊の士官から、タバコを無心した。タバコは私たち下士官は「ほまれ」で、士官は「桜」を吸っていた。

「いいか、思い残すことのないように、尻からヤニの出るほど吸え」

と言って、私は同乗出撃する北村、堀江や、僚機の搭乗員にタバコを分けてから、夜食も待機室のテーブルに座って食べてしまった。機上で夜食を食う暇など、ありはしないからである。

食べて、吸って、思い残すことのないようにするのが、せめて機長としてできる部下への思いやりだと思った。敵機動部隊がコース上にいる公算が大きいのだ。

いよいよ「搭乗員整列」がかかり、飛行艇と零式水偵の搭乗員が整列する。その前には、司令官や司令、参謀、飛行長、分隊長、分隊士とお偉方が居並んでいるが、搭乗員の人数より多い。司令から、

「敵機動部隊が索敵コース上にいる公算が大きい。発見したら打電、とくに空母を含むかいなかに注意してほしい。台南に特攻隊が待機している。打電後は各機、自己の爆弾を投下すること。期待している、しっかり頼む」

と、出撃命令が下り、敬礼して愛機へ向かい、夕闇をついて離水した。

一路、ガランピへ南下するが、すごい気流の乱れである。北東の季節風が、台湾山脈にあたり、山を越えて台湾海峡側へ入ってきているのだ。

機がゆれる。一度はエアポケットか、高度計で三百メートルも落とされたことがある。出発点へいく前にどぎもをぬかれ、電探員はヘドを吐き、伝声管をつまらせてしまった。呼べ

ども答えがきこえないので、後席を振り返って見たら、懸命に返事をしている様子である。

「堀江、貴様ヘドを吐いたな、伝声管がつまっているだろう。だから、声がきこえないんだ、そんなことでどうする」

電探員も懸命なのだが、夜食を食べたばかりで、ガブられたので吐いたらしい。出発点まで行くのにこの騒ぎである。台湾山脈の西側の悪気流には、悩まされたものである。

ガランピの直上から予定コースに入る。高度五百メートル、針路は九十度。太平洋上に出ると、雲はあるがまずまずの天候だった。

三百カイリ進出予定コース上に、島は一つもない。五百五十六キロ近い進出である（一カイリは千八百五十二メートル）。途中、篠つくような雨が降り、バケツで水をかぶせられるような状態だった。

やむなく高度を下げると、電探は海面反射で用をなさなくなってしまう。だが、やむを得ない。

操縦員はもちろん計器飛行で、外を見ることはできない。電探員もまたブラウン管を見つづけるので、外を見ることのできるのは偵察員の私だけである。眦を決するとは、まさにこのことで、目を皿のようにして見張る。視界は零である。水面をみて機の姿勢を確かめる。

三十分も雨の中を飛んで、雨域から離脱すると、今度は鏡のような水面、上空には月さえ見えて穏やかである。よほど着水して一休みしたい衝動にかられる。

高度を五百メートルにあげて、予定コース上を飛ぶ。側程九十カイリ、帰投コースに入る。時刻も翌日に入って、零時四十五分である。また、あの雨の中を突破しなければならないと思うと、憂鬱になった。

一息入れる間もない緊張の連続の索敵行である。何度も同じような目に遭いながら、三日に一度は順番がまわってくる。昼はフィリピンからの敵機の空襲で、防空壕に入ったり出たりで、眠る間もない。よくも体がもったものだと、いま思えばわれながら感心する。

ともあれ、このときは幸か不幸か、敵機動部隊は発見されなかった。発見していれば、打電のうえ攻撃、万に一つも生還はあり得ない索敵攻撃行であった。

水偵の爆弾で艦艇を

比島へ向かう輸送船団の護衛についたこともある。

これは昼間で、敵がリンガエンに上陸する以前であった。聞けば、満州の関東軍部隊だという。

暗くなるまで対潜哨戒護衛飛行をつづけたが、夕闇迫る頃、機上からはルソン島の山が見えた。比島まで、あとわずかである。無事についてほしいと祈りながら、船団から離脱して帰投した。

護衛中は一隻も敵潜水艦の攻撃もうけずに航行をつづけ、フィリピンは目前であったのに、翌日入った情報によれば、そのうちの数隻が、敵潜水艦の魚雷攻撃をうけて沈められたという。

「あそこまで、無事に送ってやったのに……」

地団太ふんだことであった。多くの陸軍さんが亡くなったであろう。任務は果たしたが、なんともあと味の悪い船団護衛であった。

比島へ向かう船団もなくなって、敵はリンガエンに上陸した。こんどは夜間爆撃命令が下った。高度四千メートルから、エンジンをとめて滑空し、緩降下の敵艦縦爆撃である。

リンガエン湾内に入ると、敵の夜間戦闘機が上空を直衛している。かすかに敵機の灯りが見え、後上方から攻撃してくる。前方は操縦員にまかせて、私は後方の見張りに専念する。エンジンを止めているので、排気の火は出ていないはずなのに、敵の夜戦が近づいてくる。電探による接近である。

その灯がしだいに大きくなる。灯が左右に動かなくなったら、軸線が合って敵弾が飛んでくる。灯が左右に動かなくなったら、すぐに操縦員に、

「右へ」

「左へ」

と横すべりを指示して敵弾を避ける。判断は寸刻を争う。機をすべらせると、敵弾は右に、左に流れていく。逃げの一手である。

爆撃後は、海面スレスレで退避する。敵の夜戦も海面までは降りてこないので、ようやく湾を脱出する。戦果の確認などできない盲目爆撃である。むなしく辛い夜間爆撃だった。

新機受領の旅

消耗の果てに

われわれの努力にもかかわらず、戦局は日々に不利であった。三ヵ月の死闘にもかかわらず、制空権は敵の手中に握られてしまい、昼間は敵機が大挙して台湾に襲いくるのであった。フィリピンから雲霞のごとく飛来して、爆撃、銃撃が繰り返された。夜になるとこちらが飛び立って、索敵や爆撃に出撃するのである。

機の消耗も大きく、夜間索敵機が不足してきた。昭和二十年一月、古川飛行長から、内地へ帰って飛行機をもらってくるようにとの命令が出た。二式大艇に便乗し、早朝に東港を発って夕方には横浜空についたが、雲上から富士山が見えた。

「ああ内地だな」

と感慨にふけったものだ。横浜では雪が散らついていた。積んできたバナナの皮が、一度に真っ黒になっていた。

横浜からは陸路、九州の大村航空廠へ向かったが、着替えも持たず飛行服のままの旅であった。空輸の指揮官は相良丸でいっしょだった今坂国富大尉（予備学一期、能本高工出身）であった。大村に旅館をとって、毎日、航空廠へ通い試飛行である。わずか四機を受け取るのに、一ヵ月近くもかかってしまった。

徴用工員のつくった飛行機は故障続出で、毎日、試飛行をしては修理してもらうのである。宿屋での夜はまったく退屈で、飲むか遊びに行くか以外にすることがなかった。痛飲すると、

〽諫早トンネル越しゃ　諫早トンネル越しゃ　白木の箱でヨー

と歌がはじまり、「ダンチョネ節」「荒鷲の歌」「暁に祈る」などとつづき、きまって最後には、

〽海行かば水漬くかばね　山行かば　草むすかばね……

でおしまいにするのであった。

大村での約一ヵ月は、激しい死闘の中から選ばれてきた手前もあって、整備不良機の多いのには業をにやした。わずか四機の補給に、こんなに日時を要していたのでは、とジリジリした気持で、とても酒でも飲まずにはいられない心境だった。

やっと四機、戦いに使える零式水偵を受け取って、沖縄の古仁屋基地で燃料の補給をうけ、東港へもどったのは昭和二十年二月初旬であった。

いよいよ大村を発《た》てる目途がついたとき、私は今坂大尉と二人で、日の丸だけがついた所属不明のままの零式水偵をかって、呉軍需部へ飛んだ。

「九〇一空だが、戦給品が不足している。一機に積めるだけ支給してほしい」

軍需部はこころよく受け入れてくれ、瓶詰めの酒を二ダース、羊羹や航空熱糧食、ビタミン球などを偵察員席と電探員席に一杯もらって大村に帰った。

そのとき、戦艦「山城」と並んで碇泊中の「大和」を見た。重巡をさらに大型にした巡洋艦スタイルの「大和」は、上空からでも明らかに、集団防御だなとわかるつくりで、三連装の主砲は眼を見はらせるものがあった。後甲板をさらに一段さげた飛行甲板には、四基のカタパルトが備えられていた。

「凄いのがありますね」

感心するばかりだったが、柱島泊地には「山城」や「大和」のほかには、少数の巡洋艦、駆逐艦がいるのみであった。

戦況をつぶさに知らされていなかった我々は、他の艦艇は出撃中なのであろうと思って、大村へ急いだのであった。

分隊長戦死

東港航空隊へ援軍としていった四五二空東港派遣隊のわれわれは、昭和二十年一月一日の編成替えで、九〇一空所属となっていた。大村から帰ると、古川飛行長は六三四空の副長兼飛行長となっていた。

われわれ数名を飛行機補充のため大村航空廠に派遣したのは、それまでの労苦に報いるためと、われわれを信頼してのことだったようだ。一ヵ月も、たった四機の補充のために費やしてしまったのに、古川飛行長は一言の苦情も言わず、

「御苦労であった——」

と、われわれを犒《ねぎら》ってくれた。

水偵隊は大湊空派遣隊も九〇一空の所属となり、いまや敵は沖縄に迫っていた。水偵隊の分隊長は、大湊空派遣隊長であった小崎芳行大尉（熊本県出身、乙飛一期、操縦）が就任した。

蜘蛛の子を散らしたような多数の敵機の空襲を受けても、わが方は一機も邀撃には飛ばず、敵の蹂躪《じゅうりん》にまかせ、わずかに高射砲、機関銃で応戦するのみだった。格納庫の屋根も蜂の巣のように穴だらけになっていた。

四五二空時代の竹之内初男分隊長は、私たちが大村へ飛行機の補充に行っている間の二月一日の空襲で、人畜殺傷用爆弾をうけて戦死していた。もっとも、分隊長は、私たちが内地

へ行く以前から、体の不調を訴えて飛行場に姿を現わさず、宿舎で病臥中だった。エトロフ島年萌基地のことが思い出される温厚な人柄であった。

亡き九人の部下よ

一月一日の編成替えで、四五二空は六三四空と九〇一空に吸収され、館山に残っていた半数も、八〇一空所属の偵察三〇二飛行隊となり解隊されたが、それまでの間に多くの犠牲者を出した。

藤元弘実兵曹、上田俊荘兵曹、杉森春夫兵曹の機は、十二月十四日、水上艦艇との通信訓練に、午前十時五十分、東港基地を発進した。

午前十一時五十分には訓練を終え、帰投しはじめたが、十一時五十三分、高雄市の上空五百メートルで、発動機が停止してしまった。そして、同市栄町の倉庫近くの空地に墜落して大破炎上、藤元兵曹、上田兵曹は即死した。幸いにも、杉森兵曹は意識不明ながら、住民に救出されて一命は取りとめた。

東港派遣隊としての初めての犠牲者であった。おっとりとした藤元兵曹、血気にはやり気味で元気者の上田兵曹は、還らぬ人となった。私にとって悲しんでも余りある殉職であった。せめて戦闘飛行で戦死させてやりたかった。戦地にありながらの殉職、それは搭乗員として、死んでも死に切れない痛恨の涙以外の何物でもなかった。私は、

「ヨシ、彼らの分まで戦ってやる、安んじて眠ってくれ」

と祈るほかはなかった。

昭和十九年三月からの十ヵ月、一緒に飲みにも行った。上下の隔てもなかった。若い命を散らしてしまい、さぞや不本意であったろうと、私は独りで涙するほかなかった。先任搭乗員とは、辛く悲しい存在であった。

日本一の水偵隊を指向して厳しい訓練に耐え、千島でも苦労を共にした仲であった。いい奴ほど早く逝ってしまうというが、まったく何ということだ。先任搭乗員でなければ味うことのできない悲哀であった。孤独をかみしめた。

戦地での殉職、さぞや彼らは無念だったろう。なろうことなら、私が代わってやりたかった。

とはいえ、私にできることといえば、二つの白木の箱に、ただ、頭を垂れるのみであった。隊葬もしてやれなかった。兵舎の隅に飾りものもなく置かれた白木の箱、詮ないこととは知りながら、彼らとの十ヵ月を静かにふりかえり、涙するばかりであった。

四五二空に籍をおいて、九人の部下が失われ、四五二空はその歴史を閉じたのであった。

山中飛曹長逝く

昭和十九年三月、館山空基地で零式水偵隊として生まれかわった四五二空は千島をへて、一部は東港へ派遣され、二十年一月一日付で解隊された。わずか十ヵ月の歴史であった。

東港派遣隊は九〇一空へ、残りは八〇一空へと所属替えとなり、八〇一空は詫間空、九州鴨池基地に展開し、のちに博多、鹿児島基地に進出した。

九〇一空所属となった水偵隊も、一部は六三四空へ古川飛行長とともに移っていった。六いた。

三四空は、淡水、古仁屋、玄海基地に分かれて沖縄戦に参加していた。九〇一空九〇一空水偵隊に残った私は、大湊空東港派遣隊と合流し、九〇一空水偵隊として小崎芳水偵隊として小崎芳行大尉の指揮下に入り、東港にのこって引きつづき敵機動部隊の夜間索敵攻撃の任についていた。

一月九日、私の機とともに、夜間三百カイリ索敵攻撃に出撃した山中静雄飛曹長（福岡県出身、甲飛四期、偵察）機――操縦は酒巻十四男兵曹（東京都出身、丙飛）、電探員は藤井常三郎兵曹（京都府出身、丙二十八期）――は、発進するとき、水昌発振子を忘れて出撃が遅れた。したがって、帰投も遅れて夜があけてしまった。

私も同時に出撃したので、当然のこととして、帰投は異例の夜明け後となってしまった。前方を山中機が行く。彼らは高度五百メートルで、着水誘導コースを飛んでいた。

夜明けとともに、比島からの米軍機が大挙空襲に飛来していた。上空には、米軍の爆撃機、戦闘機が乱舞していた。

高雄の上空から南下着水コースに入っていた山中機は、敵機に気づいていないのか、悠々と規定のコースを回っていた。

私は、敵機の来襲を知っていたので、北村兵曹に、

「低空で、波打ち際を東港基地へ」

と指示して、山中機につづいた。機と機の距離は四千メートルくらいあったろう。

私は後方を向いて敵機を見張り、敵戦闘機が攻撃して来たら、例の横すべりをすべく操縦員に指示するとともに、波打ち際なら、白波がチラチラしているので敵戦闘機に発見されに

くいと判断したのである。

「低空のままで旋回、着水、行き足が滑走台前で止まるように……。俺は後上方を見張る」

前を飛ぶ山中機は、基地の地上火器を信頼してか、高度をとったままで飛行していた。と、いきなり敵戦闘機が急降下して、山中機に襲いかかっていった。アッという間に、山中機は撃墜されてしまったのである。

わが機は、その後を飛んで着水し、北村兵曹は私の指示どおり、ピタリと着水後の行き足を滑走台の前で止めた。素早く機首を滑走台に向けて接岸し、急いで機から降り、防空壕にわが機の三人は飛び込んだ。

私の見ている前で、山中機は撃墜されたのであった。三人の遺体は数日後、岸に打ちあげられていたので、トラックで収容、空襲下ながら火葬に付した。九〇一空水偵隊として最初の戦死者であった。

まさに見張りの重要さを思い知らされた一事であった。

先任搭乗員の心

犬死はすまい

私は、水偵隊の先任搭乗員として、テキパキと行動した。課業始めの整列が終わるや、飛行士に届けて以後の指揮をとった。なぜか、准士官以上は、次第に話さなくなっていた。

「今夜の索敵攻撃機搭乗員は、右翼に出ろ、その他は、操縦、偵察、電探員それぞれに集まれ。任務飛行搭乗員は搭乗機の整備、他の者は残余機の整備に、整備員に協力。

今夜の搭乗員は、機の整備が終わったら、俺に届けろ。俺が見て、よかったら宿舎へ帰って休養と飛行準備をすること。

他の者も、それぞれ作業が終わったら、先任の者が俺に届けろ。俺が見てよかったら、宿舎へ帰ってよろしい。勤務時間は気にしなくてよい。宿舎へ帰ったら、バナナを食うなり、ギターを弾くなり、眠るなり、自由に振るまってよろしい。私に届けるときは、何も言われないように、完全だと思ったら届け出て来い」

士官連中のいる前で、私は傍若無人に命じた。部下搭乗員は、蜘蛛の子を散らすように各機へ駆けて行く。

ともかく、早い者は、課業始めから一時間もしないうちに届けてきた。

「自信はあるな……」

と確かめてから、私はその夜の索敵に飛ぶ飛行機については、とくに念を入れて点検した。

ここでも、千島にいたときと同様、操縦を教員時代に鹿島空で習っておいたことが役に立った。偵察は私の本務だし、それに電探についても鹿島空教員時代に、横空実験部で講習を受けてあったので自信があった。

私は、当時すでに、二座配置での飛行時間三千時間を超えていた。それは、大型機（中攻や飛行艇など）の一万時間にも相当する飛行時間だった。

犬死はすまいと心に決め、実戦即訓練だと考えて、機上では恐れられていた。遠慮なく、操縦員や電探員に喝を入れ、われながら、狂気に近いと思っていた。

機長として、操縦員や電探員の命と、貴重な飛行機をあずかり、任務を全うするには、それ以外にはなかったのである。

部下搭乗員はよく働いてくれた。始業から一時間で部下を宿舎へ帰してしまっても、上官から一言も文句は出なかった。しかし、のぼせてはいなかった。自分にはなおさら厳しく対処していた。

生涯二度の制裁

規律をみだす者には、遠慮なく制裁も加えた。鹿島空での教員時代には、練習生に制裁を加えたことはなかったのに、先任搭乗員になってから終戦までに、二回ほどあった。

その一は、千島へ進出するさい、大湊空にお世話になったとき、小川金造兵曹（千葉県出身、丙飛二十七期、電探員、戦後、警察官となり警部補で退職）に対して、

「小川、お世話になっているんだ、飛行服は脱いで、駆け足で動け、だらだらするな」

と一度、注意しておいたのに、彼は飛行服のままで、飛行機を格納庫へ入れるのに、だらだらと行動していた。

「小川、来い。貴様、俺の言っていることがわからんのか！」

指揮所の士官のいる前で、殴りつけた。彼はフラフラとよろけた。

「何だ、貴様これくらいでフラフラするとは！」

また鉄拳を飛ばした。すると指揮所から飛行士が出てきていった。

「先任、もういいだろう、堪忍してやれ」

いつも宿舎で私は、わざと笑みをたやさず、文句も言わなかった。その真意は、任務についている以外は、最大限に自由にしておいてやりたい、という部下を愛する気持であった。それを彼は理解していなかったようで、小川にしてみれば、これくらいはいいだろう程度に思っていたのだろう。その後、小川はまるで人が変わったようによくなった。

その二は、東港でであった。後輩の十六期生の電探員が、頭が痛いからというので、勝手に搭乗割を交替していたときであった。そのときも、本人をわざわざ指揮所の前へ呼んで、鉄拳をふるった。

「貴様、搭乗割を断わりもしないで勝手に替えるとは、何事だ」

可愛い部下であり、後輩であったが、私は許さなかった。彼は倒れたが、引き起こしてまた殴った。このときも、さいわい飛行士がとめに入ってくれたのでやめることができた。

ふだん私は、笑っていて一見だらしなさそうに見せていたのは、部下がリラックスして休養がとれ、明日の活力を生むようにと考えての行動であった。海軍搭乗員となって、戦地にのぞんだ四年間、私が部下を殴ったのは、この二回、二人だけであった。

規律はみださないが、任務についていないときは、わざとだらしなさそうに見せていた。そして上官にも遠慮なく、レジスタンス的行動をとった。考課表(成績表)は、最低であってもよいと私は思っていた。ところが、千島で分隊士の宮井秀夫少尉(香川県出身、乙飛四期、偵察)に呼ばれて、搭乗員の考課表づくりを手伝わされたとき、ひそかに自分のを見たところ、上飛曹での技倆「特」となっていた。たいてい飛曹長か少尉になって「特」となるのだが、私は四五二空先任搭乗員になる以前の鹿島空偵察教員時代、昭和十八年十一月一日付で上飛曹に任ぜられたとき、「技倆特」となっていた。

昭和二十年五月一日、飛行兵曹長（准士官）に任官したが、これは甲、乙、丙、偵練、操練出身者中、横須賀鎮守府管内でトップであった。昭和十七年七月には、零式観測機を二機、それも一機はまったくの私の責任で炎上させ、一機は射出発艦の失敗で失った。そのときは三飛曹だったが、機長なのだから、当然、責任を負わされても文句は言えないはずだった。そのうえ事あるごとに、上官に反抗的だったのにである。

飛ぶに乗機なし

大村から東港へ帰着した後、まれに外出が許されたが、せいぜい高雄までが外出区域であった。このころ、私の部下はフィリピンから救出された搭乗員をふくめて、百五十人にもなっていた。私が外出するときは、

「俺と一緒したいと思う者は遠慮はいらぬ、ついて来い」

といい、外出禁止区域となっていた屏東《へいとう》へ足をのばすのが常であった。

屏東は砂糖の町であり、特攻機の基地でもあった。そこには、日本人の経営する畳の敷かれた日本家屋の料理屋があった。若い部下搭乗員たちは、明日をも知れない命である、せめて、一刻でもよい、故郷の感触を味わわせてやりたかったのである。

先任搭乗員の自分でさえ二十二歳、その下にいる百五十名近い搭乗員、ニキビ華やかな彼らに、もっと自由を、と思うのであった。だから、わざわざ外出禁止区域へと率先してつれていき、畳の上で思う存分くつろがせてやりたかった。

飛べる飛行機は、十指にも満たなかった。形こそ立派に一人前の姿をしていても、無線機への雑音が激しく、偵察機としての生命は断たれている機が十機を超えていた。エンジンを始動すると、バリバリとすごい雑音が無線機のレシーバーに入り、どんなにシールド(アース)を点検しても直らなかった。飛ぶことはできても任務飛行には使用できないのであった。

少ない飛行機、それに溢れる搭乗員。百五十名もの搭乗員の中で、夜間索敵攻撃任務につけるのは、六ペア(十八名)にすぎない。若い彼らは、飛びたくても技倆がともなわず、戦闘飛行が可能なわずかな飛行機は、大切にするほかはなかった。

補給に行っても、四機の戦闘可能な機を受け取るのに、一ヵ月近くもかかる始末だったので、少数のベテラン搭乗員が三日に一回ずつくらい、夜間索敵攻撃に出撃していくのであった。

残る百三十数名は、もっぱら飛行機磨きが仕事だった。もったいないことだが、致し方ないことであった。

したがって彼らは、食事の用意、兵舎の掃除などに精を出していた。私が外出するということが分かると、私の靴を奪い合って磨いてくれた。だが、こうしたことは、私には哀しく思えてならなかった。

「コラッ、貴様ら何をしている。靴磨きに搭乗員になったのではないだろう、やめろ!」

何度、声を大にしたことか。彼らも上飛曹、私も上飛曹なのである。外出着まで用意してくれている。見ると、新品の靴下が私のチェスト(衣服を入れる長持ちのような箱)の上に置いてある。私は、すでに靴下は履きつぶして、新品はないはずである。

「この靴下はだれのだ。俺の靴下に新品はないはずだ。馬鹿なまねはやめろ」
と、何度いったことか。彼らには、やりたくても仕事がなく、飛びたくても、飛行機も、燃料も不足していた。

とにかく昭和二十年二月は、あわただしい日々の連続だった。索敵飛行、あまっている搭乗員の内地への送還、空襲のあい間をぬっての飛行機整備、予備士官の操縦訓練、外出などである。

二月初旬、あまっている搭乗員は、陸路で内地へ送還することになった。フィリピンから救出された彼らは、名前もおぼえないうちに、慌ただしく去って行った。

相つぐ未帰還機

戦場は苛酷なり

忘れもしない、昭和二十年二月十一日（紀元節）、私は風邪か高熱を出して休養していた。そこへ、淡水への進出命令が出た。残っている機の搭乗員しかいないのである。余裕は一人もなかった。病床にあった私に、一小隊一番機の偵察員として、命令が伝達された。私にかわる搭乗員はいないのである。

百五十名もいた搭乗員は、残った八機分だけになっていた。しかも、私は先任搭乗員である。操縦は分隊長の小崎大尉だ。飛ぶほかはない、熱があろうと、戦いは苛酷であった。

着られるだけ着込んでも、なお寒気がする。それでも、機上の人となった。列機は七機、九〇一空東港水偵隊の全機である。一路、北上して淡水基地へ向かう。

辛い飛行であった。頭がくらくらする。それでも陸地の上で、多少、雲がある程度だ。チャート（航空図）と地上を見くらべながら飛行（いわゆる地文航法）すること約三時間半、雲への突入は避けての進出である。

それにしても、頭がボーとなってくる。寒気はするし、まったく惨々な飛行だった。こんな体調での飛行は初めだ。だが、一番機としての責任もあるし、痛い痒いなどと言ってはいられない。

意識が消えかかるのを耐えて頑張る。普段でも巡航速度百二十ノットには泣かされていたが、とくにこのときは、なんと速力の遅いこと、泣きたいくらいだった。雲を避けて回り道し、列機も誘導しなくてはならない。見張りは当然おろそかにはできない。

好きで飛行機乗りになり、怪我したときは、飛べないことを嘆いて、人知れず涙したのに、何ということだ、飛ぶのが辛いとは。生まれて初めて、搭乗員となって初めての辛い飛行だった。時間のたつのが遅いこと。まだ台中か、畜生！　などと思いながらの、しんどい飛行であった。

夕刻、やっと淡水に着いた。全機が無事である。編隊をといて、くねくねと曲がった淡水河に着水した。

報告に並んで立っているのも夢うつつで、朦朧としている。小崎大尉の進出報告が終わるやいなや、私は失神して倒れてしまった。電探員の西原則正兵曹（愛媛県出身、甲飛九期）が支えてくれ、そのまま宿舎へ運ばれた。記憶に残っているのは、指揮所がテント張りで、淡水とは黄色い濁水のくねくねと流れる河であったことだけだ。
四、五日して熱も下がってきたが、フラフラして、とてもパートへは行けない。医薬品も思うにまかせず、自然治癒を待つだけであった。
そこで寝ているとき、四月七日に恵良孝義兵曹（大分県出身、乙飛十期、操縦、六三四空所属）が、新竹付近で敵戦闘機の追撃を受け、山に衝突して戦死したことを聞いた。同乗の電探員細谷亘夫兵曹は、重傷を負いながらも奇蹟的に助かったそうである。

熱の下がった私は、北斗温泉へ行って療養するように命じられた。先任搭乗員として心残りであったが、それでも体調が思わしくないので、北斗へ赴いた。体調の回復は遅々として、はかばかしくなかった。薬もない療養とは、食って寝ているだけなのである。風光明媚な北斗温泉、そこには戦いの臭いはなかった。

それでも、ようやく起きていられるようになってきた。室から見える芝生の緑が鮮やかだった。あれほど飛びたがっていた自分なのに、いっこうにその気力が湧いて来ないのだ。われながら情けなかった。

進出だけは果たしたものの、何の役にも立てない己れが、口惜しかった。話すことさえ億劫なのは、なぜなのだろうと、不思議でならなかった。

散歩してもフラフラしなくなったので、四月に入って淡水基地の宿舎にもどった。しかし、飛べる状態ではなかった。寝ている日が多かった。気分のよい時にぶらぶらと基地の指揮所まで歩いてみたりしたが、情けなかった。

中村飛曹長のこと

開戦時、相良丸でいっしょだった中村正光飛曹長が六三四空の水爆隊で淡水にいた。鹿島空の教員時代、いっしょの下宿にいた富永義雄飛曹長（六三四空）は、私が進出してくる以前に水上爆撃機（水爆）で沖縄へ出撃、帰らぬ人となっていた。

東港にいるとき、彼はわざわざ尋ねてきてくれ、

「藤代、任官（飛曹長）したら買わねばならない外套を高雄の水交社に頼んでおいてやる、元気でな」

と言って別れたのが、最後となった。

鹿島空で操縦を教えてくれた菊地兵曹も、東港にいるとき、水爆でフィリピンへ向かう途次、四十期飛行学生であった市川中尉といっしょに立ち寄り、鮮やかに刺繡したマフラーをして翼の上に座り、

「元気かね」

と言ってくれた。そして、その翌日、フィリピンへ飛んで行ったまま、二人とも遂に帰らなかった。

鹿島空の教員時代いっしょだった人で生存しているのは、上野栄一郎兵曹、佐藤兵曹、柏原降之兵曹くらいで、小野康徳兵曹（第一御盾特攻隊）、犬塚教市兵曹（神風特攻春日隊長）、熊沢孝兵曹（甲飛二期、神風特攻菊水彗星隊）らは、いずれも特攻戦死した。

それに教え子である。塩盛実兵曹（甲飛八期、操縦）、小玉酉治兵曹（同）、飯塚英治兵曹（同）らも神風特攻で散華して逝った。

そして、奇しくも中村飛曹長とは、開戦時、特空母「相良丸」でいっしょに飛び、私が負傷した後、鹿島空で教員をしていたとき、中村飛曹長も教員として着任した。私が九〇一空所属になって淡水に進出したら、飛曹長は六三四空の水爆隊にいて、四月十六日、沖縄の艦艇攻撃に二百五十キロ爆弾を抱き、暮れなずむ淡水から夕闇をついて、山と雲の間を縫って出撃した。それを、私は帽を振って見送ったのであった。そして、飛曹長はふたたび帰らなかった。

無口で、飄々としていて、肝胆相照らすというか、なぜかうまが合った。よく一緒に出かけたペナンの思い出を私に残して、中村飛曹長は遂に鬼籍に入ったのである。たがいに本当に若かった開戦当時、入隊も私が三ヵ月早いだけで、進級は彼の方が早かったが、緒戦を戦いぬき、アンダマンでは、上空直衛に同乗した。

思い出はつきるところがない。運命のいたずらとは言いながら、三年七ヵ月を共にした同期の最後を見送ることもなかったのに、中村飛曹長とは不思議なえにしで、その最後を見送ったのであった。

昭和五十九年二月、中村正光飛曹長の生家（新宿区）をたずねて位牌を拝み、御遺族に当時の模様を話した。飛曹長の一粒種、鈴木澄枝さんとは文通がある。千葉県市原市に住み、幸せだという。戦後三十九年、あまりにも遅い連絡であったが、飛曹長の最後を遺族に話すことができて、肩の荷がおりた思いであった。

わがペアもまた

淡水基地の六三四空、九〇一空の飛行機は、つぎつぎと消耗していった。

四月二十七日には、福神悌三郎兵曹（奈良県出身、丙飛二十五期、操縦）が、台湾東方海面の夜間索敵攻撃に淡水を発進し、敵部隊と遭遇して自爆戦死した。

また、翌二十八日には、私のペアであった北村義雄兵曹が、私の代わりに加地弘少尉（徳島県出身、乙飛六期、偵察）、電探員西原則正兵曹とともに夜間索敵攻撃に出撃し、石垣島付近を北上中の敵機動部隊を発見して打電後、消息を絶った。

本来ならば、私が搭乗出撃すべきであったのに、私が病気ということで、加地少尉が代わって出撃、戦死したのであった。北村兵曹とは、四五二空以来のペアであり、エトロフ島で一時、森田文雄兵曹を育てるために替わったが、東港進出後も夜間三百カイリ索敵攻撃、夜間リンガエン爆撃、九竜への司令官送りなど、ペアとして戦った。

それなのに、私は病気のため、彼と運命を共にし得なかったのである。どんなに詫びても詫び切れるものではない。私の心の中には、共に苦しみ戦い抜いた日々が、いつまでも、年ふるごとに鮮明に浮かんでくる。

戦後、いちはやく墓参をと思いながら、なお果たし得ていない私を、彼は怒っているであろう。当然、運命を共にすべきでありながら、不本意な病気のためとはいえ、彼のみを逝かせてしまったのである。まさに不覚、痛恨事であった。北村兵曹は技倆も抜群で、沈着、物に動じないよき後輩であり、操縦員の師表ともすべき謹厳さも持っていた。

つぎつぎと二百五十キロ爆弾を抱いて沖縄へ出撃していった零式水偵は未帰還となり、ついに淡水基地の九〇一空水偵隊は消耗しつくされてしまった。いても飛ぶ飛行機がないのである。
六三四空の水爆も、しだいにその機数を減じつつあった。

特攻モーターボート震洋艇。爆薬をつみ敵艦へ体当たりするこの水上特攻隊員の多くが翼をもがれた予科練出身者であった。

水上特攻の後輩たち

淡水基地では、震洋特攻艇が訓練していた。艇のエンジンが故障してしまった彼らの一人は、ざんぶと淡水河に飛びこみ、綱を持って艇を岸へ引き寄せていたりした。

聞けば、彼らは予科練出身であるという。まさに紅顔の美少年の後輩たちであった。艇の前部に爆薬をつめ、敵艦艇に体当たりするのだという。私は聞いてみた。

「飛行機に乗りたいだろう」

「乗りたいです。でも飛行機がないとのことなので、水上特攻を志願しました」

後輩たちが、哀れに思えてならなかったが、ただ慰めるほかに言葉はなかった。

「見るとおり、飛行機が未帰還で、だんだん減ってゆく。われわれも君たちと同じなんだ、敵に遭えば生きては戻れない。頑張ろうね、元気でな」

可愛い後輩たち、まだ二十歳にもなっていない、あどけない顔の後輩たちであった。空に憧れて予科練に進み、大空を駆けてお国のために働きたかったであろう。それが水上特攻として体当たりするのだという。彼らの無念さが、私は痛いほどわかった。

この若さでその青春を国のために捧げてゆこうとする。そのひたむきな祖国愛に頭がさがった。己れの予科練時代をかえりみて、彼らが哀れでならなかった。戦いとはかくもむなしく悲惨であった。

憧れの空を飛ぶこともなく志をまげて水上特攻、時の勢いとはいえ、あまりにも違いすぎる現実を、彼らは何と思っていたのであろうか。

私は独り心の中で泣いた。かわいそうであった。せめて一度でも大空を飛ばせてやりたかった。彼らはそれを諦めたという。悲しい現実であった。ただその成功を祈ってやるほかはなかった。

その後輩たちの姿は、艇とともにいつしか消えていた。夜陰に乗じて出撃していったのである。必死の出撃であった。あのうら若い少年たちは、蕾のまま艇と運命を共にして果てたのであった。尊い犠牲であった。

われわれには、特攻志願の機会はあたえられなかった。飛行時間二千時間を超える搭乗員は急速に減っていて、特攻で失いたくなかったようであった。夜間出撃して攻撃が終わったら古仁屋へ飛び、翌晩は搭乗員が交代して古仁屋から出撃して淡水へと、往復攻撃が命じられていた。しかし、ほとんどは未帰還であった。

最後の戦闘飛行

予科練出の基地指揮官

九〇一空水偵隊淡水基地は、飛行機がなくなって事実上消滅した。残ったわれわれは、小崎芳行大尉指揮のもとに宿舎を引き払い、トラックに便乗して台北飛行場へ行き、事情を話して陸上輸送機に便乗させてもらい、四月二十九日の早暁、空襲によって燃える台北を眼下に飛びたった。上海を経由して福岡、雁の巣飛行場につき、桜の花の散りしいた懐かしい博多空に仮入隊した。

当時、九〇一空水偵隊は、博多湾の西側の今宿、舞鶴、油谷湾、元山基地、古仁屋基地、玄海基地等に展開、作戦に従事していた。

体調のおもわしくないまま、博多空に仮入隊した私は、旬日もしないうちに、今宿基地に着任した。指揮官は小崎大尉ということになった。二十四歳の海兵出身の大尉がいたが、軍令承行令の改正があって、予科練出身者でこれまで飛行特務大尉と称されていたのが海軍大尉と変わり、指揮権を持てるようになっていたのである。

事実、海兵出身の若い大尉は飛行時間も少なく、もちろん戦地の経験もなかった。だから、夜間の朝鮮海峡哨戒が任務であったが、もし飛ばせたとしたら、おそらく任務はおろか自ら帰投することも覚束なかったので、ほとんど任務飛行に飛ぶことはなく、パートでウロチョロしているだけだった。とても指揮官どころか、ものの用には立たなかったのである。

五月一日付で、私は海軍飛行兵曹長に任官していた。通知が遅れて届いたので、暇をみて軍服、短剣、軍刀、コートなどを求めに、佐世保の水交社へ行った。宿舎は民家の二階と決められた。

今宿基地には、先輩四期の宮井秀夫中尉もいた。立教大学野球部のキャッチャーで、六大学のリーディングヒッターの経験のある永利勇吉少尉（予備学出身）もいた。

永利少尉は飛行要務を担当していて、私と年齢もほとんど変わらず、ウマが合い、よくいっしょに飲んだ。また、士官食堂へは真っ先に食事に連れ立って行くのが常だった。彼の生家は、福岡市西公園の近くの神職の家で、彼の家へお邪魔して飲んだりした。彼は戦後、西鉄ライオンズ球団に入り捕手として活躍していたが、自殺して果ててしまった。

私の任官を知った玄海基地（唐津在）からは、元四五一空当時の部下が入れかわり立ちかわり、よくたずねてきた。酒や煙草をみやげに持たせて帰したが、おかげで私は主計長から、「大変な飲ん兵衛で、ヘビースモーカー」ということにされてしまった。

吸いつづけなければ消えてしまう煙草の「つわもの」しか配給されない下士官、兵搭乗員は、昨日までの自分の姿であった。真に戦い、任務をまっとうしているのは、われら下士官、兵であったのに、そうしたことは旧態依然としていた。

任官して、士官食堂で食事をとるようになった私は、あまりの変わりように驚くとともに、腹が立ってならなかった。だから、酒や煙草（准士官以上は桜）の補給係に徹することにして、部下たち下士官、兵搭乗員のテントに、せっせと運んだ。待遇の差のすごさを、腹に据え兼ねたからである。

いつの間にか、さいわい私の体調も旧に復していた。准士官以上は当直士官を残して、博多の料亭で宴席を設けることがあった。夜間の哨戒機を発進させた後、小型のバスで博多へ繰り出すのであった。

民間では、酒もほとんど手に入らない状態だったのに、われわれは痛飲というに充分な酒もあった。芸者をはべらせての宴会、私は心中、独り苦々しく思っていた。

「本当に戦っているのは誰なんだ。あの天幕の中で大麦飯を食べて、『つわもの』と『ほまれ』を喫っている下士官、兵ではないか。准士官以上が、こんなで果たしてよいのであろうか」

とても酔う気にはなれなかった。かの若い大尉はご機嫌で、すっかり酔って私の短剣を吊って帰る始末であった。

「魂を間違えるとは何たること」

私は、あきれてものも言えなかった。これが海兵出身の士官とは、情けなかった。兵学校で、また飛行学生中に何を習ってきたのであろう。年は私より一つ上であるが、まるで子供だった。

爆装した練習機までもが特攻へ飛び立った。経験が乏しいうえに劣速のため、戦果をあげるのは難しかった。写真は「白菊」。

私は、悲しく腹立たしかった。これで、やがて指揮官になって、何ができるだろうと思うと、暗澹たる気持にさせられた。

そこへ行くと、基地指揮官の小崎大尉は、わが仰ぐ大先輩乙飛一期の出身で、百戦練磨の勇者であった。部下の掌握も堂に入ったもので、まだ三十二歳の若さにもかかわらず堂々たる指揮官ぶりであった。

したがって、私は体調が思わしくなくても、嬉々として戦闘飛行に飛び立っていったのであった。

赤トンボ特攻の若者よ

七月に入って、基地の砂が焼けるころ、赤トンボ（練習機）がつぎつぎと博多湾にやってきた。特攻機である。私は、その教育、講義を博多空の道場でさせられた。飛行時間やっと二百時間くらいの後輩たちであった。

「この若者たちが片道の燃料で、敵艦へ体当たり攻撃をしてゆかねばならないのか」

と思うと、胸が一杯になって、講義も途切れ途切れにならざるを得なかった。

「果たしてこの中から何人、何機が敵艦に体当たりできるであろうか。おそらくは、数えるほどもどうかわからない、必死の特攻……」

私は、その真剣な眼をみるに忍びなかった。そして彼らは、いつの間にかその姿を消していた。あの元寇の防塁付近にあった機影はなくなっていた。なぜか、涙が落ちてならなかった。

わが今宿基地でも、夜間哨戒から帰投するとき、一機が高度を誤って松林に翼をうちつけ、もんどりうって墜落、大破炎上して三名が戦死した。今宿基地で初めての犠牲者であった。

古仁屋基地では、落合実少尉（十三期予備学生）、飯岡貞三飛曹長（茨城県出身、偵練）、一色肇上飛曹（操練）が陸軍の参謀を救出に発進したまま、昭和二十年五月二十七日、帰らぬ人となっていた。

また、四五二空から六三四空水偵隊に移った者たちは、桜島基地にあって、わが国はじめての零式水偵による水上雷撃隊を編成し、桜島基地から国分基地へ移動するさい、トラックが崖下に転落し、道場吉男大尉（偵練）、上村一男上飛曹（甲飛八期、偵察）、明石哲郎一飛曹（乙飛十五期、偵察）ら搭乗員多数が重軽傷を負った。

超低空全速突入の奇蹟

昭和二十年八月十三日、私は零式水上偵察機（電探装備機）に二百五十キロ爆弾を抱き、時田次男上飛曹（予備練）の操縦で、博多湾を離水発進した。針路を西にとり高度五百メートル、上弦の月明かりがちぎれ雲からもれる中を、朝鮮海峡の夜間哨戒に出撃した。

途中で東へ飛ぶ国籍不明機とすれ違い（ニアミス）度胸をぬかれたが、所定の任務飛行を終了して帰途についた。月明かりの洩れる朝鮮海峡や玄海灘も、夜の空からは静寂そのもので、快いエンジンの響きに、空はいつ飛んでもよいところという感じだった。

任務はすんで異状なし。帰路ではあるし、時田兵曹はそれまで病気で休んでいたので疲れているだろうと考え、雲上に出た。プカリプカリと浮かぶ夏の夜の積雲の上に出て、博多湾に向かった。唐津湾の北から博多湾に近づくにつれて雲が多くなり、切れ目がなくなってしまった。雲の下に出ないと帰投できない。

どこか雲の切れ間はないか、と探しているうちに、機は八幡の上空に達していた。空襲をうけたのか、街は燃えていた。

「引き返す、針路二百七十度ヨーソロー」

時田兵曹にそう言って、雲の切れ間があったら高度を下げ、雲の下に入るように指示する。玄海上空から針路を二百二十五度に変更して約十分、雲の切れ間を発見、雲の下に出られた。月明かりで、博多湾入口の志賀島を確認して針路を南にとり、博多湾内の残島も確認した。

「基地に帰投する！」

そう指示しておいて、あとは操縦に任せ、見張りに専念しようとした。と、時田兵曹は何を思ったか、ハデな旋回降下飛行に入った。残島の南側から右旋回、針路を西に向ける。高度が下がる。着水体勢に入る。

「前方左右見張りよし！」

機は降下する。どうも操縦がハデで、昼間のような操作である。機首を下げて降下、わずかに機首が水平より上がったかと思った瞬間、ドスンと接水したが、エンジンが全開されたらしく唸りをあげ、超低空の全速飛行となった。

それから一、二分飛んで、機は海面に撃突、フロートが破損したらしく、機は海中に沈みはじめる。まさに一瞬の出来事であった。

「大丈夫か、すぐに外に出ろ！」

私は後席の電探員に指示し、自らも電信機の水晶発振子をぬいてポケットに入れ、暗号書もまた膝のポケットに入れて座席を出た。前席の時田兵曹の横右翼の上に出て見ると、着水前にあけてあった風防ガラス窓は閉っている。よく見ると、海水の侵入した操縦席で時田兵曹が動いている。

「生きているな！」

私は左手の甲で風防ガラスを打ち破り、時田兵曹に出るように指示すると、彼は夢中で右翼上に出たが、機は沈んでしまい、三人は残島西方の湾上に放り出された。幸い、ライフジャケットで浮いている。電探員は大丈夫そうだ。暗いのでよくわからないが、時田兵曹はと見ると、ただぼんやりしているようだったが、

「分隊士、ここはどこですか」とたずねた。

「何をいってるんだ、博多湾だ。任務飛行を終わって帰ってきたんだ」

そう言ってもわからないらしく、ふたたび、

「ここはどこですか？　眠いんです」

「眠っては駄目だ。すぐに助けにきてくれるから、しっかりしろ！」

眠れば死だと直感して励ましたが、さいわい時田兵曹が眠らないうちに基地からモーターボートで救出にきてくれたので、三人は助かった。

時田兵曹は、思わぬときに機が接水したので、その衝撃でスロットルを全開、全速力を出してしまったらしい。さいわい二百五十キロ爆弾は破裂しなかった。時田兵曹自身は、衝撃で顔を計器盤にうちつけ、鼻と頭を怪我していた。それでも、三人は命をとりとめたのであ

る。時に八月十四日午前二時四十五分ごろであった。

なんと、その翌日の正午、私たちはガリガリと雑音の入ったラジオの前に整列し、衝撃で傷めた左肩の痛みをこらえながら、「玉音放送」を聞いたのであった。愛機は、いまなお博多湾の残島西方、海中に沈んだままである。私のロンジンの航空時計も、座席前方に括りつけたままである。

運命とはいいながら、終戦の一日前に負傷したのである。これが最期の戦闘飛行であった。

第九章　あゝ終戦

矢尽き刀折れ

死なんとして死ねず

八月十五日正午、玉音放送をきいて私室にもどった私は、いくらもない私物を整理した。搭乗員は、平時でもいつ死ぬかもしれないので、つねに身辺は整理しておいたが、あらためて異常事態のために整理しなおしたのである。

頭の中で、どう対処すべきか、と考えながらも、時間はかからなかった。そして、机の上に、短剣と軍刀と拳銃を置いて、椅子に座った。

戦いは終わった、しかも負けた。武人のはしくれとして、防人として、搭乗員として、近代戦が空で結着がつけられるであろうことも承知していた。矢尽き刀は折れたと聖断は下された。奇しくも元寇のあった博多湾の片隅で、日本歴史上かつてない敗戦を迎えたのだ。神風は遂に吹かなかったのである。

生をこの世にうけて二十三年三ヵ月、波瀾にみちた人生、幾度か死を目前にしながら、ついに死神にも見放されて敗戦を迎えたが、なぜか心は静かであった。

瞑目しばし。死――自決、それ以外に道はない……という結論にいたるのは、いともたやすかった。

たびたびきいた同期の死、その勲功、彼らが羨ましかった。それに引き替え、己れの武運の拙《つたな》いことに、涙が湧いてきた。

自分なりに、精一杯、任務は果たしてきたつもりであった。ただ犬死はすまいとい聞かせ、部下にも説いてきた。祖国のために、より多く貢献して死にたかった。お守り一つ、千人針ももちろんなかった。なのに生き残って、敗戦を迎えたことは悲しかった。

死を考える暇もなく、心は死生を超えていた。上官にタテを何度もついて、そのために窮地に追いやられたと思うこともあった。しかし、それはよりよく戦い、より多く貢献したかったからであった。

可愛い部下の死を惜しんだことも多かった。特に殉職したとき、それもちょっとした判断の誤りで死なれたときは、「死者に鞭打つ」かのように猛りくるって、私は残っている部下たちに、

「いいか、こいつらの死は犬死と言うものだ。俺といっしょに飛んだことのある者は知っているだろう、機上では非常に厳しいことを。命を軽々しく捨てるな、生きて、生きて、生き抜いて、お国のために働くのだ。それでも、刀折れ矢が尽きることがある。そのときこそ潔く死ぬべきなんだ、忘れるんじゃないぞ」

と、酒を浴びるほど飲みながら、血のしたたる棺を前にして説いてきた。

しかし、そうして生き抜いてきたことが「敗残兵」に連なっていたとは、神ならぬ身の知

る由もなかった。考えの及ばないこととはいえ、悲しかった。独りで拙い武運に泣いた。

「もはや、自決以外に道はない」

心に決めたが、残念なことに短剣には刃をつけてなかった。軍刀は長すぎる。拳銃で、頭か心臓を打ち抜くほかはない。

独り、静かに目を閉じ、拳銃を右手に握った。遺書を書くのはやめた。

「申し訳ないが死なせてもらう、明日の祖国はわからないが、祖国よ、めげることなく栄えてほしい。戦いに協力してくれた同胞が幸せでありますように……」

祈りながら拳銃を取りあげたとき、階下に人の声がした。まずいな……一瞬、逡巡して聴き耳をたてると、声は、部下とともによく遊びに行ったアミノ酸醤油会社の社長婦人であった。

「藤代さん、おいでですか」

私室とはいえ、これまで一度も民間人を入れたことはなかったのに、社長夫人は、ずかずか階段を昇ってくる。やむなく、拳銃を机の上にもどすほかはなかった。

「すみません、藤代さん。昼の放送を聞きました。私たちはどうすればいいんでしょう。主人は昨夜から会社に泊まって帰っていません。私と女の子三人で、どうすればよいのかわかりません、教えて下さい」

私の顔を見ると、モンペ姿の社長夫人は、一気に言った。

「玉音放送をきかれましたか、戦争は終わったのです。天皇陛下が戦いをやめなさいと言われたのです。勝手に戦うことができません。基地でも、どうしてよいのかわからずにいると思います。私たちは、命令があるまでこのままです、昨日とちっとも変わりはありません。もし米軍が攻めてきたら戦います」

私も一気にいってから、一息ついたのち、ゆっくり大きな声で話をつづけた。

「でも、敵はすぐにはきませんよ。いずれは、占領にくるでしょうが、今日、明日ということはありません。

そこで、あなた方のことですが、今日、明日に危険が迫るということはないのですから、慌てることはないと思います。御主人もそのうちにお戻りになられましょう。御主人のお帰りを待ちなさい。

ご心配はいりません。いつでも結構です、わからないことがありましたら、何でもきいて下さい」

奥さんのひきつったような顔の緊張が薄らいでいくのがみて取れた。やがて奥さんは、

「わかりました」

といって帰って行った。

ともかく、社長夫人の来訪で、私は自決の機会を失してしまった。自決を決意しながら、遂に果たせなかったのは二度目であった。運命というほかはない。

大いなる愛の交歓

鯨の血からアミノ酸醤油をつくる会社を福岡市で経営していた三島福太郎さんは、早稲田大学専門部卒業で、当時、五十歳くらいの紳士であった。生家は、福岡県糸島郡周船寺町の

肥料問屋で、そこの長男であった。

福岡市今宿の居宅には、ご夫婦と三人の女の子が住んでいて、生家には、おばあさんが独りで暮らしているようであった。

知り合いになった契機は、部下の搭乗員が、福岡市へ外出した折りにお嬢さんと知り合ったことからで、私にその部下が話してくれたことから、

「基地のテントの中で生活し、明日をも知れない命の若者たちに、せめて良家の雰囲気を味わわせてやりたい」

と考え、三、四人の部下とともにお邪魔した。基地から歩いて五分もかからないところだったことも幸いした。

私が飛行兵曹長に任官して間もない頃だったから、三ヵ月ばかり前のことであった。

テントの中で何の娯楽もない味気ない生活をつづけ、外出も少ない搭乗員、いつ死ぬかも知れない彼らが、私は不愍でならなかった。

ニキビ華やかな彼らは、よく働き、よく飛んだ。みんな私よりも年下だった。女性からくる軍事郵便はすべて、母や姉、妹からのものだった。夢多い青春を、彼らは祖国のために耐えていた。父母のもとを離れて、明日をも知れない命、現に今宿基地でも三名が戦死していた。

劣悪な環境の中で一生懸命に働く部下たちにくらべて、私は任官したので、当直の晩以外は福岡へも唐津へも自由に行動でき、外泊することも自由だった。

かねて、その待遇のあまりにも違い過ぎることに私は不満だったので、前にもふれたよう

に准士官以上の特権を最大限に利用して、酒や煙草を部下に差し入れ、唐津からたずねてくる旧部下にもそうした。

搭乗員は、いったん機上の人となれば、士官であれ、下士官、兵であれ、任務は同じである。ただ最上級者が機長としての指揮をとるだけで、他に差はない。

それが、准士官になったとたんに、飯《めし》も、麦の一膳飯から瀬戸の茶碗に変わり、おかわり自由の銀飯（白米）となり、総菜が五品もついて、デザートまでつく。それでも月々食費の余りとして、従兵が何がしかの金を届けてくるのであった。

煙草も「さくら」、酒も紙切れに「清酒何本」と書いて印を押し、従兵に主計科へ持たせれば、数に制限はない。

まことに腹立たしい三ヵ月であった。だから私は、どしどし酒や煙草を買っては、搭乗員室のテントに持っていったのである。

それでもなお癒《いや》しきれないものが、鬱勃として存在していた。したがって、准士官以上が引率して外へ出るのは自由という特権を活用して、夜間索敵哨戒機が発進した後、当番の者を基地に残して、私は社長宅へ部下をかわるがわる連れ出したのである。

指揮官や他の兵科の人にはわからないように連れ出し、社長宅を訪れて、畳の上で茶袱台《ちゃぶだい》をかこみ、談笑して楽しいひとときを過ごした。

夫人が大切にとってあった砂糖の壺を床下から取り出して、コーヒーを御馳走してくれたり、応接間や書斎までも開放してくれての歓待は、涙の出るほど嬉しかった。

三人のお嬢さんは一番上が十九歳、つぎは十七歳で高女に通っていて、一番下は小学生だ女、それぞれ個性的で、おおらかな長女、勝気そうな次女、おとなしくて愉快な小学生の三女、それを見まもる社長と奥さん、戦時下でも、そこには暖かい家庭の団欒《だんらん》があった。

部下たちも喜んだ。本を読む者、おしゃべりに熱中する者、レコードをきく者。それはあの予科練で、日曜日に過ごした「クラブ」の味があった。故郷の家へ帰ったような安らぎがあった。だから彼らは、私から声のかかるのを待ちわびていた。

もてなしに応えて、私たちも、民間では手に入らない航空熱糧食と称する南京豆の入った飴や、甘いビタミン球などを持参した。

せいぜい二時間足らずの時間で、消灯までには何くわぬ顔をして基地にもどっていたので、バレることはなかった。

それは終戦までつづいたが、しかし、軍規を乱したことは事実であった。だから、バレたらもちろん自分が責任をとる覚悟はできていた。

吹き降りの日も、訪問を欠かさなかった。社長の帰宅の遅い日でも、お邪魔した。男手がないので、台風のときは雨戸を釘づけにする手伝いをしたりもした。しかし、一方的な訪問である。さぞや迷惑であったろうと、今にして思う。

しかし、最低限の配慮はした。お暇するときの挨拶もキチンとしたし、搭乗員として礼を失するような、みだらなことは許さなかった。部下を愛し、軍規を破りながらも、筋道は通しておかねばならない。上官として負担ではあったが、自分としても、愛に恵まれることが人一倍薄かったので、楽しい時を過ごさせてもらったし、また部下のくつろいだ態度行動が、わがことのように嬉しかった。

武装解除に抗して

さて、八月十五日の夜、基地は荒れた。永利勇吉少尉ら予備士官とテーブルに飛行靴のまま座り、冷や酒をあおって、痛飲した。つまみもない。みんな泣いた。悔しがった。心にたぎる血の騒ぎは押さえられなかった。酒を瓶からただラッパ飲みした。

特に親しかった永利少尉と二人で、夜のふけるのも忘れて、わめき散らした。彼は鬱憤のやり場がなくなって、まだ口をあけていない一升瓶を、松の根方にたたきつけた。不思議にもその瓶は割れなかった。みんな泣きながらフラフラと宿舎へ戻っていった。自分もいつ、どうして宿舎へ戻ったのか記憶にない。

明けて十六日、基地指揮官から「武装解除」の命令が出た。愛機から爆弾もおろされ、機銃もはずされ、機銃弾も一ヵ所に集められて、愛機零式水偵のエンジンの点火栓も抜きとられた。もう飛んで戦うことはできなくなった。

面白くもないので、私は宿舎へもどった。自決もできなかった自分が哀れであった。

「分隊士、武器を提出するようにとのことです」

従兵が言ってきた。

「わかった、俺がするから帰ってよろしい」

そう言って従兵を追い返した。私は瞬時に心を決めたからである。

「冗談も休み休みいえ。武士の魂の象徴である短剣や軍刀を提出しろとは何事だ。俺は提出しない」

それに、拳銃は敵を撃つより自決用のものとして、自分の手から離したことのなかったものだ。もちろん官物ではあるが、その提出もやめた。いずれも、いま私室の机の上に並んでいる。

「分隊士の分です」

そう言って、ふたたび従兵が毛布に米、酒と煙草、航空熱糧食や乾パンなどを運んできた。

「何だ、それは」

「ハイ、物資を主計長が分配され、これは分隊士の分です」

「ホー、兵隊たちで分けるということか」

「ハイ、そう言われましたので、持ってきました」

「なるほど、だが俺はいらない。俺は、俺が買い求めた軍服も下着もある。ただ食べものがないので、乾パン一週間分だけもらおう。それ以外は、近所の民間の人に分けてくれ」

従兵は、怪訝《けげん》そうな顔をして立っている。

「俺の言うことがわからないか。いいか、軍の物資は国のものだ。それは国民が乏しさに耐えて納めたものだ。それを返すということだ、さっさと持って帰って分けてくれ」

従兵は、乾パンを残して持ち帰った。それが、どのように分けられたかは知らないが、私は自分で買い求めたもの以外でもらったものは、乾パンだけだった。

武装解除と物資の分配が終わって、

「一応、復員するように」

と命令がでた。基地も静かになって、街に灯がともり、遠く博多にも灯が蘇っていた。平和がもどってきたのであった。

国破れて山河あり

水偵隊消滅

台湾の淡水から、すぐれない体調のまま戦線に復帰して、わずか五ヵ月、福岡市今宿の九〇一空水偵隊は消滅した。

濃緑色の愛機零式水上偵察機は、機首を東に向けて、砂浜の上に並べられていた。形は、いまにも飛びたたんばかりでありながら、飛べる力を持ちながら、飛んではならないのであった。私は基地の砂浜に立って、その雄姿をみつめた。

あの機上の偵察員席で、一年六ヵ月有余、私なりの死闘であった。霧の中を飛び、夜間三百カイリを飛び、朝鮮海峡の夜間索敵哨戒など、数えきれないほどの思い出を私に残した零式水偵ともお別れであった。

目頭が熱くなった。「最後の一機一兵まで」と言っていたのは、誰であったのか。寂しく、悲しく、腹立たしい愛機との別れであった。

ふたたび生きて戻るまい、と心に決めていたのに、また、悲しい思い出しか残っていないのに、故郷へ一敗地にまみれて敗残兵として帰らねばならない拙い武運であり、運命であった。

とにもかくにも、上官にタテつきながらの海軍生活は、終わりを告げたのであった。むなしく、辛く、孤独であった。

国破れて草木深し──今宿基地の松は青く、砂浜に打ち寄せる波、真近な残島、遠く志賀島がかすんでいた。空《うつ》ろになろうとする心を、自分自身、どうすることもできなかった。

「では元気でな、時折りは手紙をくれ。さようなら」

「分隊士も、どうぞお元気で」

まだ痛みの取れない体で部下搭乗員を見送った。悲しい別れであった。部下を見送ってから、指揮官小崎芳行大尉に挨拶して、宿舎へもどった。

左肩はまだ痛み、わずかな荷物をさげるのも辛かった。短剣と衣類に乾パンを落下傘袋に入れ、拳銃は右肩からさげ、軍刀を左手で握って、宿舎を貸してくれたおばあさんに挨拶して宿舎を後にした。

かねて、帰郷先が同じ東京方面であった清水富雄予備中尉（東京都出身、十三期予備学生、偵察）とともに連れだって、今宿基地を発った。

帰郷の道すがら米兵が何かしたら、軍刀でたたき切って、切りまくってやる。十三発の拳銃弾もぶっ放してやる。そして、最後に自らの心臓を打ち抜いて死のう、と心の中で覚悟を決めての復員であった。

だから、自分は武装の解除を受け入れなかったのであった。指揮官小崎大尉も、そのことには一言も触れなかった。仰ぐ先輩は私の心を知っていた、と思われた。

古里は遠くにありて

復員列車は、復員兵で混みに混んでいた。それは客車であったり、貨車であったりで、行き当たりばったりに、何度も乗りついでの復員であった。

広島へ着いたのは貨車で、しかも広島止まりだった。屋根も吹き飛んでしまった露天の広島駅、焼けるような暑さであった。四方は砕きつくされ、わずかに残る傾いた電柱と防火壁、コンクリート建ての廃墟、一木一草も残されていない瓦礫の焦土であった。

特殊爆弾と聞いてはいたが、ききしにまさる酷さであった。何十万の非戦闘員をも焼き殺しつくしたのだ。

「やりやがったな鬼畜め、非戦闘員までも。絶対に許せない」

私は独りで眼を閉じ、広島市民を祈った。

ふたたび貨車に乗り、乗り継いで東京についた。東京もまた焼け野原であった。ここでも多くの非戦闘員市民が非業の死を遂げたに違いない。戦争だから、戦闘員同士はやむを得ない。しかし、非戦闘員を殺すとは、未来永劫に許せないと思った。

空襲により、京都を除いてほとんどの都市は焼かれていた。戦争とは、悲惨なものであった。

清水中尉と別れて、私は総武本線の松岸駅で降りた。二度と見ることはないと思っていた生まれ故郷、そこは悲しい思い出しかないところであった。もう稲穂が頭をたれはじめていた。

「ただいま……」

力なく言って、父母の仏前に座って線香をあげ、瞑目した。孤影悄然として、心は空《うつ》ろだった。

ただの一人も私の生還を喜ぶ者のいない故郷、しかも農家でありながら、嫂から与えられた夕食は、雑炊であった。兄も応召して不在だった。嫂と一番下の弟と甥三人に、敗残兵は話すこともなかった。二日、三日と日がたつにつれて、居心地は悪くなっていった。

何もすることなく、ただぼんやりと寝転んで日を過ごすことは耐えがたかった。しみじみと来し方をふりかえり、明日を思った。

故郷の家には十日もいないで、私は鹿島空時代の下宿先へ発った。私には、故郷はない、二度とその土は踏むまいと思った。

下宿の小母さんは、相変わらず暖かく迎えてくれた。食べるものは乏しかったが、その母のような心が嬉しかった。横空、館山空と面会に来てくれた娘さんも喜んでくれた。肉身のような気がして、心の安らぎをおぼえた。

父母と早く死別した自分には、その家庭的な雰囲気がたまらなく嬉しかった。

ただ一人のひと

これより先、復員して間もなくの生家にいたとき、どこできいたのか、小学校二級下の、高女から日赤の看護婦となっていた鉄工所の娘が、その姉と提灯を持ってたずねてきた。

彼女とは、小学校の運動会で活躍した同士であった。しかし、当時は言葉も交わしたことはなかった。千島にいたとき、同級生の仲立ちで文通するようになった。彼女からは、恋文らしきものが何度か届いたので、返事を書き送ったりしたが、千島を引きあげてからは文通も途絶えていた。

それで、私が復員したときいて、手土産を持って慰めにきてくれたのであった。空ろな心でお礼をいって帰ってもらおうとしたら、

「明日、日中にまた来ますから、会って下さい」

と、姉を通じて申し入れられた。とくに断わる理由もなかったし、いとしいとは思っていたので承諾した。

翌日、昼前に彼女は私の生家を訪れた。昼の弁当をつくってきてくれていた。私は、

「たった一人、彼女が私を待っていてくれた」

と嬉しかった。二人で利根川ぞいの田んぼ道を歩いた。稲穂が黄色になって頭を垂れていた。彼女は、黙って後からついて来た。誰もいない川岸の草原に腰をおろして、利根の川面を眺めた。

「日赤で戦地へ行かれたんでしょう？」

「台湾へ行きましたが、体をこわしたので内地へ帰りました」

心づくしの弁当をひろげながら、彼女は問うた。

「これからは？」

「とても敗残兵として、生家にはいられません、毎日どうしようかと考えていました。そのうちに東京へ出て、勉強しようと思います。もう飛行機には乗れませんし、それより他に生きる道はないと思います」

彼女は寂しげにうなずいた。

「一生懸命に戦ったんです。でも生き残ってしまいました。男として、飛行機乗りだった者として申し訳なく、田舎にはいられません」

二人の間には甘い言葉は交わされなかった。彼女は、自分の父が胸を病んでいることを話した。そして、何日かたって彼女の父は他界した。

私の伯母は、彼女と交際しないようにと言ってきた、私は生活力もないので、とうてい一緒に上京することもできなかったので、そのことについては一切ふれなかった。彼女は寂しそうだった。二十三歳の秋近い頃であった。

大学に学ばん

黙ったまま生家を出た私は、まず鹿島空時代の下宿を訪ね、そこから九州へたった。そして、退職金を受け取り、お世話になった醤油会社の社長宅に終戦前のお礼に訪れたのち、いったん田舎に帰った。

田舎では、私が軍の物資をたくさん持ってきたという噂が立っていた。これは、私が断わった嫂の妹が海軍主計兵曹のところに嫁いでいて、彼が軍の物資を大量に持ち帰っていたのを、私が持ち帰ったようにいわれたものだった。

嫂の妹は、「飛行機乗りは、敗戦で木から落ちた猿と同じだ」と私のことをいっていたそうで、じつに不快でならなかった。だから私は、ふたたび鹿島空教員時代の下宿先へ出向いた。

下宿の小母さんは、何もしない寄食を許してくれた。私は上京の機会を狙っていた。とにかく上京して、勉強しなおさねばと心に決めていた。

小母さんに上京したいと打ちあけたが、東京は転入禁止であった。幸いなことに、下宿の分家の小父が東京で、富島組という海運会社の、はしけ船の船長をしていた。そこなら船員として転入、就職もできるということで、小母さんが連絡をとってくれた。そこで正式に転入できるのであった。連絡もとれ、上京することになった。そして、私は大学へ入ったのである。

終　章　死線を越えて

戦没同期に捧ぐ

飛行時間三千六百時間

私は昭和十五年十一月三十日、偵察専修飛行練習生となって、練習機教程に入ってから終戦までの四年九ヵ月、大空を飛び、数えきれない死地に遭遇して生き残った。

飛行時間三千六百時間（飛行記録は終戦時に焼却されたので正確な数字は示せない）——いったん飛びたてば、そこには死との対決があった。だから、まさに死線を越えての生き残りであった。

ちなみに、飛行練習生時代は一回の飛行時間が三十分程度であったから、回数にすれば、じつに七千二百回である。第一線に配属されての零式観測機時代は、一回の飛行時間が約三時間半だったので、千二十八回。四五二空に移り、さらに九〇一空に変わった頃の一回の飛行時間は約七時間であったので、五百十四回である。一日に二回飛ぶことは稀であったから、それぞれ七千二百日、千二十八日、五百十四日ということになる。

この飛行時間を平均すると、一回約四時間となる。それで総飛行時間を割れば約九百回、すなわち九百日ということになる。それは、二年五ヵ月強となり、丸二年五ヵ月間、死と毎日、対決したことになる。そして戦傷することは二回であった。残りの八百九十八回（日）、死線を越えてきたのであった。

別な観点からこれをみれば、飛行練習生の練習機教程八ヵ月、月二十回飛行すると、百六十回（鈴鹿空）、同じく実用機教程を博多空で三ヵ月、月二十回飛行したとして六十回、特空母「相良丸」で九ヵ月、月三十回の飛行で二百七十回、鹿島空教員一年三ヵ月で月五回飛行したとすれば七十五回、四五二空と九〇一空で一年六ヵ月、月十回飛んだとすれば百八十回、すなわち飛行練習生となって飛びはじめてから終戦まで四年九ヵ月間、七百四十五回死線を水上機ひとすじで乗り越えたのであった。

それは、自ら選んだ道であったが、千島での濃霧との闘いは苛酷なもので、不時着することも多く、たとえ頭の中に死を意識しなかったとしても、今にして思えば、よくも乗り越えてきたもの、と自己の運命を想わないではいられない。

また、台湾での夜間索敵攻撃やリンガエン湾の敵艦艇夜間爆撃は、よく体がもったものだと思わずにはいられない。敵の夜間戦闘機の追撃を脱出するには、神経をすり減らすものがあった。心の中に死の意識はなく、死を超越していた。それは、若さのなせる術であったように思われる。

戦局が不利になった台湾沖航空戦（昭和十九年十月十四日）以降の戦闘飛行は、すべて夜間飛行であり、死の確率は高かったにもかかわらず、よくも生き残れたものと思わざるを得ない。

それは、運命であったと思うほかには考えようのない。数え切れない死にさらされながら、それを越えて生き残ったのである。まさに、死線を越えて、の一語につきる。

百六十二名が戦死

遂に死所を得なかった私は、戦没同期の墓参りをしようと心がけてきた。仕事に出たついでに、千葉県木更津市の故小林為雄兵曹の遺族を、昭和三十五年六月にたずねた。

小林兵曹は戦死する前に結婚、子がみごもられていた。その妻のいつさんには会えなかったが、奥さんの母上が在宅で、小林兵曹の位牌の前で瞑目、み魂やすかれと祈った。

小林兵曹は昭和二十年四月十二日に、霞ヶ浦空鹿屋派遣隊に属して、同基地を出撃、消息を絶って戦死した。

彼は、予科練入隊当時、二百名中の十六番以内の成績、きわめて優秀で黙々と努力する人物であった。なお、彼の一粒種である忠博君は、東京商船大学を卒業している。

故松澤正二兵曹の生家は、東京都新宿区大久保にあり、生存同期の田中茂雄、竹田俊司らとともに訪れた。まだ松澤兵曹の父君が存命中に、その位牌を拝ませて頂いた。

松澤兵曹は、五二三空に所属し、昭和十九年一月二十五日、大阪から三重に飛行機を空輸中に墜落、亡き数に入った。彼は、ファイトが抜群で、軽妙愛すべき友であった。

私とは、飛行練習生卒業までいっしょであり、戦没した笠井繁雄兵曹、宮本一兵曹らとともに三人で聖川丸に配属になり、私を羨やませたのであった。

故牛王正明兵曹の生家を昭和三十五年六月十四日に、名古屋市北区楠町にたずねたが、転居先不明で、位牌を拝むこともできなかった。

牛王兵曹は、七〇二空に所属し、昭和十八年十一月八日、ソロモン群島方面で散華した。

彼とは、予科練入隊当時同班で、穏健で悟りきったようなところがあり、おとなしい中に芯が強く、なかなか後へは引かない人物で、お寺さんの出身であったが、遺族の消息は不明であった。

故遠藤秋章飛曹長は、昭和二十年八月十五日、天皇陛下の玉音放送後、第五航空艦隊司令長官の宇垣纒中将と艦爆の偵察員席に同乗、沖縄の敵艦に突入した。

私は、昭和四十七年十月二十六日、彼の生家、愛媛県松山市府中町を訪れて、位牌を拝し、線香をあげてその冥福を祈った。

遠藤飛曹長は、予科練時代、重厚、努力型で、ものに動じない性格の持ち主であった。

故清水巧君の生家へは、同じく昭和四十七年十月二十六日、高知市南奉伝人町二六番地を探したが、遺族の消息がなく、墓参も、位牌を拝むこともできなかった。

彼は、入隊時同班で、キカン気の強い性格の持ち主で、昭和十七年六月五日、ミッドウェー海戦で空母「飛龍」の搭乗員として散華した。音楽に趣味を持ち、よくマンドリンを弾いたりした小柄な人物であった。

故戸川衛兵曹の生家を、翌十月二十七日にたずねた。突然だったので、家の人は農作業に出ていて不在であった。隣家の人にきいて田んぼを訪れ、戸川兵曹の位牌を拝ませていただいた。

戸川兵曹は、六艦隊司令部に属し、潜水艦搭載機の偵察員であった。昭和十九年二月二日、南太平洋方面で戦死と、厚生省の援護局の記録には残されている。

彼の生家、岡山県赤磐郡吉井町福田には、大きな祭壇が飾られていて、功四級というのが彼の武勲を如実に示していた。実父も不在で彼の戦功をきくことはできなかったが、彼の実弟、忠弘氏の来信によれば、

「伊号第十三潜水艦搭載の偵察機で、ハワイ真珠湾攻撃に際しいちはやく索敵、真珠湾の様子を報告、攻撃に際しては、その戦闘状況を写真に収め、真珠湾攻撃の成果を充分に効果あらしめたとして、連合艦隊司令長官から感状をもらった」そうで、「真珠湾攻撃の写真、その他の報道写真、画報などの写真は、兄が撮影したものです」

ということであった。なお、彼が戦死したときは村葬が行なわれ、天皇、皇后両陛下から御見舞金が下賜されたとのことで、その熨斗袋を大切に保管しているとのことであった。

戸川兵曹は、私よりも一つ年長で、真面目で成績も優秀であった。私のクラスで海軍少尉になった初めての人物であった。

私は昭和五十八年十月、生存同期のクラス会が、九州阿蘇で行なわれて参加する折り、博多で途中下車して、故都地肇兵曹の生家を、福岡市西区今宿青木にたずねた。このときも前もって何の連絡もしないで突然に訪問した。今宿駅で下車、タクシーで彼の生家まで行った。「今日は」と玄関先に立って声をかけたが返事がなく、留守かと思っていたところ、「どなた」と、勝手の方から声がした。

「都地肇兵曹の同期生で藤代といいます。線香をあげたくて参上しました」

「ああそうですか、どうぞお上がり下さい」

みきれいに整理整頓された清々しい居間であった。私は、手土産を仏壇の前において、彼の魂に安らかであれと祈った。

出て来た人は、都地兵曹の実兄静雄さんであった。私は、彼と予科練入隊時同班であったこと、一年間、苦楽を共にしたことなどを話した。

都地兵曹は、九〇一空に所属し、昭和二十年一月十六日、海南島三亜基地で戦死していた。三亜は私も、開戦前に基地をとった特設水上機母艦「相良丸」で空戦訓練をしたところであったし、終戦を迎えたのが彼の生家近くの九〇一空今宿基地であったので、何か深い因縁があったようで、しみじみと運命というものの不思議さに打たれたのであった。

都地兵曹は、小型タンクといった感じのファイトマンで、無口な方で、ガッチリした武人であった。

私は、都地兵曹の生家を辞去して、タクシーを終戦を迎えた今宿基地へ走らせた。

そこは、松原もなく、昔の俤はまったくなくなって、住宅地になっていた。私は、そこで連続写真を撮って、阿蘇へ向かった。

クラス会が終わって帰り道に、前にも記した通り北九州市小倉北区朝日ヶ丘の故植木愛雄兵曹の甥（植木君を祀っている）のところに立ち寄り、線香をあげさせていただいた。

植木兵曹は、開戦の前日、仏印リエム基地で落雷にあって墜落したのであった。その後、昭和十九年三月、私が四五二空へ転じて館山空に基地をとっていたとき、彼は館山空にいるときいたが、会うことができなかった。

植木兵曹は一二一空に属し、昭和十九年八月二日、テニアン基地で敵上陸部隊と交戦戦死した。

彼は予科練時代、小柄で、やさしく大人しかったが、負けん気の持ち主であった。

私の同期生は、二百名が予科練に入隊、飛行練習生を同時に卒業した者百九十一名、そしてそのうち百六十二名が、護国の鬼として大空で散華した。戦死率八十五パーセントであった。

昭和十六年十二月八日、太平洋戦争開戦の日に、故吉田俊光兵曹は台南空に着陸の際に戦死し、そして、終戦の日、昭和二十年八月十五日、先に述べた故遠藤秋章飛曹長が戦死し、故大石芳男飛曹長は昭和二十年五月四日、戦闘三〇二飛行隊に所属し、神風特攻隊第十七大義隊として比島方面で散華した。

戦後四十三年、時代は大きく変わり、戦争は風化してきたといわれる。戦中派のわれわれは、その悲惨な実態を、親から子へ、子から孫へと語り継ぐ必要があると思われる。

付I 特設水上機母艦「相良丸」搭乗員名簿（昭和十六年十二月現在）

職名	操偵別	氏名	階級	出身県	所属	戦死年月日	摘要
飛行長	操	村山 利光	少佐			20・8	シンガポールから潜水艦で帰国途次被爆
分隊長	偵	向山 喜彰	中尉				戦後死亡
飛行士	操	今坂 国富	予備少尉		九〇一空	20・	東港基地で操縦訓練で殉職
分隊士	操	中山 哲志	飛曹長		九三四空	18・2	敵機を攻撃避弾
分隊士	偵	中込 幸恵	飛曹長	山梨			生存
先任搭乗員	偵	大澤 正斂	一飛曹	三重			生存
	操	市川平八郎	一飛曹		相良丸	17・2	ブリストルブレンハイム攻撃で被弾（零観）
	操	中村 正光	二飛曹	東京	六三四空	20・4・16	沖縄東方機動部隊夜間攻撃（水爆）
	偵	根津 文雄	二飛曹		九三四空	18・2	敵機を攻撃被弾
	偵	伊藤 直蔵	二飛曹	北海道			生存
	操	馬込 登	三飛曹		九三四空	18・3	アンボンから索敵未帰還（零水）
	偵	伊藤 一美	三飛曹		相良丸	17・3	ブリストルブレンハイム攻撃で被弾（零観）
	偵	藤代 護	三飛曹	茨城	四五二空 九〇一空		生存
	操	枝 林	一飛		六三四空		フィリピン（水爆）
	操	佐々木基治	二飛		六三四空		フィリピン（水爆）
	偵	箭内	一飛		九三四空	18・3	アンボンから索敵未帰還（零水）

付II 第四五二空搭乗員名簿（昭和十九年三月現在）

職名	操偵別	氏名	階級	出身県	出身	戦死年月日	摘要
司令		岡田　四郎	大佐	茨城	海兵四十九		
飛行長	操	古川　明	少佐	千葉	海兵六十		生存
分隊長	操	竹野内初男	中尉	鹿児島	十四操練	20・2・1	東港基地で戦死
分隊長	偵	道場　吉男	中尉	石川	二十九偵練		生存
分隊士	偵	宮井　秀夫	少尉	香川	乙四偵		戦後死亡
分隊士	偵	落合　実	少尉	埼玉	十三予備学偵	20・5・27	六三四空、沖縄で戦死
分隊士	偵	清水　富雄	少尉	東京	十三予備学偵		生存
分隊士	偵	竹村　治夫	少尉	神奈川	十三予備学偵		生存
分隊士	偵	林　孝次郎	少尉	愛知	十三予備学偵		生存
分隊士	偵	飯岡　貞三	飛曹長	茨城	十一志偵	20・5・27	沖縄方面で戦死
分隊士	偵	加地　弘	飛曹長	徳島	乙六偵	20・4・28	九〇一空、南西諸島で戦死
分隊士	操	田代　三蔵	飛曹長	福岡	二八操練		生存
分隊士	操	田中　武雄	飛曹長	山口	予備練操		
	偵	山中　静雄	上飛曹	福岡	甲四偵	20・1・9	九〇一空、東港基地で戦死

先任搭乗員	偵	唐沢　参一	上飛曹	長　野	甲　四　偵		戦後死亡
	偵	森　　健次	上飛曹	佐　賀	乙　九　偵		生　存
先任搭乗員	偵	藤代　　護	上飛曹	茨　城	乙　九　偵		生　存
	操	高橋　重男	上飛曹	神奈川	甲　六　操		戦後死亡
	偵	首藤　　実	上飛曹	大　分	甲　六　偵		戦後死亡
	偵	伊地知正夫	上飛曹	宮　崎	偵　　練		生　存
	操	一色　　肇	上飛曹	岡　山	四十三操練	20・5・27	沖縄方面で戦死
	偵	瀬川　正男	上飛曹	兵　庫	丙　飛　偵		生　存
	操	池田　勝好	上飛曹	愛　知	乙　十　操	19・3・25	館山湾内で殉職
	操	恵良　孝義	上飛曹	大　分	乙　十　操	20・4・7	六三四空、台湾で戦死
	偵	豊住　勝則	上飛曹	熊　本	乙　十　偵	20・5・27	七〇六空、沖縄方面艦船攻撃で戦死
	偵	横尾美智男	上飛曹	兵　庫	甲　五　偵		生　存
	操	北村　義雄	上飛曹	新　潟	乙十一操	20・4・28	九〇一空、南西諸島方面で戦死
	操	岡村　　喬	上飛曹	静　岡	甲　七　操		戦後死亡
	偵	上田　俊荘	上飛曹	大　分	甲　八　偵	19・12・14	台湾高雄市で殉職
	偵	上村　一男	上飛曹	大　阪	甲　八　偵		生　存

	偵	長井柳太郎	上飛曹	広島	甲九偵		生存
	偵	西原 則正	上飛曹	愛媛	甲九偵	20・4・28	九〇一空、南西諸島方面で戦死
	偵	上野 勝也	一飛曹	三重	乙十二偵	19・3・25	館山湾内で殉職
	操	新谷作之助	一飛曹	福岡	乙十三操		生存
	操	藤田 正保	一飛曹	北海道	乙十三操		生存
	操	平 裕宏	一飛曹	東京	甲十二操		生存
	偵	横山 歳	一飛曹	宮崎	乙十四偵	19・6・	年萌基地で死亡
	操	藤元 弘美	一飛曹	鹿児島	丙二十五飛操	19・12・14	台湾高雄市で殉職
	操	福神悌三郎	一飛曹	奈良	丙二十五飛操	20・4・27	台湾東方海面で自爆戦死
	操	西出 悟	一飛曹	石川	甲十二操		生存
	操	間山 三郎	一飛曹	北海道	丙二十五飛操		生存
	偵	堀江 一夫	二飛曹	徳島	乙十五偵		生存
	偵	渋谷 勉	二飛曹	兵庫	乙十五偵		生存
	偵	明石 哲郎	二飛曹	北海道	乙十五偵		戦後死亡
	偵	杉森 春夫	二飛曹	岡山	乙十五偵		生存
	偵	森川 勝美	二飛曹	山口	乙十五偵	19・3・25	館山基地で殉職

	偵	前田　道人	二飛曹	福岡	乙十五偵	19・9・24	年萌基地発未帰還戦死
	偵	田中　倉造	二飛曹	北海道	乙十五偵		生存
	操	橋本　誠	二飛曹	熊本	丙二十三飛操	19・9・24	年萌基地発未帰還戦死
	偵	渡辺　正龍	二飛曹	福島	丙二十七飛偵		生存
	偵	細谷　亘夫	二飛曹	東京	丙二十八飛偵		生存
	偵	藤井常三郎	二飛曹	京都	丙二十八飛偵	20・1・9	九〇一空、東港基地で戦死
	偵	清水　和男	二飛曹	茨城	丙二十八飛偵	19・9・24	年萌基地発未帰還戦死
	偵	小川　金造	二飛曹	千葉	丙二十七飛偵		生存
	偵	辺見　石蔵	二飛曹	山形	乙十八偵		生存
	操	荒谷　秀雄	二飛曹	広島	丙飛操		生存
	偵	富樫　房吉	二飛曹	山形	丙二十五飛偵		生存
	操	酒巻十四男	二飛曹	東京	丙飛操	20・1・9	九〇一空、東港基地で戦死
	偵	三好　春雄	二飛曹		丙二十五飛偵		
	操	森田　文雄	二飛曹	新潟	丙三十飛操		生存

あとがき

早かれ遅かれ人間に死というものが訪れるとしたら、どう死ぬかが問題となろう。そしてその死まで、どう生きたか問われるであろう。

私たち搭乗員には、死は念頭になかった。死を恐れないといえば嘘になろう。しかし、いったん飛び立てば、死と同居しているようなもので、平時であれ、戦時であれ、異なることはない。ただ戦闘飛行ともなれば、その機会が多いといえるだけだ。それは、敵と対決しなければならないからである。

とにかく、いったん飛び立てば、ちょうど船乗りが「板子一枚の下は地獄」というのに似ている。

予科練に入った私は、必然的に搭乗員への道を歩まねばならず、搭乗員となれば死と隣り合わねばならない運命がそこにあった。飛行練習生となってから終戦までの四年九ヵ月は、絶えず死と同居していたのである。

だが、死を恐れるよりもむしろ、よい死所が得られることを望んだ。ただ、犬死はしたくなかった。

それが、戦傷すること三回で生き残った。運命のいたずらとしか言いようがない。

戦いは虚しく、搭乗員は孤独であった。孤独の中で散華した同期生には、もっと生きていて欲しかった。同期二百名中、現に生存しているのは、わずかに十九名のみである。

私は、戦中派の搭乗員の一人として生き残った。戦争体験者が年と共に減少してゆくとき、戦争を知らない若い世代に、その虚しさ、悲惨さを語りつぐ義務があると思う。そして、戦争により、いかに尊い生命が失われていったかを知って戴きたいと祈ること、切なるものがある。

地味な戦いでも、多くの若い生命が失われていった。この拙い綴りが、若くして散華した戦友の鎮魂の書となれば、生き残った私の喜び、これに過ぎるものはない。

なお、本稿執筆後、刊行に至るまで、光人社に、多大なご迷惑をおかけし、加えて懇切な御教示をいただいて、完成をみることが出来たことにつき、ここに深甚な謝意を申しあげる。

一九八九年十月

藤代　護

単行本　平成元年十一月　光人社刊

NF文庫

海軍下駄ばき空戦記　新装版

二〇一七年十月　十七日　印刷
二〇一七年十月二十二日　発行

著　者　藤代　護
発行者　高城直一
発行所　株式会社潮書房光人社
〒102-0073　東京都千代田区九段北一-九-十一
振替／〇〇一七〇-六-五四六九三
電話／〇三-三二六五-一八六四(代)
印刷所　株式会社堀内印刷所
製本所　東　京　美　術　紙　工
定価はカバーに表示してあります
乱丁・落丁のものはお取りかえ
致します。本文は中性紙を使用

ISBN978-4-7698-3035-1　C0195
http://www.kojinsha.co.jp

NF文庫

刊行のことば

第二次世界大戦の戦火が熄《や》んで五〇年——その間、小社は夥しい数の戦争の記録を渉猟し、発掘し、常に公正なる立場を貫いて書誌とし、大方の絶讃を博して今日に及ぶが、その源は、散華された世代への熱き思い入れであり、同時に、その記録を誌して平和の礎とし、後世に伝えんとするにある。

小社の出版物は、戦記、伝記、文学、エッセイ、写真集、その他、すでに一、〇〇〇点を越え、加えて戦後五〇年になんなんとするを契機として、「光人社NF(ノンフィクション)文庫」を創刊して、読者諸賢の熱烈要望におこたえする次第である。人生のバイブルとして、心弱きときの活性の糧《かて》として、散華の世代からの感動の肉声に、あなたもぜひ、耳を傾けて下さい。

＊潮書房光人社が贈る勇気と感動を伝える人生のバイブル＊

NF文庫

特攻隊語録　北影雄幸　戦火に咲いた命のことば
祖国日本の美しい山河を、そこに住む愛しい人々を守りたい——特攻散華した若き勇士たちの遺書・遺稿にこめられた魂の叫び。

海軍水上機隊　高木清次郎ほか　体験者が記す下駄ばき機の変遷と戦場の実像
前線の尖兵、そして艦の目となり連合艦隊を支援した縁の下の力持ち——世界に類を見ない日本海軍水上機の発達と奮闘を描く。

日本陸軍の機関銃砲　高橋昇　戦場を制する発射速度の高さ
歩兵部隊の虎の子・九二式重機関銃、航空機の守り神・八九式旋回機関銃など、陸軍を支えた各種機関銃砲を写真と図版で紹介。

特攻長官大西瀧治郎　生出寿　負けて目ざめる道
統率の外道といわれた特攻を指揮した大西瀧治郎海軍中将。敗戦後、神風特攻の責めを一身に負って自決した猛将の足跡を辿る。

蒼天の悲曲　須崎勝彌　学徒出陣
日本敗戦の日から七日後、鹿島灘に突入した九七艦攻とその仲間たちの死生を描く人間ドラマ——著者の体験に基づいた感動作。

写真太平洋戦争　「丸」編集部編　全10巻〈全巻完結〉
日米の戦闘を綴る激動の写真昭和史——雑誌「丸」が四十数年にわたって収集した極秘フィルムで構築した太平洋戦争の全記録。

＊潮書房光人社が贈る勇気と感動を伝える人生のバイブル＊

ＮＦ文庫

四人の連合艦隊司令長官
吉田俊雄

日本海軍の命運を背負った提督たちの指揮統率　山本五十六、古賀峯一、豊田副武、小沢治三郎各司令長官とスタッフたちの指揮統率の経緯を分析、日本海軍の弊習を指弾する。

日本陸軍の大砲
高橋　昇

戦場を制するさまざまな方策　開戦劈頭、比島陣地戦で活躍した九六式十五センチ加農砲、満州国境に布陣した四十一センチ榴弾砲など日本の各種火砲を紹介。

慈愛の将軍　安達二十三
小松茂朗

第十八軍司令官ニューギニア戦記　食糧もなく武器弾薬も乏しい戦場で、常に兵とともにあり、敵将からその巧みな用兵ぶりを賞賛された名将の真実を描く人物伝。

偽りの日米開戦
星　亮一

なぜ、勝てない戦争に突入したのか　自らの手で日本を追いつめた陸海軍幹部たち。敗戦の責任は本当に彼らだけにあるのか。知られざる歴史の暗部を明らかにする。

武勲艦航海日記
花井文一

伊三八潜、第四〇号海防艦の戦い　潜水艦と海防艦、二つの艦に乗り組んだ気骨の操舵員が綴った感動の海戦記。敵艦の跳梁する死の海原で戦いぬいた戦士が描く。

高速艦船物語
大内建二

船の速力で歴史はかわるのか　船の高速化はいかに進められたのか。材料の開発、建造技術、そしてそれを裏づける理論まで、船の「速さ」の歴史を追う話題作。

＊潮書房光人社が贈る勇気と感動を伝える人生のバイブル＊

ＮＦ文庫

伊号潜水艦　深海に展開された見えざる戦闘の実相

荒木浅吉ほか　隠密行動を旨とし、敵艦撃沈破の戦果をあげた魚雷攻撃、補給輸送等の任務に従事、からくも生還した艦長と乗組員たちの手記。

台湾沖航空戦　T攻撃部隊 陸海軍雷撃隊の死闘

神野正美　史上初の陸海軍混成雷撃隊、悲劇の五日間を追う。敵空母一一隻轟撃沈、八隻撃破――大誤報を生んだ洋上航空決戦の実相とは。

智将小沢治三郎　沈黙の提督 その戦術と人格

生出　寿　レイテ沖海戦において世紀の囮作戦を成功させた小沢提督。非凡な才能と下士官兵、陸軍の将校からも敬愛された人物像に迫る。

幻のソ連戦艦建造計画　大型戦闘艦への試行錯誤のアプローチ

瀬名堯彦　ソ連海軍の軍艦建造事情とはいかなるものだったのか。第二次大戦期から戦後の戦艦の活動や歴史など、その情報の虚実に迫る。

諜報憲兵　満州首都憲兵隊防諜班の極秘捜査記録

工藤　胖　建国間もない満州国の首都・新京。多民族が雑居する大都市の裏側で繰りひろげられた日本憲兵隊ＶＳスパイの息詰まる諜報戦。

機動部隊出撃　空母瑞鶴戦史［開戦進攻篇］

森　史朗　艦と乗員、愛機とパイロットが一体となって勇猛果敢、細心かつ大胆に臨んだ世紀の瞬間――『勇者の海』シリーズ待望の文庫化。

＊潮書房光人社が贈る勇気と感動を伝える人生のバイブル＊

ＮＦ文庫

大空のサムライ　正・続
坂井三郎
出撃すること二百余回——みごと己れ自身に勝ち抜いた日本のエース・坂井が描き上げた零戦と空戦に青春を賭けた強者の記録。

紫電改の六機　若き撃墜王と列機の生涯
碇　義朗
本土防空の尖兵となって散った若者たちを描いたベストセラー。新鋭機を駆って戦い抜いた三四三空の六人の空の男たちの物語。

連合艦隊の栄光　太平洋海戦史
伊藤正徳
第一級ジャーナリストが晩年八年間の歳月を費やし、残り火の全てを燃焼させて執筆した白眉の〝伊藤戦史〟の掉尾を飾る感動作。

ガダルカナル戦記　全三巻
亀井　宏
太平洋戦争の縮図——ガダルカナル。硬直化した日本軍の風土とその中で死んでいった名もなき兵士たちの声を綴る力作四千枚。

『雪風ハ沈マズ』　強運駆逐艦　栄光の生涯
豊田　穣
直木賞作家が描く迫真の海戦記！　艦長と乗員が織りなす絶対の信頼と苦難に耐え抜いて勝ち続けた不沈艦の奇蹟の戦いを綴る。

沖縄　日米最後の戦闘
米国陸軍省　編
外間正四郎　訳
悲劇の戦場、90日間の戦いのすべて——米国陸軍省が内外の資料を網羅して築きあげた沖縄戦史の決定版。図版・写真多数収載。